闇と光の旋律
～異端捜査官神学校～
自分が何をされているか、わかるまでにまる一秒以上かかったと思う。
――…キス――!!!!

闇《やみ》と光《ひかり》の旋律《せんりつ》 ～異《い》端《たん》捜《そう》査《さ》官《かん》神《しん》学《がっ》校《こう》～

深《み》月《つき》ハルカ

ILLUSTRATION：高《たか》峰《みね》 顕《あきら》

闇と光の旋律 ～異端捜査官神学校～

LYNX ROMANCE

CONTENTS

闇と光の旋律
～異端捜査官神学校～

三月最後の金曜日だった。

桜は蕾《つぼみ》を膨《ふく》らませていたが、薄く曇った空は冷え冷えとしていて、学生服だけではまだ肌寒い。

終業式を終えた教室で、五百野《いおの》馨玉《かぎょく》は机の中に入れてあった教科書をカバンにしまっていた。まだ数人の生徒が残っていたが、ひとつの学年が終わった教室は、どことなくがらんとした空気をはらんでいる。

荷物をまとめて帰ろうとすると、出口近くで女子の一団に呼び止められた。

「五百野君、西町《にしまち》だよね。一緒に帰らない？」

最近、危ないじゃない？　とセーラー服にマフラーをしながら言う。左右にいた女の子たちも、そうだよみんなで帰ろうと加勢してきた。この学校は、今でも女子は古風なセーラー、男子は詰襟《つめえり》の制服だ。

馨玉は窓際で様子を眺《なが》めている男子を意識しながら慎重に答えた。男は、女子にモテる男子が嫌いだ。あまり女子に愛想よくすると軽い奴だと思われる。

「……ありがとう。でも部活があるから、ごめん」

えー、と声を下げる女子に、ぺこりと頭を下げる。

自分の容姿は女子にとって好ましいらしく、何かと理由をつけては声をかけられていた。

黒髪に色白という家系で、よく目元は切れ長だと言われる。

祖父は、孫の自分が見ても涼やかで凛《りん》とした美しさがあった。自分がそうだとは思わないが、面差《おもざ》しは似ているから、それで女子が騒ぐだけなのだ。中身を知っているわけではない。

「でもさ、やっぱり危ないし、それに部活終わりなら、ちょうどお別れ会に直行できるし……私、待ってようか？」

――お別れ会？

なおも引き留めた女子の言葉に、窓際にいた男子が少し気まずそうに口を挟《はさ》んだ。

「あー、それ…」

女子の視線に苦笑いしながら、クラスメイトは頭を掻《か》いている。

「今日さ、集まれる奴だけでお別れ会やろうと思ってて…駅前のファミレスでやるんだけど、五百野、そういうのあんまり興味ないかと思ってさ」

三学期だから、このクラスは今日が最後だ。一週間すれば新しいクラスになる。その前に、ファミレスで騒ごうということらしい。やだー、誘ってなかったの、と女子が非難の声を上げ、馨玉はそれに曖《あい》昧《まい》な笑顔で答えた。

「ありがとう…でも部活終わるの、けっこう遅いから」

「だよな。悪いな、急で…」

「ううん」

どこかほっとした顔のクラスメイトに、馨玉もほっとする。

彼らに悪気はない。誘われれば嫌《いや》とは言いにくいから、その辺を読んでくれていたのだと思う。馨玉もノリよく盛り上げられるほうではないので、知らなかったで済ませることができるなら、そのほうがよかった。いつまでも食い下がってくるのは女子だけだ。

「五百野君、来ないの？」

「えー、遅れてもいいじゃん。来なよ」

がやがやと話す女子の声と一緒に、ヴォン…と金属的な音が耳に響いて、馨玉は顔に出さないようにしながら自分の腕を摑《つか》んだ。

――反応するな……。

鎮《しず》まれ…と心の中で言い聞かせながら、まるで地鳴りのように響く〝聴こえないはずの音〟に心の中で眉《まゆ》を顰《ひそ》めた。

この音は自分だけに聴こえる音だ。その証拠に、誰にも変わった様子はない。

――やりすごせ……。

おかしな振る舞いをして注目を浴びてはいけない。あれこれ言ってくる女子の声をかろうじて聴き分け、馨玉は無理に笑みを作った。

「なるたけ、行くようにするよ…」

女の子は馨玉の言葉に頷《うなず》き、距離を置いていた男子も、遠くから苦笑気味に言った。

「ひとりで来るなら気をつけて来いよ。マジでこの辺もやばいらしいから」

「うん…」

厚木《あつぎ》のほうでは〝出た〟らしいぜ…という言葉になんとか笑みを返し、馨玉は教室を出た。


頭の中で、金物《かなもの》をガンガン叩《たた》かれているようだった。何気ない風を装いながら、体育館に隣接されている部活棟《とう》の地下階段を下り、人目を逃れたと思ったあたりで、馨玉は壁にもたれかかった。

「……はあ…」

薄暗い階段で、手すりを支えにじっとしていると、ピタリと脳内の反響音が消えた。

――――……終わった…か?

そのまま動かず様子をみる。数分経ってなんともなければ、あとは経験上、大丈夫なはずだ。

「……」

春休みに入る学校は静かだ。階段の踊り場は窓がブロックガラスでできていて、外を見ることはできないが、ぼんやりと外光が入ってくる。

ガラス越しに、グラウンドで練習している野球部の声が響いた。彼らは終業式も春休みも関係なく部活三昧《ざんまい》だ。馨玉はその声に階段を見上げた。

さっきの〝音〟が本当に耳で聴こえているものなのかはわからない。小さい頃からそうだった。突然、何かの拍子に感覚が鋭くなる。聴こえないはずの音まで拾い、木の葉の僅《わず》かな揺らぎすら大音響になった。

視覚も同じだ。明るさの感覚がおかしくなって、こんな花曇りのような光度でも目を開けていられなくなるほど眩《まぶ》しくなってしまう。触覚も嗅覚も、あらゆる感覚が鋭敏になった。

五百野の家には、代々こうした感覚の子供が生まれてくる。

過敏になったところで、何かがあるというわけでもない。ただこの現象に悩まされ、幻聴や幻覚を見続けて精神《こころ》を壊す者もいた。藁《わら》にもすがる思いがそうさせたのか、祖先は神社の神職になるという道を見つけた。

「……ふう」

ようやく収まった感覚に、馨玉はほっとして息を吐いた。たぶん、同級生には気づかれずに済んだと思う。

――早く卒業したいな……。

あと二年だ。高校を出てしまえば、祖父の跡を継いで、あの神社の中で一生暮らせるだろう。この秘密を持ったまま、静かにあの場所で生きていける。

「……五年か」

コンクリートにグレイのペンキを塗った天井に目をやり、馨玉はひっそりと呟《つぶや》いた。もう、ここに越してきて五年経つのだ。

小学校最後の年に、祖父に引き取られてこの街に来た。

街は神奈川《かながわ》県・厚木に隣接していた。相模大野《さがみおおの》を越すと、車窓の景色は急に開け、高い建物が減って低い山並みが現れ始める。新宿《しんじゅく》からは五十分ほどだ。

丘陵地《きゅうりょうち》を切り崩して宅地造成し、住宅と一緒に小中高の学校、病院などを集中して建てる…いわゆる新興住宅地だった。多くの子供が同じエリアから持ち上がりで上の学校に行く。馨玉もエリア内の中学へ進んで三年間を過ごし、そのまま一番近い高校に入った。

同級生たちとは五年の月日を共に過ごしてきたのに、未《いま》だに余所者《よそもの》感は抜けない。

友達は皆親切だ。嫌なことをされたことがないし、むしろ女子には近づかれ過ぎて困るくらいだ。けれど、表面的に仲良くなることはできても、結局それ以上の距離にはなれなかった。

普段は何も困らなくても、いざ学校行事で誰かとペアを組む…という段になるとそれが如実《にょじつ》に出た。クラスの人数が奇数のときなどは、確実にあぶれる。

一緒に話していた友人たちは、皆〝誰かが五百野と組むだろう〟と思っている。たいてい、皆〝組むならこいつ〟という友達がいて、馨玉はそこに入っていない。男女混合だともっとややこしくて、殺到《さっとう》する女子のせいで男子から敬遠されてしまい、さらに女子同士が男子には見えない水面下の協定を結んだりするので、結局馨玉が自分で誰かを選ぶことはできなかった。

周囲のせいではない。心を開けない自分が悪いのだ。

それでもどこかでこの微妙に表面的な付き合いに寂しさを覚える。

さっきも、最後の同級生の言葉は本当に自分のことを心配してくれたのだろうと思うけれど、それには応《こた》えられなかった。異変を悟られないようにするだけで精一杯だった。

――仕方ない…。

「……」

校庭からカキーンと高い打音と歓声が響く。走れ、という掛け声が楽しそうにこだまして、満塁ホームランになったのだと、手に取るようにわかった。

中学も高校も剣道部だったけれど、あんな風に、皆と一体になって盛り上がったことはない。

――個人競技だからかな。

羨《うらや》ましいような気がする。けれど、それも少し憧《あこが》れるだけで、どうしても欲しいものではない。一緒に熱中できる仲間がいない自分を不幸だとか、そんな風に思うつもりはなかった。

野球部の声に背を向けるように、針金入りのガラス窓が嵌《は》まった扉の並ぶ廊下を進んだ。丸い銀色のドアノブを回して部室に入ってみたが、やはり誰もいない。

竹刀《しない》が立てかけられ、部屋は防具特有の匂《にお》いがする。馨玉は蛍光灯に照らされた防具の面をしばらく眺め、閉じたドアに寄りかかった。

部員は六人で、同学年はふたりしかいない。終業式の今日はもちろん、春休み中も部活はない。もともと活発な部でないせいもあるが、顧問《こもん》が特に心配性で、活動日を減らし始めているのだ。

――やっぱり、あの件が原因なのかな……。

クラスメイトだけではない、先生たちも真剣に〝ひとりでの登下校を避けるように〟とか〝早めの帰宅を〟などと指導している。風紀指導としていつも言われてはいるが、部活まで減らす念の入れ方が、余計に〝噂《うわさ》〟の信憑性《しんぴょうせい》を高めていた。

噂の情報元はあるサイトだった。

そのサイトは『ロイコクロリディウム』という名で、管理者は〝ヒトが何者かに脳を乗っ取られて姿を消している〟現状を報《しら》せる目的でサイトを立ち上げたらしい。彼は、親友を突如《とつじょ》失ったのだという。

いくつもの証拠を挙げ、自分の友人が家出をしたり違法薬物に手を染めたりするような人物ではないこと、警察の調べでは事件性もなく、残されたメールや日記から、誰かに人格を乗っ取られて、操《あやつ》られた行動の末に姿を消したのだと訴えていた。

やがて、同じように知り合いや兄弟などを失った人たちがアクセスし、サイトは〝不可解な行方不明者〟の情報交換場となった。

〝ロイコクロリディウム〟は寄生虫の名前だ。カタツムリに寄生する虫で、主に目玉のほうに棲《す》みつく。

この虫のせいで、カタツムリの眼球は異様に太く突出し、グリーンや赤系のグロテスクな模様が透けて見える。まるで芋虫のように伸縮を繰り返すロイコクロリディウムに操られ、カタツムリは本来好まないはずの日光直下へと進み出てしまい、鳥に見つかって捕食される。まんまと鳥の体内に入った寄生虫は卵を産んで増え、糞《ふん》と共に鳥の身体《からだ》を出、それを餌《えさ》にするカタツムリの体内に再び寄生する。

人間にも同じことが起きているのではないかというのだ。脳を乗っ取られ、ゾンビのように自ら死地へと向かわされる…。

〝うちもそうでした〟という情報が増えるにつれ、管理者の訴えは真実味を帯びてきた。

特に悩みもなく、失踪《しっそう》する要因も思い当たらないのに、友人や家族が突然消える。そして何人もの人が、失踪直前に謎の書き込みを遺《のこ》していた。

〝誰かが私の中にいる…〟

〝私が私でいられない〟

ある人はブログで、ある人は友人へのメッセージで、ある人は誰にともなく呟きを書き込んで、ふいに行方をくらます。

日本で年間の行方不明者は万を数える。そのすべてに当てはまるわけではないが、一定の数で同じ現象が起きている以上、他の失踪者とは別な原因があるはずだ。少なくとも、そのサイトに辿《たど》り着いた人たちはそう思っていた。

やがてサイトは広く知られるようになり、失踪人の関係者以外の人々も閲覧《えつらん》し、情報を寄せ始めた。

最初は興味半分な人が多かったと思う。ミステリアスな現象に、謎解き感覚であれこれ書き込んだようだ。休み時間にこの話題で盛り上がっているクラスメイトもいたし、マスコミが全く取り上げないから、ただのネタだろうと笑っている生徒もいた。

けれど、書き込みが増えたのと同時期に、事件性がないとされる失踪事件の報道が目立ち始めた。テレビや新聞には決してサイト名が出ないが、理由のない行方不明者という部分は嫌でも関連性を感じさせる。

公的機関は不気味な沈黙を守っている。サイトはかなり検索されているはずなのに、入力しても検索予測が出ない。タグもつけられているのに拡散はされず、ネット住民は意図的なブロックだと憤《いきどお》っていたが、結局ネット以外のメディアがこの件を取り上げることはなかった。

先生たちは何も説明しないくせに、ただ自衛だけを説《と》く。それで特に怖がりな女子たちは集団で下校したがるようになった。教師の訓戒が噂を肯定する格好になったのだと思う。自分も被害者になるかもしれないと本気で心配し始めたのだ。

何かが自分を乗っ取りに来る…けれど正体はわからず、もし自分に何かあっても、社会的には隠蔽《いんぺい》される。社会がかたくなにこの噂を黙殺しているのが、余計何かの事情をはらんでいるように思えた。

先週、隣の市で帰宅途中の会社員が行方不明になった。新聞はベタ記事扱いだったが、サイトを見ている人たちは、恐らくこれも同じ現象だと思っている。あまり真剣になるとイタい奴だと思われるから、級友は軽く言ったけれど、下校を心配してくれたのは、たぶん本気だ。

噂では、この現象の解明のために特殊部隊が組織されているとも言われていた。けれど、まるでホラーのような〝乗っ取られる〟という現象を、警察や科学捜査で解明できるのかどうかは不明だ。

他にも乗っ取られた者が確保されるのを見たという目撃情報もあるし、乗っ取った〝何か〟と戦うのを見たという書き込みもあったが、どこまでが本当かはわからない。

馨玉も、この話はただのデマではないと思っている。ただ、飛び交う噂のどれが真実なのかは見当がつかなかった。

「……」

ぼんやり考えながら、馨玉は壁の時計を見て、寄りかかっていたドアから身体を離した。さすがに、もうクラスメイトたちは下校しただろう。今なら帰っても誰かと鉢合《はち あ》わせる心配はないはずだ。

電気を消して部室をあとにし、半地下になっている階段を上がろうとして、再びグワンと身体全体が揺れるような感覚に襲われた。

――また？

貧血のように血が足元に下がっていき、立っていられない。馨玉はきつく眉根を寄せ、壁を頼りにずるずると蹲《うずくま》った。

「…っ」

頭の中でグワングワンと割れ鐘《がね》のような音が響いている。馨玉は白い手で額《ひたい》を押さえながら、静かに呼吸を整えようと努めた。世界がぐにゃりと歪《ゆが》んだようだ。

――落ち着け…。

周囲が変わったわけではない。ただ自分の知覚が過敏になっているだけだ。

どんなものが視《み》えても、何が聴こえても動じてはいけない…。そう自らに言い聞かせても、過敏になる感覚はいっこうに退《ひ》かなかった。

――なんだろう、今日は……やけに……長い。

先刻兆候があったばかりだ。普段はそう何度も起きることではなく、ないときは何か月も平穏《へいおん》に暮らせる。けれど今は耳鳴りがひどくて、平衡感覚を保っているだけでやっとだ。階段を上ろうと試みたが、結局再びその場にしゃがみ込む。

「……」

仕方なくじっとしていた。こういうときは、動かないでいるより他に方法がない。

嵐のような現象が去るのをひたすら待ち、ずいぶん経ってからふいに静寂が訪れた。

起きたときと同様に、なんの兆候もなくいきなりこの現象は終わる。馨玉は強張《こわば》った手足を慎重に動かし、おかしな感覚がないことを確かめてから、そっと息を吐いた。

――今度こそ、大丈夫かな。

目を開けると手元は暗くて、見上げるといつの間にかブロックガラスの踊り場は紺色に沈み込んでいた。にぎやかだったグラウンドの声も消え、上の階の蛍光灯が白く光っている。

外はもう真っ暗だろう。うっかりしたら昇降口は閉まっているかもしれない。長い時間じっとしていたせいで痺《しび》れた脚をさすりながら、馨玉は顔をしかめた。

――どうして、五百野の家は……。

どうして自分なのだろう。過敏になるのはなんのせいなのだろう。何故《なぜ》こんな風に生まれるのだろう……。

不自由な感覚を持って生まれた自分に、恨《うら》みがましい気持ちを抱きながら、馨玉は嘆息《たんそく》し、ひっそりと昇降口に向かった。

昇降口を出ると、階段を照らす照明の下で雨が光っていた。

――降り出しちゃったか…。

夜遅くになると雨が降るという予報だった。終業式だし、こんなに遅い時間になると思っていなかったので、傘《かさ》は持ってこなかった。

小さく息を吐いて、仕方なしに濡《ぬ》れて帰る覚悟をする。頭だけ庇《かば》っても意味はないと思うので、潔《いさぎよ》くカバンは肩にかけたままだった。

濡れた茶色いタイルの階段に、灯《あか》りが滲《にじ》んで映《うつ》る。青白い灯りは階段を見やすくしたが、足元が明るい分、その先はより深い闇になった。

正門までの数十メートルが暗くて、門の脇にあるバス停の屋根の下がやけに明るい。

この街は、低くいくつも連なる丘陵地を切り崩して造られているので坂が多く、学校は坂の上にあった。生活の足は整備された住宅街を走り抜けるバスだが、馨玉は正門脇のバス停に寄らず、そのまま坂を下った。

この時間はもうバスの本数が少ない。どうせ濡れているのだ、このまま歩いてしまおうと思う。

宅地造成されて一気に建てられた家々は、きれいに区画整理されていたが、道路は勾配《こうばい》する地形に合わせてうねうねとカーブしていて、その中に隧道《すいどう》がある。山というには小ぶりな丘を越えるより、トンネルを掘って抜けたほうが近道なのだ。

まだ七時にならないくらいだが、雨と寒さのせいか、人通りはほとんどなかった。住宅街を通り過ぎ、幹線道路に出ても、車通りは少ない。そのまま歩けば、二十分もせずに帰宅できる。

左手には低い山並みの間に河が流れていて、国定公園がある。のどかな地域だが、ところどころに大学やら企業やらの研究施設があって、田舎《いなか》のわりに人の出入りは多い。

雨は細い絹糸のようで、傘がなくても歩けたけれど、時間が経つとそれなりに濡れる。自然と足早になり、幹線道路から小道に入って家路を急いだ。

馨玉の暮らす家は神社の敷地内にある。斜面を十分も登れば頂上に着く、低い丘のような山の上にある神社が祖父の奉職する社《やしろ》だ。

参詣者《さんけいしゃ》は、幹線道路に面した階段を上ってくるが、馨玉は近道になる裏の雑木林《ぞうきばやし》のほうから上ろうとした。

そのとき、ぬっと暗闇から人が現れ、馨玉はびくりとその場で足を止めた。

抑揚《よくよう》のない声をかけられる。

「あの…すみません」

「…?」

街灯を避けるように現れた相手は、紺色のスーツを着た四十代くらいの男性だった。なんの変哲《へんてつ》もない地味な茶系のネクタイ姿で、傘はさしていない。

男は馨玉に話しかけているはずなのに、どこか焦点の合わない目をしている。馨玉は警戒しつつも努めて平静に答えた。

「…なんですか?」

「…」

相手は応えない。ただ前触れもなく近づいてきて、馨玉は不自然なほど近くなった距離に後じさった。

――なんだ…?

男との間は三十センチもない。知らない相手にしては近過ぎだ。距離を取り直そうとしているのに、退けば退くほど近づかれ、しまいには腕を摑まれる。

「!」

どんよりした相手の表情は何も変わらない。それが余計薄気味悪くて、思わず手を振りほどくが、相手は再び馨玉の腕を摑みにかかってきた。

「ちょっと……来て」

――なんだ、コイツ…。

話の通じない異星人と対面しているみたいだ。表情と行動がバラバラで、どんよりとした面持ちのくせに動作はやたらと俊敏で、馨玉は反抗するより先に逃げるほうを選んだ。

追いすがってくる手から身を翻《ひるがえ》して山の中に走り込む。平坦な小道より障害物があったほうが捕まりにくいだろうと思ったし、このまま家まで走って逃げるほうが安全な気がしたのだ。木々の間なら、目も利かないだろう…。

だが駆け上り始めてすぐ、木の陰から別な人物が出てきて、馨玉はぎょっとして固まった。

――わっ……。

じっと真っすぐ自分を見る、繋《つな》ぎの作業服の男。その姿に、幽霊に出くわしたように心臓が飛び跳ねる。

「チョット、キテ……」

「…」

抑揚なく、先ほどのスーツの男と同じことを言う。背筋にぞわりと悪寒《おかん》が走って、身体が強張った。

――生きてる人なのか？

そう思ってしまうくらい、生気を感じなかった。そのくせ伸ばしてくる手は力強くて、払いきれずに裾を摑まれた。

《厚木のほうでは〝出た〟らしいぜ…》

級友の声が甦《よみがえ》る。まさか、と思うが、それ以上思考できなかった。どくん、どくんと心臓がバクつく。

後ろから追ってくるスーツの男、目の前の作業服の男。逃げ道を探して視線を左右に巡らせると、木木の奥にもまだ他に作業服の人影がある。

闇の中に、だらんと両手を下げて立っている姿は、屍人《しびと》そのものに見えた。

日常の常識からかけ離れたこの状況に、一歩も足が動かない。

「……う……」

助けを呼ぶ声も出なかった。見開いた目を閉じるのが怖い。もしかしたら、この連中が自分を〝乗っ取る〟のかもしれない…。

目を瞑《つむ》った瞬間に、すべてが終わってしまう気がして、硬直したまま四肢《しし》を強張らせた。グワングワンと、頭の中でまた金属音が鳴り響く。

――こんな……ときに……。

月さえない闇に、木々の色合いが急にくっきりと浮かび上がる。しとしとと肩を濡らしていた雨が、まるで銀の糸のようにぎらつき始めた。

「……ぁ……く……」

作業服の男の手が服を引っ張り、身体はあっけなく地面に引き倒された。だがそれとは別な、胸を叩きつけられるような圧迫感に、馨玉は息ができない。

――苦し……い……。

濡れた枯れ葉がチクチクと頬《ほお》を刺す。得体《えたい》のしれない相手への怖さより、身体を襲う圧力への恐怖から、馨玉は必死で息を吸おうとした。

深い水底に押し込められているみたいだ。圧迫感で身体が地面に張り付けにされている。

――息が…できない。

こんなことは、今までに経験がなかった。いつもの感覚過敏とはレベルが違う。恐ろしいほどの圧迫に、馨玉は目を開けていられず、眉根を寄せて視界を閉ざした。

――――…俺……死ぬのか？

世界から押し潰されるかのような圧力と、さらにもっと強い力が周囲でスピンするようにいくつも回っている。まるで小さな嵐が何個も近づいてきているようだと思うが、それが迫ってくるあの作業服の男たちなのかどうかもわからない。

必死で細くあえいでいると、鋭い少年の声がした。

「虎山《こざん》！　それだ。剣を取れ！」

――――誰……？

ざあっと風のようなものが舞い降りてくる気配がする。耳は音量の調節が利かなくなったように、ゴウッと渦巻《うずま》く音を被せ、その中で低く強い声が耳の奥に飛び込んできた。

「こいつか？」

ためらうような声と同時に、誰かの手が肩に触れて身体を仰向《あおむ》けにされた。

呼吸を確保するのが精一杯で目が開けられない。命じた少年の声が、さらに逼迫《ひっぱく》した。

「その内《なか》だ！　急げ！」

胸に大きな手のひらの感触がする。低い声が、ふと耳のそばでした。

「すまない、緊急事態だ」

言い終わると、胸に置かれた手から電気ショックのようにドンと強い力が放たれた。

「…ぐ…」

肺を押されて、身体がクの字に曲がる。衝撃に目を開くと、目の前にはまるで中世の戦士のような容姿の男がいた。

「…ぅ…ぁ……」

――――手が、めり込む……！

呼吸も鼓動《こどう》も今度こそ止まるかと思った。虎山と呼ばれた男の大きな手が、皮膚《ひふ》を破って心臓までめり込んだ気がしたのだ。

「…が…っ……」

「…許せ」

苦悩するような低い響きがする。内臓まで素手で触れられたような衝撃に、身体が硬直する。

瞬《まば》きもできなかった。死ぬのだと、間違いなくそう覚悟した瞬間に、身体の中に異変が起きた。

――――……な、……に………。

皮膚一枚下のところで、身体の中がぐわんと揺れる。粘性のある水が揺れるように、軌跡《きせき》を残しながら波紋を生み、虎山の手の回りに集中するように、ずっしりと熱が集まり始めた。

「……う……ぐ…」

すべての内臓が一体化して波動を起こしている。まるで細胞という細胞が一か所に集められ、組み替えられていくようだ。

「……う…や……め……」

じっと見下ろす虎山の顔を見た。

強靭《きょうじん》な体格に似合う、落ち着いた表情。やや彫りの深い顔をしている。

「辛抱《しんぼう》してくれ」

虎山の手が強く何かを握る。それに引きつけられるように、身体の中で波打っていた塊《かたまり》が収束《しゅうそく》し、硬化した。

「うわ……っ、ああっ」

身体の中で生まれた硬い芯に熱が集まっていく。その鋭い衝撃に、馨玉は背を弓なりに反らせた。

――熱い……っ……。

灼《や》けた溶鉄を飲み込んだようだ。内臓を焼かれるような感覚に声もなく絶叫すると、次の瞬間に虎山の手が離れた。

飛び退《すさ》っていく風圧がする。目で追いかけられないほど速く飛び上がり、虎山は闇の中へ突進していった。馨玉は酸素を求めて喉を鳴らしながらそれを見た。

――――なんだ…一体……。

虎山が離れると、身体は驚くほど軽くなった。先刻の、死ぬかと思うほどの圧迫感はどこにもなく、鋭敏だった目も耳も、いつもと同じ状態に戻っている。

代わりに、元に戻った視力で捉《とら》えたのは、山の斜面をすごい速さで飛び回る四人の男たちだった。

黒く長い服で、裾をひらめかせて木々の間を飛び上がる男たち。彼らは作業服の男たちを追い、相手もまた人間とは思えない速さで走っていた。

——誰だ…？　この連中……。

馨玉は枯れ葉に手をつき、半身を起こして飛び回る男たちを見た。

黒髪だが、明らかにヨーロッパ系の顔だちの男、眼鏡《めがね》をかけた男、その後ろに赤毛の派手な男がいる。そして先ほど自分に接触した虎山が最前線にいた。

全員、黒い軍服とも神父の服ともつかない服装をしている。

詰まった襟元と袖には銀の刺繍《ししゅう》が施《ほどこ》されていて、袖は折り返されていた。やや広がる裾は神父服のようだが、機動力を確保するためなのか、ウエストのあたりでボタンが終わっていて、左右に翻った裾から覗《のぞ》く脚は、腿《もも》まである黒い革ブーツで覆われていた。左腕には銀の十字が縫《ぬ》い取られ、右肩から二の腕にかけて、蔓《つる》模様の銀の甲冑《かっちゅう》のようなものがカバーしている。そこから細長い布が胸と左肩に渡され、背中に向かって靡《なび》く。

そして虎山を含め、三人が銀色の長い剣を手にしていた。

「……」

頭のどこかで、級友たちの話を思い出す。隣の市に出たという被害者、秘密裏《り》に組織されているという特殊部隊。

——……まさか。

確たる証拠はなかったが、どこかで、あの作業服の男たちが噂の〝乗っ取られたヒト〟なのではないかという気がする。摑みかかってきた相手の力は、普通ではなかった。

作業服姿の男たちは、自分に向かってきたときは屍《しかばね》のようだったのに、今はまるでサイボーグか何かのように俊敏だ。

木々の間を縦横無尽に動く彼らを、黒服の男たちが追い詰めている。

後方にいるすらりとした黒髪の男が、銀色の剣を手に飛び上がり、作業服を着た男の真上から、一気に剣を突き立てた。

剣で貫かれた男は、瞬間的に黒化してぼろりと崩れた。なんだか土で作った人形のようで、不思議と恐怖感はない。

――…なんなんだ…？

馨玉は、誰が何をしているのか、全容を把握できないまま呆《ほう》けたようにその戦闘を見ていた。

最後に残ったスーツ姿の男が、最前線にいた虎山に追い詰められていく。その成り行きを見ていると、先ほどとは全く違う結果になった。

――うわ…っ……。

虎山が剣を振り下ろすと、何故か自分の身体にも衝撃が来た。まるで磁石に鉄が吸い付けられるかのように、内臓にドンと強い圧が来る。

「…っつ！」

骨の砕ける鈍い音と肉の裂ける生々しい音が響き、斬《き》られた相手から作り物みたいな鮮血が噴《ふ》き上がった。目を逸《そ》らせないままホラー映画のような光景を見せつけられ、思わず吐き気がこみ上げる。

「…ぐ……」

ザッと虎山が長剣を振り、血を払った。薄暗い山の斜面で、それはまるで古代の狂戦士《ベルセルク》を思わせる。

人間の骨を砕くほどの剣を振るい、息ひとつ乱さずその死を確認するさまに馨玉は息を呑《の》んだ。

「討伐《とうばつ》完了だ。124部隊に連絡を」

その命令に続き、完了報告、とか、撤収《てっしゅう》、とかいうやり取りが行われ、その間も彼らは冷静に動いていた。

「血液と、肉片サンプルの回収だ」

「ハイハイ…」

命じられた赤毛の男はまるで家畜でも見るように、倒れた死体にためらいなく近づき、小さなカプセルを取り出して、肉片を回収した。眼鏡をかけた男も冷静に黒くなった作業服の死体を改めている。

無抵抗の人間を殺した、とか、そもそも警察を呼ばなくていいのか、とか、頭の中に言葉が浮かぶのだが、声にならない。立ち上がることもできずに見ていると、虎山が馨玉のほうに歩いてきた。

見上げると、屈強な戦士は少し苦く笑った。

「悪かったな…」

濡れた枯れ葉に膝をつく音がする。筋骨隆々で、がっしりした体格に似合う風貌《ふうぼう》なのに、どこか優しさを含んだ目が、複雑そうな感情を浮かべていた。

すっと先ほどの筋肉質な手が肩に触れる。

「緊急事態とはいえ、巻き込んですまなかった」

「…あ」

とっさに胸に手をやると、確かにこの男の手が心臓までめり込んだと思ったのに、触れても服すら破れてはいなかった。

――じゃあ……さっきのは………？

内臓を素手で触られたような気がしたのだ。いや、気がしたというレベルではない。

自分ではない指先が、内臓に触れた感覚すらあったのに……。

「さっきのは…」

なんだったのだと問おうとしたとき、金髪の少年が現れた。

――さっきまではいなかった…。

黒い戦闘服のようなものを着ているのは、虎山を含め四人だったはずだ。

黒髪の男、眼鏡をかけた男、赤毛の男…。

目の前にいるのは、まるでヨーロッパの貴族のようにきれいな金髪碧眼《へきがん》の少年だった。白いアスコットタイに、モーツアルトの肖像画に描かれているような、裾の広がった濃紫のジャケットを着ている。

「君、名前は…？」

「……五百野、馨玉」

「イオノ……」

聞かれるまま答えたが、どこか硬質な響きを持つ少年の声が、最初に何かを命じたあの鋭い声だと気づいた。

彼が命じて、虎山が馨玉の身体に触れた…そして異変が起きたのだ。

皮膚を刺すような冷たい雨が、頬を濡らす。闇に溶けるように、黒い服の男たちが座り込んでいる馨玉を見下ろしていた。彼らの左肩にかかっている布が、ほの白く浮き上がる。

金色の巻き毛の少年が、厳《おごそ》かに言った。

「民間人を巻き込むのは不本意だったが、君がイオノの家系だというのなら、無視できる話ではない。勝手だが、後日改めて伺《うかが》わせてもらう」

「…」

否《いや》も応《おう》もない。何がなんだかわからな過ぎて、返事もできなかった。

「虎山、彼を家に送り届けるように。報告は戻ってから聞く」

金髪の少年が踵《きびす》を返すと、後に付き従った男たちも黒い裾を翻して飛び上がった。虎山だけ、馨玉を見て苦笑した。

「デュランダルの命令だからな。坊や、家はどこだ？」

脇に腕を差し入れ、肩を貸してくれる。逆らいたいが、力が入らなくて、自分では立ち上がることもできない。

「……坊やじゃない」

そう反論するのが精一杯だった。

彼の手に、先ほどの剣は見当たらなかった。

◆◆◆

デュランダルと呼ばれた金髪の少年の言葉通り、二日ほど置いて、虎山が再び馨玉の家を訪れた。

小高い丘程度の山にある神社の敷地内に、社務所《しゃむしょ》兼自宅がある。昔ながらの台所と風呂などの水回り、居間の他はそれぞれの自室しかない狭い造りだ。ちゃぶ台の置かれた六畳の居間に虎山を通すと、彼は堂々とした体軀《たいく》で折り目正しく正座し、両手をついて祖父に頭を下げた。馨玉は祖父の斜め後ろに控《ひか》え、その様子を見ていた。

「大槻《おおつき》虎山と申します。先日は、突然失礼いたしました」

虎山の気配は静かな湖面のようだ。

先《せん》だってのときと違い、今日の虎山はシンプルな黒い制服だった。

かっちりと首まで覆う制服越しでもわかる厚そうな胸板。引き締まった腕、僅かに見える首もがっしりしている。やや彫りの深い顔だちで瞳は黒く、同じように黒い髪は癖《くせ》があるのかうねっていた。純日本人、というには少し異国の血が混じった顔だちをしている気がする。

黙っていれば武将のようだが、どこか飄々《ひょうひょう》と肩の力が抜けている。そういえば、あんなに血生臭い殺人現場でも、彼は穏《おだ》やかだったな、と馨玉は思った。

「詳細を、ご説明いただけますかな」

「はい…」

あの夜、虎山に抱えられるようにして帰ってきた馨玉に、祖父は当然驚いた。虎山は玄関先で、改めて釈明に伺う…とだけ言って辞去《じきょ》し、馨玉だけが祖父に問いただされた。

だからと言って説明のしようがない。それでも自分のわかる範囲で、立て続けに感覚異常が起きたこと、裏山に異様な人間がいたこと、虎山たちが現れたことを正直に告げた。

翌朝、雨が上がってから、祖父と山の裏手に行ってみたが、遺体はあとかたもなく消えていた。ただ打ち落とされた枝や芽吹きかけの葉が散らばってい て、何かがあったのだということが証明できただけだった。

祖父はネットなど見ない。当然、噂のことなど知らないだろうと思っていたのに、現場を見に行ったとき、祖父のほうから『最近よく聞く怪事件との関連はあるか』と聞かれた。メディアが抹殺《まっさつ》していても、人の口からきちんと情報は伝播《でんぱ》しているのだ。

「あのとき、お孫さんが山の裏側で遭遇《そうぐう》したのが、〝噂〟の正体です」

祖父は肯定も否定もしない。けれど馨玉は腑《ふ》に落ちた感じだ。追いかけてきた連中は、どう見ても普通の人間とは思えなかった。

「世間では色々と憶測《おくそく》が飛び交っておりますが…彼

らは『魔族に感染した人間』です」

「魔族…？」

馨玉が間の抜けた声で聞き返す。

「私はライゼル神学校の学生です」

――神学生…。

虎山が慎重に言葉を選んでいるのがわかる。

「…ネットでは、何かに〝乗っ取られた〟人々が行方不明になっていると言われているかと思いますが、〝乗っ取られ〟るのではなく、〝感染〟しているのです」

そして感染して魔族になってしまった人間は、行方不明を装って始末されているのだと、虎山は説明する。

「…」

返す言葉を失っていると、虎山が難しい顔をした。

「なかなか、一般的にはご理解いただきにくいと思っていますが、ウイルスのようにヒトに伝染する〝伝染性魔族〟の存在は、今世紀に入ってから見つかったものです。感染後の症状は様々で、耐性がない場合は残念ながら亡くなります。ただ、僅かでも適応できてしまうと異常変形を起こしたりします」

そして感染者はさらなる感染拡大を起こしているのだという。

「お孫さんに無理に近づこうとしたのは、恐らく伝染させるためです。彼らの意志かどうかは別として、ウィルスのほうは新しい宿主を探そうとするので」

馨玉はあの夜の男たちの顔を思い出し、ぞわりと鳥肌が立った。

まさに、ロイコクロリディウムそのものなのだ。

ヒトの中に寄生し、操り、さらなる宿主へと向かわせる。ただ、それは菌や病原体のようなものではなく〝魔族〟だという。

――そんなものが、実在するのか？

聞きなれない単語が、まるで絵空事のようだった。

懐疑的《かいぎてき》な気持ちもあるが、あの異様な光景を思い返すと、他に納得できる原因は挙げられそうにない。

「我々は、その感染者を探し出す役目を負う者です。ライゼル神学校は、そのための専門育成機関です」

虎山の説明は淡々としていて冷静だ。何かの思い込みで話しているとも思えない。そして同時に、もしこれが事実だとしても、世間に公表するのは難しいだろうと思った。警察や政府のような公的機関がそんな存在を認められるわけがない。まして、行方不明ではなく〝消されて〟いるのだとしたら、なおのこと公《おおやけ》にはできないはずだ。

あの得体のしれない男たちが人間ではない何かに変質したのは事実なのだろう。そしてこの怪現象のための捜査機関があるというのも、本当なのだ。

「異端捜査官《チェイサー》という職名です」

虎山によると、感染後の形態は様々だという。この間のように異常さがはっきりわかればいいが、中には完全適合や共存ができてしまい、人間社会に紛《まぎ》れ込んだまま生きているケースもあるらしく、それがさらなる被害の拡大を生む。虎山は、そうした感染の疑いがある者を探し出す役目を担《にな》っているのだという。

「私はまだ候補生ですが…」

あの場にいた全員が、日本で言えば高校二年生に当たるのだと聞いて驚いた。そしてその学校が隣の市との境あたりにあるインターナショナルスクールのことだと知って、さらに驚く。

——神学校だったんだ。

住宅地の一番奥には山が迫っている。登山にもハイキングにも適さないその山々の向こうにあるのは、メーカーの研究所や医療施設ばかりだ。けれど、その山のさらに奥のほうにインターナショナルスクールがあるのは、馨玉もなんとなく知っていた。

循環バスルート上にない施設は、たいてい駅にその会社専用のシャトルバスが停《と》まっている。社名やロゴが車体に書かれたバスに、通勤する人々が毎朝乗り込む。けれど、ロータリーに時々、真っ白でなんのマークもないバスが停まっているのを見た者がいて、それがインターナショナルスクールのバスだと噂されていた。

けれど、自分たちには縁のない学校だし、通っている学生を見たこともないので、都市伝説のような感じだった。

「本日お伺いしたのは、先日の出来事についてのご説明の他に、おふたりにお願い事があったためです」

ぴしりとした気配を漂わせる祖父に、虎山は動じずに丁寧に頭を下げた。

「お孫さんに、当校にご編入いただけないでしょうか」

――え……？

「どういうことかね」

祖父の声が硬い。

虎山が顔を上げた。

「この魔族討伐には、剣が必要です」

虎山の言葉に、三人の男が手にしていた銀の剣を思い出す。

「ただの剣では感染者を斬るだけで、寄生した魔族のウィルスを斬ることはできません」

馨玉もそれは理解できた。あの夜、剣を突き立てられた感染者はまるで炭のように黒く変化していた。普通の剣だったら、きっと斬れるだけだろう。

「……五百野香斎《こうさい》をご存じでしょうか」

何故知っているのか、虎山は五百野家の始祖《しそ》と言われる刀鍛冶《かたなかじ》の名を告げた。

「無論、先祖だからな…」

「我々が討伐に使う剣は、かつて五百野香斎が打ち直した聖剣・デュランダルです」

「え…」

――デュランダルって…。

先日のあの金髪の少年のことではないのか…と驚いていると、虎山の強い目とぶつかった。

「そう、〝彼〟だ」

祖父の目が険しくなった。

「元禄《げんろく》十年…今から三百年ほど前のことです。長崎《ながさき》に、ある使命を持った宣教師たちが密かに来日しました」

彼らはヴァチカン教理聖省の命を受け、人を襲う魔物を討伐するために入国したのだという。

だが、そのとき宣教師のひとりが魔族と戦って亡くなり、唯一の武器である剣が折れた。残された他の宣教師たちは慌《あわ》て、どうにか剣を修復しようと試みた。

「この剣は、人の手で創られたものではない。だから、そもそも折れるようなものではないし、材質上、修復は不可能でした」

それでも、極東《きょくとう》の島国にいた宣教師に選ぶ手段はなかった。どうにかその場で修復するしかなく、当時、並ぶ者はいないと言われていた刀鍛冶・五百野香斎に打ち直しを依頼した。

香斎は日本刀とは全く形の違う剣にのめり込み、一切他の刀を打たず修復へ精魂を傾けたのだという。

「三年後、魔物を斬ることができる聖剣は、香斎の手によって完全に甦りました。そのとき、同時に奇跡が起きたそうです」

「……」

心臓を素手で触られたようなあのときの感覚が甦って、馨玉の脈はドクドクと速くなる。

「聖剣デュランダルは魂《たましい》を持ち、人の形と成りました。宣教師はこれを書簡《しょかん》でヴァチカンに報告し、奇跡を証明するために香斎を伴って帰国することにしたのです」

聖剣を打つ魅力に取り込まれた香斎は、妻子を捨て、海外への渡航を禁じた法を破り、剣と共にこの島国を出たのだという。

——あの少年が、剣……。剣が、人になる？

荒唐無稽《こうとうむけい》な話だと思う。普通に聞いたら、虎山は頭のおかしい人なのだと一蹴《いっしゅう》するだろう。けれど、すでに常識で計れないことが目の前で起こっている。

ヒトが何かに乗っ取られる。ヒトが人ではなくなり、あの剣は確かに感染者を炭化した…。

そして自分の身体に異変が起きたときの感覚が甦って、馨玉は思わず顔をしかめた。

「教皇はこれを言祝《ことほ》ぎ、宣教師を抱えていたシュドヴァ大公の庇護《ひご》下《か》で、五百野香斎は生涯を剣の研究に捧げたそうです」

大公は出資を惜しまなかった。その財と研究は孤島の修道院として知られるライゼル修道院で密かに続けられ、財団化し、それが虎山が通う神学校の元となったのだ。

「馨玉殿の身体にも、同じ剣が宿っております」

「…」

虎山に視線を向けられ驚いたが、馨玉は否定の言葉が出せない。

「最初に、剣の気配を見つけたのは他ならぬ聖剣デュランダル自身です。彼の中に剣があると…取り出せと言われて、私が取り出しました」

虎山は沈黙する祖父の言葉を待った。

長く神主《かんぬし》を務めてきた祖父は、瞑想《めいそう》するように目を閉じ、静かに話し出した。

「……五百野の家では、代々ひとりだけ、少々人と感覚の違う子が生まれる。けれど、私はなんともなかった。ひとり娘もごく普通に育って、もしかしたら、血が薄れてくれたのかもしれないと楽観しておったら、孫の代になって特に兆候の強い子が生まれた…」

祖父の瞳が苦く曇る。

「貴方《あなた》が言う、祖先の打ち直した剣のことはよくわからん。香斎はそれきり日本に戻ってこなかったからな。けれど、刀鍛冶の魂を飲み込んだことで、過敏な感覚になるのだということは、ずっと伝えられておった」

「五百野殿…」

まるで、呟くように祖父が言う。

「三年…恐らくその剣を打ち直している間に生まれた子が後に〝己の中に剣がある〟と書き残している」

初めて聞く話だ。どうして、という思いで聞いていると、祖父が苦悩を秘めた目で馨玉を見た。

「だが、実際の剣が身内にあるとは思っていなかった…」

比喩《ひゆ》ではなかったか…と祖父が苦く言った。

「おじい様…」

「いずれお前がここを継ぐときに話すつもりだった…ただの言い伝えだと思っていたからな。人とは違う感覚を持って生まれる五百野の子は、神職に就《つ》いて人から遠ざかって生きるしかない。だが…」

覚悟を決めたように顔を上げ、祖父が虎山のほうを向いた。

「孫を、頼みます」

「おじい様！」

――――どうして…。

非難の声を上げかけたが、言葉にならなかった。

何故そんなにあっさり了解してしまうのだ。

確かに、世の中に危険なことがあって、虎山のような人たちは必要なのだろう。けれど、自分にそんなことができるわけがない。そして、どんなに自分が人と違う特徴を持っていたとしても、この場所なら生きていけるはずなのだ。

今まで、同じ感覚を持っていた祖先が、ずっとそうしていたのだから…。

納得できないまま見つめたが、祖父は深く皺《しわ》を刻んだ顔で説き伏せるように言った。

「お前の力は、神職に就いたくらいで誤魔化《ごまか》せるものではない」

「…」

「行きなさい」

「そんな…」

祖父の声が、絞り出すように低くなる。

「この先、どうしてやるのが一番いいのか、ずっと迷っておった…。祖先の打ち直した剣がお前を見つけたというのなら、これが縁なのだろう」

がん、と頭を何かで叩かれたような気持ちだった。

自分が祖父を悩ませていたとは、思っていなかった。

「行っておいで。そして、そこでも駄目だったら戻ってきなさい」

「…………」

返事ができない。祖父は、孫である馨玉の未来を考えあぐねていた…。自分の存在は、祖父の重荷だったのだ…。

祖父の言葉に、馨玉はそれ以上反論する言葉が出てこなくて、しぼむように黙り込んだ。

◆◆◆

四日後の早朝、馨玉は山頂の神社に続く階段の一番上に座り、迎えを待っていた。

終業式の翌日から、打って変わって暖かい日が続き、桜は待ち望んでいたように一気に咲いた。境内へ続く階段の両脇はほの白い桜の枝が張り出し、淡く儚《はかな》い花びらで埋められている。

馨玉は学校指定の紺色のボストンバッグを左脇に置き、膝を抱えてぼんやり桜を眺めていた。転校ではあるが、以前の詰襟の学生服を着ている。

迎えの時間はいつがいいかと虎山に聞かれ、人目につかない早朝にしてもらった。祖父には違う時間を伝えてあるので、まだ起きてくることはない。

面と向かっては別れが言いにくくて、手紙をしたためてちゃぶ台の上に置いてきた。

追い出されたわけではないし、祖父も悩んだ末に出したのだと思う。自分より鋭敏な感覚の孫が、どうやったら生きていけるのかを考えてくれたからこその転校なのだ。


「……」

それでも、別れ際になんと言っていいかわからなかった。

ありがとうございました、なのか、お世話になりました、なのか。少なくとも〝行ってきます〟ではない気がした。

――ここにはもう、戻ってこれないんだろうな。

そう覚悟をしているはずなのに、今になって、竹刀を持ってこなかった理由に気づいた。

インターナショナルスクールだから、和ものの部活はないかもしれない…そう思って荷物から外したつもりだったが、心のどこかで〝もし剣道部があったら、取りに帰ればいい〟と考えていたのかもしれない。

家に戻る口実を残したのだ。

そのことに、自嘲《じちょう》気味に苦笑する。

――馬鹿だな。

戻れるはずがない。転校前の小学校の卒業式に出られなかったように、一度その場所から出てしまったら、もう〝別なところの人〟なのだ。

　車通りのない山の下の道路に、大きな白いバスが停まった。噂通り、マークも学校名も何もない車体だ。黙って見ていると扉が開いて、中から制服姿の虎山が出てきた。立ち上がって階段を下りると、虎山も階段を上ってきて、ちょうど中間ぐらいのところで出会う。

　虎山は九分咲きになった桜を見渡して、ふっと笑った。

「きれいだな…」

「…」

「荷物はそれだけか」

　頷くとすっと手が伸ばされて、荷物を受け取られそうだったので、馨玉はぐっと握る手に力を込めた。

　荷物ぐらい自分で持つ。俯《うつむ》いて抵抗すると、苦笑のような、溜息《ためいき》のような気配がした。

「こんなに突然じゃ、納得なんかできないよな」

「……おじい様の決めたことだから」

　祖父を苦しめたくはない。ここにいたいと我儘《わがまま》を言って、祖父の負担になりたくない。それだけだ。

　学校など、どこでもいい。もともと神主になるつもりだった。神主が神父に代わるだけのことだ。宗旨《しゅうし》にこだわるつもりはない。

　学年が変わるいいタイミングだった。部活も、退部届を出してきた。何もかも未練はない。

　未練はない…けれどどうしてか目頭に何かがこみ上げてきて、馨玉は俯いたまま虎山に見えないように一生懸命立ち位置をずらした。

　早く方向を変えて歩き出してくれればいいのに、虎山はなかなか動かない。自分から階段を下りようとしたら、止められて石段に並んで腰かけることになった。

「桜の時期は短いからな…」

　味わっておこうぜ、と言いながら虎山は桜を見上げている。

「……」

「チェイサーは、剣と遣《つか》い手でひとつのペアなんだ」

「お前が見た連中は、それぞれが組になっている。

デュランダルと黒髪の有國《ありくに》、ギデオンと広宣《ひろのぶ》…あ、ギデオンは赤毛の奴な」

聖剣デュランダルの遣い手が、候補生隊長のグラン・A・有國という名らしい。

朝の静けさの中で、小鳥が桜の枝の先のほうに止まって、蜜を取るために桜の萼《がく》だけ上手に嘴《くちばし》で摘《つ》まむ。蜜を吸われたあとは、桜が花ごと独楽《こま》のように音もなく落下していった。

「剣は一学年で十振り。今年の遣い手候補生は全部で十一人だ」

数が合わない、と思って顔を上げると虎山と目が合った。

「俺だけが、剣がない…」

「…」

「俺はどの剣にも選ばれなかった…」

「剣が、選ぶ?」

「ああ、剣のほうで遣い手との相性を見るんだ。彼らが選ばなければ、無理に斬ってもただの剣だ。魔物は斬れない」

虎山の背後で、小鳥の落とした桜がくるくると回って落ちていく。馨玉はどう返すべきかわからず、黙ってそれを見た。

「デュランダルに命じられてお前の身体から剣を取った。だが、本当に合わなければ、俺がどんなに力を使っても、剣は取り出せなかったはずだ」

真っすぐ見つめられて、馨玉は動けなかった。

「俺は、お前が俺の剣だと確信している」

「……」

「不本意だろうが、学校に来てくれ」

すっと視線が逸れ、虎山はまた穏やかに桜を見上げた。

「ライゼル神学校は、まだ開校して七年しか経っていない」

それは、あの伝染性魔族のために、大急ぎで創られた学校だからだと虎山は言った。

「あのウィルスは〝フラウロス〟と呼ばれている」

フラウロスは、新種の魔族に仮《かり》につけられた呼称だ。もともと人間に知られている悪魔の名のひとつで、豹《ひょう》の姿を取ったり、人間の姿になったりすると言われているらしい。

虎山がくしゃっと笑う。

「けれど本当のウィルスってわけじゃない。ただ性質が似てるからそう呼んでるだけだ。だが、それで人間が魔物化する事実は変わらない」

知りたい気持ちはあるが、素直に聞けない。ただ黙っていたが、虎山は苦笑して続けた。

「学校は世間から隠されてる。お前だって、地元の人間だけど知らなかっただろ？」

「…ああ、まあ……」

ネットでは警察の機関だとか、医療機関だとか噂されていたけれど、神学校だとは誰も思っていない。

「まだ、フラウロスについてはわからないことが多いんだ。魔族化するといっても、反応は個人差があって魔族化後の性質もまちまちだ」

元の人格を失ってしまう者、獣のように見た目も中身も凶暴化してしまう者、中には全く見た目が変わらないまま、中身だけ文字通り〝悪魔化〟してしまう者もいる。

「ただの魔族だったら、問答無用で斬れるんだが、パッと見ただの人間でしかないとなると、我々も慎重に捜査するしかない」

古来から、魔族を討伐するための専門の討伐部隊がヴァチカンに配属されている。けれど、魔族としては新種の〝ウィルス〟は従来の方法では対応できず、対ウィルス用に創設されたのが、虎山が通う神学校だという。

「我々はまだ未完成の組織だ。それでも、ウィルスがパンデミック《爆発感染》を起こす前に、なんとしても食い止めなければならない」

「…」

強い瞳に、馨玉は搦《から》め捕られたように動けない。

「お前の力が必要なんだ」

「…虎山」

すっと手を差し伸べ、虎山が立ち上がった。

「さて、行くか」

差し出された手は、握るのをためらっているうちに肩に伸ばされ、がっしりと大きな手がそこを覆った。

「……」

無言で階段を下りながら、肌寒い早朝の空気に、虎山の手が温かく感じられた。

この場所を離れることは変わりないのに、押し迫っていた悲しみが、どこかやわらいだ。

望んで行く場所ではない。けれど、手を伸ばされた瞬間、本当はその手を取りたかった。

「…」

握ることができなかった手の温もりを肩に感じながら、馨玉は応える代わりに、足早に石段を下り、ふたりしか乗らないバスのステップを自ら踏んだ。

◆◆◆

まだ外を歩いている人が少ない時間に、白いバスは山のほうへ向かって走った。トンネルをくぐると山並みがいよいよ迫る。けれどバスはさらにもう一度長く暗い防空壕《ぼうくうごう》のようなトンネルをくぐった。

――なんだか、秘密基地みたいだ。

一分ほど走ると、前方が眩しく光る。

馨玉はがらんとしたバスの中で、トンネルを抜けた瞬間の眩しさに目を眇《すが》めた。

「……でか……」

――中ってこんなに広いのか？

山を抜けると、急に広大な敷地が広がる。正面にそびえる巨大な建築物に、馨玉は思わず声が漏《も》れた。

バスは四車線以上ありそうなアスファルトの上を走り、黒い鉄柵《てっさく》の上に金の先端装飾を施された門扉《もんぴ》の前で一時停止した。ゲートは自動認証システムで開き、バスは悠然と走っていくが、左右に広がる景色に馨玉は度肝《どぎも》を抜かれた。

――すごいな…日本じゃないみたいだ…。

敷地は円形に山に囲まれている。バスの窓から見ると、遠くに迫《せ》り出すように山が壁を作っていた。その手前はだだっぴろい芝生《しばふ》で、左右に近代的な横長の建物が続いている。そして正面には、ゴシック様式なのにどこか現代的な建物が視界いっぱいに広がっていた。

――こんなとこが、近所にあったんだ…。

走ったのはものの二十分もない。けれど、こんなすごい施設があるなど、馨玉は聞いたことがなかった。

目を丸くして見ていると、隣に座っていた虎山がにやりと笑った。

「非公開だからな。余所者は入れないし、空撮映像は削除されている。検索しても見れないはずだ」

「…そ、そうなのか」

バスは半円に白い砂利《じゃり》が敷かれた場所で停まった。虎山が運転手に軽く礼を言って降り、それに続いてバッグを持って馨玉も降りる。

「…」

驚き過ぎて瞬きしかできない。馨玉は眼前に迫った建築物を目をぱちくりさせながら見上げた。

正面の建物は、ひたすら左右に広がっている。どう見ても百メートル以上ある。

――要塞《ようさい》みたいだ。

建物の正面はガラス張りで、前方が流線型に張り出していた。高さがどのくらいあるのかわからないが、ちょっとしたビルより高いことは確かだ。

――二十階くらい？　いや、もっとあるか？

そびえる総ガラス張りの建物の中は、中空に浮くようにいくつかのフロアが見える。その建物の左右には等間隔に石造りの尖塔《せんとう》が立ち並び、それらはゴシック風の窓が並ぶ建物で繋がっている。塔は競うように空を目指し、壁面には細かい彫刻が施され、全体は白とも銀灰ともつかない微妙な色合いをしていた。

近代建築のようでいて、壮麗《そうれい》な古い教会のようにも見える。

ふいに空気が張り詰めたような気がして隣を見ると、虎山がはっとした顔で上を見ていた。

「…？　虎山？」

視線の先を追うと、ガラス張りの建物の真ん中あたりにあるフロアに、僧服を着た一団が見えた。

黒い司祭《しさい》服ではない。ヴァチカン宮殿で見るような、赤い衣に白いレースのついた上着を被った者、白い衣に、幅広のサッシュを締めた者…。

——こっちを見てる？

とっさに、〝学校の偉い人なのかな〟と思った。けれど、虎山の眉が深く皺を刻んでいる。怒っているようにも、睨《にら》んでいるようにも見えた。

「…あの…」

「……いや、なんでもない」

どうしたものだろうと様子をうかがっていると、虎山がその場から引きはがすように馨玉の肩を押して、向きを変えた。

——この建物を案内してくれるんじゃないんだ。

「ここがメインの建物だ、中に大聖堂があって、あとで入れる」

「…うん」

余計なことは聞けない空気だ。

虎山は大聖堂の入口に背を向けて歩きつつ、先ほどの張り詰めた空気を誤魔化すかのように努めて平静に説明してくれた。

「この敷地は大聖堂を中心に、両翼と前方、後方四つのエリアに分かれている。神学生の学舎は前方の区域だ」

「…そうなんだ」

「あとは研究施設と、分析施設。異端捜査官の本部が設置されている」

神学校は一学年約百名。中高一貫校で、生徒は約六百人だという。

「そのうち、俺たちのような〝捜査官《チェイサー》〟候補が各学年一割の十人いる。あとの多くは分析官《アナライザー》と研究者《ドクター》、事務方を請《う》け負うために学ぶ生徒だ」

卒業後も、多くはそれらの機関にそのまま勤めるらしい。

「ここはもともと、さっき話したウィルスを研究するための施設として造られたからな」

「…そうか」

まるで、個人的な会話を避けるように、虎山は施設のことばかり説明してくれた。

表情は変わらないけれど、心なしかさっきより声が硬い。まるで〝あれは誰？〟という質問を封じたいかのように思えて、馨玉はそのまま口をつぐんだ。

「あっちが寮だ。もう事務室は開いてる」

広い敷地は、芝生で道を区切っている。だが虎山は気にせず芝生を横切り、大聖堂に比べるといかにも今どきな七階建ての建物に向かった。

中央を通る道路を挟んだ向かい側に、対《つい》になる同じ建物があった。

――ずいぶん、大勢住んでるんだな。

正面の大聖堂は、あまりにも大きくて奥行は全く分からなかった。けれど、あの中に研究施設や教育施設があるのなら住居もこのくらいの広さが必要なのだろうと思う。

寮に入るとき、虎山は入口で虹彩《こうさい》認証スキャナの前に立った。解錠される音がして一緒に入ると、首からロザリオを下げた人物が出迎えてくれた。

「五百野馨玉君ですね。おはようございます。寮監の木村《きむら》です」

ぺこりと頭を下げながら、慎《つつ》ましい神父のイメージそのものの木村を見る。

眼鏡をかけた木村は、にこやかに歩き出した。

「まずはお部屋を案内しましょうね。もう朝食の時間ですから、荷物を置いたら食堂へご一緒しましょう。あとで正式に紹介しますが、他の候補生とも食堂で会えると思いますよ」

「はい……あ」

――虎山？

三階に割り振られた部屋に着いたとき、振り向いた先に虎山の姿はなくなっていた。


食堂は一階にあった。一面がガラス張りで、広々とした空と山を眺めながら食事がとれる。全体に清潔感のある白い床や壁と、木目《もくめ》のアクセントを基調に造られていて、おしゃれな大学のカフェテリアといった様子だ。

食事は好きなものを各自でチョイスしていく方式

らしい。七時半の今はまだピーク前らしく、席は半分くらいしか埋まっていなくて、厨房《ちゅうぼう》の前のカウンターには、トレイを持った学生数人の列ができていた。

「初めてですから、私と一緒でもいいですか？」

「あ、はい。お願いします」

木村はにこにこと笑ってトレイを渡してくれ、ビール酵母《こうぼ》のパンが美味《おい》しいのだとか、和食が好みなら粥《かゆ》もメニューにあるのだとか、こまやかに教えてくれる。

「食堂は、朝六時から夜の九時まで開いています。食事時間以外はメニューが減りますが、基本的にはいつでも食べられますよ」

食券はないらしく、三時になるとスイーツが出るのだと楽しそうに教えてくれた。

「バスユニットは各部屋についていますが、大浴場もあります。大きなお風呂が好きなら、そこも使えます。二十四時間開いています」

売店はコンビニ代わりに長時間営業しており、カフェは各寮の他、施設棟と呼ばれるこの学校の全体管理をするための建物にもあるという。

神学校と聞いて、少し修道院のような修行めいた生活を想像していた馨玉はその違いに驚いた。

「……ずいぶん、便利なんですね」

「たくさんの人が住んでいますからね。もう、ちょっとした街の規模なんですよ」

学生、教職員、事務員、研究・分析員、彼らをサポートするチーム、生活を支えるシェフや売店の販売員まで含めると数千人を超える人々がこの山に囲まれた内側で暮らしていることになる。

木村がスープのカップを取りながら微笑《ほほえ》んだ。

「大聖堂は神聖な場所ですし、研究棟や分析棟はセキュリティを厳しくしているので仕方ありませんが、日常で生活するところは、なるたけ快適に過ごせるように心がけています」

にぎやか、というほどではないが、ストイックな雰囲気はなく、神学生たちは会話をしながら食事をしている。

木村は学生たちに視線をやりながら、慈《いつく》しむような顔をした。

「神と、すべての人々のためにその身を捧げることを決意してくれた子たちですからね。できるだけ伸びやかに暮らしてほしいと願っています」

「……」

生徒たちの姿を見て、虎山や、先日遭遇した男たちとの違いに気づいた。

彼らの制服は黒かったのに、食堂のほとんどを占めている学生たちは白い制服を着ている。

木村たちのような職員は、教会に行ったことがないのでわからないが、ほぼテレビやネットの画像で見る神父と同じ服装だ。首元が詰まった黒い長袖のカソックで、足元まで長く覆われている。それに対して、食堂にいる学生たちは、首元のシルエットこそ似ているけれど、ウエストのあたりでボタンが終わっていて、少し裾の広がった上着は腿の真ん中あたりの丈になっていた。襟を開けている者もいるから、構造がよくわかる。中にシャツとベストが見えた。

形だけなら、虎山たちが着ていた制服と同じだ。

色の違いはなんなのかわからない。

「五百野君、窓際が空いてますよ。あちらに行きましょう」

「はい」

馨玉はスライスしたフランスパンとバター、ポーチドエッグにソーセージと野菜を足して、コーンスープとコーヒーを選んだ。全部、木村の真似《まね》だ。

食べながら、木村が今日のスケジュールを教えてくれる。

「新学期は明日からです。もちろん、祈りの時間等はありますが、今日は授業はありません。夕食後に捜査官候補生との引き合わせがあるだけです」

荷物を解いて、ゆっくりしてください、と言われた。

「生活に必要なものは、売店でたいがい揃《そろ》います。売店といっても、お金は必要ありませんからね。サインだけで支給されます。五百野君は荷物が少なかったから、色々と必要でしょう」

　話しながら、木村はちょうど通りかかった黒い制服の生徒を見つけて呼びかけた。

「レプレ君、ちょうどよかった。君、もし時間があるようだったら、転校生に売店の場所を教えてあげてくれるかな」

　私はこのあと職員会議があるので、と木村が言うと、小柄《こがら》でおかっぱ頭の学生がにこっと笑って頷いた。

　レプレと呼ばれた生徒は、虎山と同じ黒い制服を着ている。うさぎのようにふわりと白っぽい銀色の髪で、まるでファンタジーに出てくる妖精みたいだ。

「はい、先生！　あ、もしかして彼が例の？」

　くりっとした胡桃《くるみ》色の目がきらきらしている。

「そうだよ、五百野君だ。じゃあ頼むね」

　木村が立ち上がり、そろそろ行かなくてはと時計を見ながら手を振った。馨玉はレプレと並んで木村を見送り、自分の鼻くらいまでしか背がない相手に頭を下げた。

「じゃあ、あの…レプレさん。よろしくお願いします」

「やだなあ。そんなに堅苦しくならなくていいよ。あ、僕のことは〝うさ〟でいいから」

「うさ？」

　女の子みたいに可愛《かわい》く笑って、レプレがトレイをカウンターに返してくれた。

「うん。レプレってね、〝うさぎ〟のことなんだ。皆、呼びにくいからって、うさって呼んでる」

　行こう、とやわらかい白い手で引っ張られた。

「う、うん……」

◆◆◆

　空はやわらかい水色で、桜がよく映《は》えそうな天気だった。来たときはまだ早朝だったから人が少なかっただけのようで、食事を終えた人々が、次々と大聖堂に向かう姿が見える。

「……」

食堂で見たような白い制服、神父のような足元までの長いカソック、白いドクターコート姿の人物も見える。歩きながら眺めていると、レプレがにこにこと笑みを浮かべながら説明してくれた。

「外から来ると、わけわかんないよね。えっとね、白い制服の子は一般生、黒いカソックを着ているのは先生か職員、白衣の人は研究棟の職員だよ」

「…君のような黒い服は」

「これは捜査官候補生だけが着れる制服」

「君が？」

さらりと言うので、声のトーンが上がってしまう。けれど、レプレは可愛らしいおかっぱ頭を揺らして笑った。

「うん。ヘン？」

「え、いや…」

――捜査官って、あの、虎山みたいに魔物を斬る人だろ？

どうも、この小動物みたいな〝うさ君〟には似合わない気がして、馨玉はまじまじとレプレを見た。


子供服みたいに小さいが、形は確かに虎山のものと一緒だ。黒い上着に黒いニーハイブーツ。袖と襟に銀の刺繍がしてあるし、腕に十字もついている。

くりくりの目が面白そうに笑う。

「僕はね、〝剣〟のほうだから、背丈は関係ないの」

「そうなんだ……え、剣？」

うっかり生返事をしてから、レプレの言葉に慌てた。

《チェイサーは、剣と捜査官でひとつのペア…》

「……」

「…？　五百野君？　どうかした？」

馨玉は思わず肘を手で押さえて考え込む。

やはりよくわからない。これは、レプレに聞くのがベストなのではないだろうか…。

「あの…、嫌でなければ教えてほしいんだけど、君が〝剣〟って、どういうことなんだろう」

あの、内臓を摑まれるような感覚を思い出して、少しだけ身体が冷やりとする。彼も、あんな思いをして剣を取り出されるというのだろうか。

――そもそも、そんな人間がそうたくさんいるものなのか？

わけがわからな過ぎだ。眉間《みけん》に皺を寄せて黙ると、レプレがクスっと笑った。

「そうだよね。五百野君が発見されたのって、ついこの間なんでしょ？　施設の案内どころじゃないよね」

「…」

「まず、そっちから説明しようか。来て」

レプレはにこっと笑って、またもや馨玉の手を引いた。

「話すより、見せたほうが早いと思うんだ。僕の〝遣い手〟は、たぶんあっちにいると思うから」

真正面にある総ガラス張りの建物に向かい、階段を上がって中に入る。中は黒い人造大理石《だいりせき》の床に、ガラスから降り注ぐ陽光が光って格調の高さを醸《かも》し出していた。

「ここを真っすぐ行くと大聖堂なんだけど、とりあえずこっちね」

広いロビーを右に行く。壮麗な吹き抜けの廊下から扉をくぐると、少し高い天井になる。建築素材は最新のようだが、デザインは中世ヨーロッパのように古めかしい。

回廊《かいろう》の床はテラコッタだ。片側は壁になっていて、反対側は回廊と中庭を区切るように等間隔に柱が立っている。天井に向かって緩《ゆる》やかなアーチを描く石の柱には、細かい装飾が彫られていた。

中庭は回廊に囲まれている。向かいの回廊も同じような様式だ。芝生の中庭をひとつ通り過ぎると、また同じ形の中庭が出てくる。外観で見た両翼の長さを考えると、こんな造りがいくつも続くのかもしれない。

「広いんだね」

「そう、けっこう迷う人がいるから、各廊下に地図があるんだ。だから、心配要らないよ」

「…ふうん」

回廊の先には、いくつかの部屋がある。

「廊下の向こうは教室。奥に行くと部室とかがある」

「…部活？　あるの？」

驚くとレプレは頷いた。

「もちろんあるよ。だって、学校だもん」

「…ああ、そう……だよね」

回廊でたまにすれ違う学生は、珍しそうな顔でこちらを見た。

――制服が違うからかもしれないな…。

詰襟の学生服は、この学校では目立つだろう。制服は支給されると聞いているが、やはりレプレたちと同じように黒いのだろうか。

「僕の遣い手はね、晴日《はるひ》っていうんだ。ふたりとも吹奏楽部なんだよ」

「…そう」

なんとなく、虎山たちの姿と〝学校生活〟というものが結びつかなかった。けれど、レプレは楽しそうだ。

「ここ…」

明るめの木製の扉に、黒い鉄の輪がついている。観音《かんのん》開きの半円型をした扉をレプレが開けると、そこは音楽室だった。

中庭の光が、窓から横長の机に差し込んでいる。教室の前方には黒板、左側にはグランドピアノ。音楽家たちの肖像画が展示されていて、どこにでもある音楽室の様子に、馨玉は少しほっとした。

「晴日、いる？」

「あれ？　うさ、どうしたの？」

グランドピアノの奥にある小部屋から、ユーフォニュームを持った男子が出てきた。

背が高くて、薄茶色の髪と同じ色の目は少し垂《た》れ気味で、見るからに人が好《よ》さそうな生徒だ。

「あのね、彼が五百野君。例の転校生だよ」

ああ、と晴日も笑って楽器を置き、近づいてきた。

「食堂で木村先生に会って、案内頼まれたんだ」

「そうか。五百野君、よろしくね。僕はディマルティーノ・晴日といいます。君の同級生だよ」

握手の手を差し出された。晴日は目が糸のようになってしまうほど人の好い笑顔を向けてくれた。

――ハーフなのか。

手を握り返す。レプレがぴょんと晴日の隣に行った。

「あのね、五百野君はまだ色々説明受けてないらしくて…それでね、説明するより、僕を見せたほうが早いかなって」

「ああ…」

そうだね、と晴日も同意する。ふたりは教壇近くの、少し広さのある場所へ移った。

レプレが馨玉に向き直る。

「いい？　今から晴日が剣を出すから、見てて」

「…う、ん」

思わず背中が緊張する。自分で頼んだことだが、絶叫するほどの苦痛を思い返すと、他人があんな状態になるのを正視できるか不安だ。

身構えて見ていると、レプレはすっと晴日の前で目を閉じた。

「……」

晴日がレプレの胸のあたりに手を差し出す。それまでやわらかく、穏やかそうな表情だった晴日の目が、どこか深く強くなった。

すうっと晴日の手のひらの周りが光る。少し離れている馨玉にも、同心円状に広がる波動を感じることができた。

——あれ…？

熱も光も感じる、けれど、剣を取り出されるレプレが苦しんでいるようには見えなかった。それどころか、喉を返らせて目を閉じているレプレの表情はどこか恍惚《こうこつ》とさえしていて、あっという間に晴日の手の中に剣が現れた。

「………」

柄《つか》の根元あたりが、一瞬きらりと黄色っぽく輝く。

晴日は柄を握り、ロングソードを引き上げると、両手で持って自分の腹の前で床に突き立てた。

「これが〝レプレ〟だよ…」

「え…でも、レプレ、君は」

隣で、にこっとレプレが笑った。

「剣を取り出したら、僕は〝鞘《さや》〟って感じかな。剣が形になっても、僕はこのままなんだ。剣そのものに成るのは、デュランダルだけだよ」

君だって、剣を取り出したあとも、身体は残ったんでしょ？　と聞かれて馨玉は頷いた。

晴日が説明してくれる。

「僕らは、この剣がないと感染者を斬れないんだ。だから、異端捜査官になる者にはこの剣が貸与《たいよ》される」

剣は、感染者の処分だけでなく、ウィルスを見つける道しるべにも、感染者を判定するセンサーにもなるらしい。レプレが続けた。

「僕は…〝僕ら剣のほうは〟かな。剣はすべてデュランダルのコピーなんだ」

「え……」

「オリジナルは、聖剣デュランダルだけなんだ。僕らは、デュランダルが欠けたときに保存された欠片《かけら》で造られたコピーなの」

晴日が剣をそっと撫《な》でながら教えてくれる。

「ずっと、人の形を取る剣はデュランダル一振りだった。剣の複製技術ができて、初めてこの学校は開校できたんだ」

「ど、どうやって…だって」

動揺して聞くが、レプレは平然とした顔で言う。

「言葉通りだよ。デュランダルの欠片を混ぜて剣を打ったんだって。そうすると、僕らみたいなのが生まれるらしい」

欠片は全部で百二十に砕くことができて、それで百二十振りの剣ができたという。

「だから、むしろ僕らのほうが不思議な気持ちだよ。人間から剣が取り出せるって、君のような人がいるとは思わなかった」

さすが、五百野香斎の子孫だね、と変な風に褒《ほ》められる。促《うなが》されて剣に触れてみたが、それは重く、硬いロングソードだった。

どうやって剣を戻すのだろうと思って聞くと、晴日がレプレに頼んだ。

「簡単だよ、ほら」

言うと同時にすっと剣が消える。

「…君の中に入ったの？」

「ううん」

「じゃあ」

「よくわかんない」

――――え……。

悪気なく、レプレはにこにこと笑っている。

「息を吸うのをどうやるかとか、瞬きをどうやるかとかって聞かれてるみたいな感じ。消すものは〝消す〟だけだよ」

わかったようなわからないような説明だ。納得しかねて黙っていると、晴日が苦笑した。

「今度、同じ隊に詳しい人がいるから、聞いてみるといいよ。広宣っていうんだけど、彼はこういうの説明が上手だから」

――――あの、虎山たちと最初に会ったときにいた人か。

眼鏡をかけた男だ。死体からサンプルを回収するときも、淡々とやっていた。

「さ、剣の説明は終わり。売店とか教室を案内するね」

レプレが晴日も一緒に行こう、と誘い、馨玉はふたりに敷地内を案内してもらうことになった。

◆◆◆

「……ふう」

夜になって割り振られた自分の部屋に戻り、馨玉はベッドの端に座り込んで息を吐いた。

思ったより目まぐるしい一日だった。

木製の大きなベッドで、背中を丸めて腿に肘をついた。動く気になれなくて、部屋を見渡す。

部屋はずいぶん豪華だった。ホテルのような重たい扉はやはり虹彩認証でしか開かず、鍵《かぎ》はない。馨玉も今日、虹彩登録をさせられた。

乳白色《にゅうはくしょく》のタイルの床に、落ち着いた色合いの壁。部屋の広さ自体は八畳程度だが、バスルーム、ランドリールーム、ミニキッチンがついていて、ベランダにはデッキチェアと木製のテーブルがある。

行ったことがあるわけではないが、ハワイあたりのコンドミニアムのような印象だ。学生の寮にしては、ずいぶん豪華だと思う。

――――……。

場違いだという感覚が抜けない。

夕食の席で、捜査官候補生に引き合わせると言われて、てっきり食堂で会うのかと思ったら、別な建物に連れていかれた。

大聖堂の左右に、文化財になりそうな古めかしい洋館があった。左側の建物は捜査官候補生だけが使える専用のゲストハウスらしい。優雅なサロンのような場所で、出てくる食事もフルコースだった。マナーにばかり気を遣って、とても食べた気はしなかったが、終わったあとのティータイムで、ひとりずつ紹介された。

候補生隊長の有國を含め、剣を扱う〝遣い手〟候補は十一人。デュランダルを含めた〝剣〟は十人だ。二年生で剣との組み合わせを見極め、三年で実践訓練をし、卒業と同時に正式に捜査官に着任するらしい。

遣い手候補は皆背が高くてすらりとしていて、中には虎山のように迫力のある体軀の者もいた。剣のほうは小柄な子や華奢《きゃしゃ》な生徒もいたので、全体はバラエティに富んでいた。黒と銀の制服がずらりと並ぶ様は壮観だった。

ひとりひとりの顔と名前は、一度に覚えきれない。けれどさすがにデュランダルと有國だけは別格だとわかった。

すべての剣のおおもとであるデュランダルは、絵画から抜け出てきたような金髪碧眼の美少年だ。けれど、冴《さ》え冴《ざ》えとしたアイスブルーの瞳は僅かな隙《すき》もなく、彼の前ではレプレも背筋を正して気を張っていた。

《よく来てくれた。編入を歓迎する》

デュランダルは気品ある表情を崩さず、握手の手を差し出した。あとの面々も、それぞれのペアごとに紹介され、最後に虎山がいた。

――虎山……。

いつの間にかいなくなっていた虎山も、紹介の席には来ていた。けれど、迎えに来てくれたときのようなさりげない笑みを見ることはできなかった。

今後虎山とペアになると発表されたが、そのときも彼はただ黙っていただけだ。

まだ二度しか会っていない。どんな人物かを知っているわけではないから、迎えに来てくれたときと皆の前で会ったときの、どちらの印象が正しいのか、馨玉にはよくわからない。

――でもきっと、あくまでも訓練でのペアということなんだろうな。

友達を作りに来たわけじゃない。ここは伝染性魔族と戦うための養成学校なのだし、虎山は、剣が必要だから迎えに来てくれただけだ。

余計な期待をするものではない…と思う。クラスで委員のペアを組むとか、体育祭で組になるとか、そういうレベルの相手に、それ以上のものを求めるのは重たい行為だ。

そう思っても、なんとなく他のペアと比較してしまう。


デュランダルの〝遣い手〟である有國は、ずっとデュランダルの傍《かたわ》らにいた。会合が終わって退出するときも、〝お送りします〟と言うと、すっとエスコートして部屋を出ていった。

――あれはあれで、ペアという感じじゃなかったけど…。

まるで姫君に従う騎士のようだ。特に有國は日本人離れした容姿で、髪と瞳は黒いが、彫りの深い、きりっとした気品ある面差しをしている。赤毛の〝剣〟、ギデオンがからかうように『奴はスペイン王族のはしくれだからな。正真正銘の王子さまだぜ』と教えてくれた。なんでも、父親がスペイン王族の血を引いていて、母親が日本人なのだそうだ。

折り目正しく優雅で、堅苦しいペアだが、デュランダルの威厳にふさわしい遣い手のように見える。部隊長だというのも納得だ。

からかっていたギデオンも、数学者のような広宣のことは気に入っているらしい。気難しい顔をする広宣にちょっかいを出しては楽しそうにお茶をたし

なんでいた。レプレたちのところも、仲良さそうで、見ていると気持ちが和《なご》んだ。

――レプレのところは、話しやすくていいな。

レプレが人懐《ひとなつ》こいからだろうか。初対面だというのに緊張しなくて済むのがありがたい。組んでいる晴日も見るからに優しそうな人で、新参者の馨玉が疎外感を持たないように、とても気遣ってくれているのがわかった。

会話でわからない部分はさりげなく補足してくれるし、話に置いていかれないように、ところどころで流れに乗せてくれた。

仲良くしてくれるのは嬉《うれ》しいけれど、彼らはペアだから、割り込むことはできない。

それで、肝心の自分の相手はというと、打ち解けて話すということはできなかった。

――お茶の席でも離れてたしな。

広いサロンは、半円形に出窓が張り出しているサンルームに向かって、ソファや椅子《いす》が適度な間隔で配置されていた。めいめいが好きな場所に座り、お茶と焼き菓子が供《きょう》されたのだが、虎山は腕組みしたまま壁に寄りかかっていて、どこに座ってよいかわからなかった馨玉は、結局レプレに〝おいでよ〟と言われてゆったりした三人掛けのソファに行った。

虎山はそのあと促されて、隣のひとり掛けの椅子に座り、難しい顔をしていただけだ。

もしかすると、気分を害するようなことをしたのかもしれない。確かに、振り返ると自分も迎えに来てくれた虎山にしかめ面《つら》をし、愛想さえ返さなかったのだから。

――お互いさまか…。

虎山だけが、剣に選ばれなかったと言っていた。どういう基準で剣が選ぶのかは知らないが、最初のときに見た剣さばきを見る限り、十分すごい遣い手なのではないかと思うのだが、違うのだろうか。

あの中で、ひとりだけペアを組む相手がいなかったというのは、居心地悪くなかっただろうか。

色々と聞きたい気もするのだが、なんとなく、彼には近づきにくい。

「……」

　馨玉は小さく息を吐き、立ち上がってバスルームに行った。

◆◆◆

「おはよー！　馨玉、起きてる？」

　どんどん、と扉を叩く音がして、馨玉がドアを開けると、レプレがぴょこんと小首をかしげて立っていた。

「職員室、どこだかわかんないでしょ？　朝ごはん食べて、一緒に行こうよ」

「あ…ああ、ありがとう」

　朝から元気な笑顔に面食らうが、レプレは気にしていないようで、そのまま部屋に入ってくる。

「きっと虎山は馨玉のこと放《ほ》ったらかしだろうと思って……わあ、馨玉の部屋ってシンプルだね」

「え？　そう？」

　あちこち興味深そうに眺めているレプレの横で、慌てて詰襟を着る。

「虎山はさ、本当は面倒見いいほうなんだけど、候補生制度のことがあんまり好きじゃないみたいで…だから、気を悪くしないでね…って、馨玉、なんで制服じゃないの？」

「え、だって…まだ、支給されてなくて」

　紺色の学生服を見て、レプレが驚いている。けれど昨日は採寸だけで、支給はあとだと言われたのだ。

「うそだあ。だって、予備はいくらでもあるはずだよ……あ、でもそうか、一般生のじゃないから、セミオーダーか……」

　馨玉の背格好に近い子はいないもんね、とレプレはひとりで納得していた。

　昨日のお茶の席以来、レプレはもうすっかり下の名前で呼んでくれている。

　こんな風に、打ち解けた感じで接してくれるのはすごくありがたい。特に、候補生全員が好意的というわけではない感じもしているので、受け入れてくれる人の存在は安心する。

「まあ、どっちにしても転校生は目立つんだし、いっか！」

それよりおなか空いてるし、早くごはんに行こう！　とレプレが手を引っ張った。こういうおおらかなところも、レプレのいいところだと思う。

階段を下りると、昨日の朝よりずっと多くの学生がいた。さすが新学期だ。食堂はほぼ満席だった。

トレイを持ってレプレと並ぶ。レプレは小さいくせに食いしん坊らしく、何を食べようかとしきりに悩んでいる。

「パンケーキかな。今月はイチゴフェアだから、今が食べ時なんだよね」

――朝からパンケーキ？

そう思うが、レプレは焼きたてのパンケーキを三枚も皿に重ね、生クリームと胡桃のソースに、苺《いちご》の形が残ったコンフィチュールを四分の一ずつ器用に分けてかけ、最後にメイプルシロップを垂らした。飲み物はホットミルクだ。

「…馨玉、しぶいね。お粥？」

「うん。いつも朝は和食だったから」

昨日木村が教えてくれた粥を見つけた。白いボウルに粥を入れ、あさつきを散らしていると、後ろから心地よく響く低い声がする。

「もう少し体力がつくものを食え。訓練中に倒れるぞ」

「……虎山」

振り返ると、トレイを持った虎山がいた。

逞《たくま》しい骨格に、長めのくせ毛が靡く。銀の縫い取りをされた黒い制服は、白い一般生の制服の中ではひときわ迫力があって、周囲もなんとなく虎山には注目している気がした。

昨日の夜のような難しい顔をしていなくて、なんとなくホッとする。

思わず眺めていると、後ろでレプレがブーイングした。同じ黒い制服なのだが、ちっちゃなレプレが着ると別物に見えるから不思議だ。

「そう思うなら、馨玉が食べられそうなもの、持ってきてあげればいいじゃん。虎山、自分のペアなのに面倒見なさ過ぎだよ」

なんで部屋に迎えに行ってあげないんだよ、とぷうぷう文句を言い、虎山はそれに笑ってレプレの頭をぽんと撫でた。

「うさ公が面倒見いいんで助かるよ。食えそうなものを探してくるから、ふたりで席を取っといてくれ」

片手でトレイを持ったまま、虎山がカウンターの奥まで見に行く。自分の食べるものでもないものを探しに行かせるのが申し訳なくて、追いかけようとするとレプレが止めた。

「いいよ馨玉、席を探そう。座れるとこがなくなっちゃう」

「でも…」

レプレは口を可愛く尖《とが》らせた。

「いいんだよ。昨日だって本当は馨玉に付き添うべきだったのに、ひとりで勝手なことしてたんだから」

「……」

これくらいいいの、と言いながらレプレが端のほうで空いている丸テーブルを見つけた。レプレはまだ怒っている。

「虎山が特別待遇を嫌がるのは勝手だけどさ、それと馨玉のアテンドをサボるのは別問題じゃん？」

虎山は、一般学生に比べて優遇される身分が嫌いらしい。ゲストハウスのように〝いかにも〟な専用施設が気に入らないそうだ。

「そういう理由なんだ…」

「たぶんね。まあ、昨日はちょっと変な感じだったけど、虎山がゲストハウスを嫌いなのはホントだよ」

聞きながら、馨玉は少し安心した。昨日の不機嫌な顔が自分のせいばかりではないのなら、気が楽だ。

「ほら、〝ザ・和定食〟だ」

「すみません…」

すっとトレイが差し出された。どうやら粥以外の和食は奥のほうにちゃんとあったらしい。トレイの上には五穀米《ごこくまい》とみそ汁。漬物《つけもの》と鮭《さけ》の塩焼きに厚焼き玉子の朝食セットができていた。ちゃんとだいこんおろしも味付け海苔《のり》もついている。

粥を返しに行こうか悩んでいたら、虎山が向かいに座ってもくもくと馨玉の粥を食べ始めた。虎山の前には自分の分のトレイもちゃんとある。レプレが目を丸くする。

「虎山、全部食べるの？」

「んあ？　悪いか？」

粥なんて、腹の足しにもなんないんだよ、と言いながら平らげ、自分用に取ってきたかつ丼《どん》も掻き込む。

「早く食え。遅刻するぞ」

はーい、とレプレが代わりに返事をし、馨玉も慌てて食べ始めた。


「五百野馨玉といいます。よろしくお願いします」

レプレに職員室まで付き添ってもらい、担任の先生に連れられて教室に入った。黒板に名前を書かれて紹介されるのは、小学校の転校のときと同じだ。

ぺこりと頭を下げると、拍手をされる。目の前には古めかしい木製の床に、レトロな蓋《ふた》上げ式の長机が並び、教室内はほとんどの生徒が白い制服だった。

「席は空いているところで、好きな場所に座るといいよ」

「はい」

自己紹介は休み時間に各自ですること…と、外国人の先生はなめらかな日本語で言う。なるたけ後ろのほうに行こうとすると、隣が空いている生徒は皆〝どうぞ〟という笑顔を向けてくれた。

神学生だからなのだろうか、前の学校に比べると穏やかな雰囲気がある。一番後ろに座ると、隣のマッシュルームみたいな頭をした生徒がにこっと笑った。

「よろしく、五百野君」

「よろしくお願いします」

「教科書、一緒に見よう」

すっとふたりの間にテキストを広げてくれる。彼は左利きらしく、広げたリングノートに、書きにくそうに板書を写していた。

授業は数学だ。積分の解法を先生が説明している。

以前の授業の進度とは違うので、あまりわからなかったが、馨玉もとりあえず書き写した。真面目《まじめ》に先生の解説を聞いていると、ふいにノートに手が伸びてきて、B3くらいの濃い鉛筆で、たどたどしく文字が書かれる。

《どこから転校してきたの？》

目を上げると隣の子が笑った。マッシュルームっぽい頭は栗色《くりいろ》がかった金髪で、頬にはちょっとそばかすが浮いている。

馨玉も笑い返してさらさらとシャープペンシルを走らせた。

《市内の高校からなんだ。名前を聞いてもいい？》

《真尋《まひろ》》

《日本人なの？》

《ううん。シンガポール人だよ。ママが日系なんだ》

にぱっと口を大きく開けて笑う真尋は、教会の合唱隊が似合いそうなタイプだ。

――国際的だなあ……。

見た目と名前だけでは、どこの国の人かわからない。

真尋はそのあとも、授業に飽きると時々ちょっかいを出してきた。〝遊ぼうよ〟というように指でつついてきたり、鉛筆で落書きしてくるところは、まるで小学生のようだと思う。おかげで、あまり緊張せずに授業を受けることができた。

授業が終わって先生が出ていくと、周りに人がたくさん集まってきた。転校生が興味を持たれるのは当たり前なのだが、久しぶりなので少し緊張する。

「僕、トーマスっていいます」

「僕はヒュンです」

「あ、よろしくお願いします」

次々と名乗られ、顔と名前を覚えるのが大変だ。けれど、やはり穏やかな人が多いのか、わっと騒ぐわけではない。クラス委員だという背の高いミハイルが、茶目っ気のある笑顔で尋ねてきた。

「この時期の転入なんて、珍しいね。どこの推薦《すいせん》？」

「あ…え、っと……」

こういうのは、どう説明するものなのだろう。レプレたちはどうやら虎山たちと遭遇したときの一件を知っていたようだし、先生方も当たり前のように転校生として迎えてくれたから、改めて経緯を聞かれると、どこからどう話すべきなのかがわからない。

困って、ちらりと教室の中にいる黒い制服の生徒に目をやった。けれど彼らは昨日挨拶《あいさつ》済みだからか、馨玉には興味がないらしく、振り向く様子はない。

——推薦…ではないよね。

どう言おうかなと迷っていると、教室と廊下を隔《へだ》てている窓ががらりと開いて、レプレが顔を覗かせた。

「馨玉！　大丈夫だった？」

「あ、うん…」

答えた瞬間に、周囲にいた人たちはざわっとレプレのほうを見た。

「僕、隣のクラスだからね、なんか困ったら来て！」

「うん、ありがとう」

後ろに晴日の姿も見えた。彼も笑いながら胸元で手を振ってくれる。どうやら特別教室に移動するらしい。レプレは去り際にひらひらともう一度手を振る。

「みんな、馨玉をよろしくね～」

姿が消えると、窓を向いていた全員が馨玉を振り返った。

「……もしかして、君、捜査官候補生？」

「あ、うん……一応……」

「…」

皆が目を見開いて黙る。馨玉は嫌な汗が出て、心がズンと重くなった。

あとから入ってきて、さらに一般生より優遇されるという候補生だ。嫌な気持ちを持たれるかもしれない。

そうでなくても、ある種の妬《や》っかみや面白くないという思いを持たれる可能性だってある。また敬遠される存在になるのかと思うと浮かびかけた笑顔が消えた。

今までずっとそうだった。塾に行かないくせに成績がよいと嫌味《いやみ》を言われたこともあるし、女子に持ち上げられるとあからさまに不機嫌な顔をする男子もいた。部活の先輩も、教えることのない後輩は可愛くないらしく、かといってできない振りをされるのも気に入らないと、結局煙たがられた。

何かに突出することは、それだけで敬遠される材料となる。なんとなく馴染《なじ》みやすい気がしたのに、これでまた距離ができてしまうかもしれない…。

瞬間的に構えてしまったけれど、沈黙のあとに訪れたのは声のトーンが上がった称賛だった。

「すごい……候補生なんだ……」

「いいなあ…」

――……え？

すごい、といいな、が口々に続く。皆の瞳がきらきらし、憧れのような目を向けられて、馨玉は面食らった。彼らは素直にそう思っているらしく、真尋などは、わお、と外国人らしいリアクションをしている。

「すごいね。このクラス、候補生が四人もいるんだ」

教室を見渡すと、黒い制服はふたりしか見えないが、あとひとりいるらしい。

「じゃあ、剣にはこれから選ばれるの？」

剣も同じクラスだといいよね、とか、まだ席が空いてるしね、とか楽しそうに言う。

「…あの…〝選ばれる〟って？」

「チェイサー候補生はね、大聖堂の後方にある塔から、自分の剣を見つけるんだ」

剣が、己にふさわしい力量の〝遣い手〟を選んで目覚める。だから、候補生がひとり転入してきたということは、ペアでもうひとり増えるはずだと皆はワクワクした顔で話す。

「すごいね、七期は大豊作じゃん」

「いつ塔に行くの？」

盛り上がる級友たちに、口を差し挟めずにいると、前方に座っていた候補生がちらりと振り向いた。

北欧系の色素が薄いブルーで、少し冷やりとする目だ。確か、ヘイリーという名だったと思う。馨玉にはそれが〝調子に乗ってんなよ〟と言われたような気がして、慌てて皆の興奮をセーブしようとした。

新参者がもてはやされて、浮《うわ》ついていると思われてはいけない。

「あの…そうじゃないんだ。俺は…あの、俺のほうが剣で……」

「え」

全員が一斉にきょとんとした顔をする。馨玉は焦《あせ》りながらとにかく場を収めようとした。

「だから、剣を選ぶとかはないと思う…ごめん」

謝ったが、取り囲んでいた生徒は、今度こそ一拍置いてえーっと驚いた声を上げる。むしろ、それまで近寄ってこなかった生徒まで振り向いてしまい、大騒ぎになった。

「どういうこと？　君が剣って……だって、外部からの転校生でしょ？」

「君も、まさかデュランダルと同じ聖剣ってこと？」

「え…いや…そういうわけじゃ……」

がやがやと人が寄ってきてしまい、馨玉は返答に詰まった。けれどクラスメイトたちは興奮気味で、説明をしないことには収まりそうにない。

どうしようと焦っていると、さっき振り向いたヘイリーが、抑揚のない声で言った。

顔には、〝煩《うるさ》くてうんざり〟と書いてある。

「彼は虎山の剣だよ。出先で見つけたばっかりの新品」

「えええっ！　〝剣無し〟の？」

「虎山て、大槻虎山!?」

そっけないヘイリーの言葉にも、周囲は盛り上がる。あの虎山の…と大げさに騒ぐが、的確に説明してもらえて馨玉としては助かった。

「みなさん、もう休み時間は終わっていますよ」

がらりと扉が開いて、次の授業の先生が来た。生徒たちは名残《なごり》惜しそうにしながらも、バタバタと走って席に戻る。

「授業を始めます。教科書を開いて」

物静かな印象の先生が、化学の授業を始める。そわそわしていた空気はやがて授業へと集中して鎮まった。けれど、隣ではこっそりと真尋が自分のノートに吹き出しでセリフを入れ〝ビックリ〟というイラストを描いていた。

《すごいね。五百野君、虎山の剣なんだ》

——すごいのか…？

小首をかしげると、真尋が文字で説明してくれる。

《剣がないのに候補生になったのは、虎山だけだよ》

彼の名は〝剣無し〟と冠《かんむり》をつけられていて、そうでなくても目立つ捜査官候補生の中で、さらに有名な人物らしい。

——そんな人だったんだ…。

《先生方も認める特別枠《わく》だもん。虎山はすごい強いってことだよね》

真尋は虎山をベタ褒めしていたが、馨玉はそれよりり、自分が候補生だと知られても、真尋に引かれなかったことにホッとした。

真尋は化学の授業にあまり興味がないらしく、板書もそっちのけで熱心に絵を描いている。

先の丸くなった太い鉛筆で描かれるコミカルな人物は、裾の広がる黒い制服で、勇ましく長剣を握っている。

じっと見ていると、顔を上げた真尋と目が合ってにこりと笑われた。

《カッコいいよね》

《そう？》

書き込み返すと、真尋は頷く。

《候補生は憧れだもん。皆、なりたいと思ってる》

異端捜査の最前線であり、聖剣を扱う能力を有する者でないとなれないチェイサーは、この学校におけるスターなのだと真尋は書き込んだ。

真尋は中等部からこの学校に入学しており、高等部で候補生の選抜が決まるまで、ずっとチェイサーに憧れていたのだという。

《でも、僕の結果はアナライザーだったけどね》

「…」

真尋はくったくのない笑顔を向けてくれる。けれど、やはり候補生というのは、一般生徒と隔てられてしまうものなのだろうか…。複雑な気持ちでいると、真尋の太い文字が、スマイリーなイラストと一緒に書き込まれた。

《僕は一般生だけど、友達でいてくれる？》
嬉しくて心がキュッと跳ねる。馨玉も笑った絵文字を書き添えた。
《もちろん！》
教科書を一緒に覗き込みながら、微笑み合う。
真尋が書き込んでくれたハートマークが、馨玉にはとても嬉しかった。

◆◆◆

数日が経った。

〝虎山の剣〟という話は、あっという間に広まってしまったらしい。クラスだけでなく、廊下をすれ違っても知らない人からちらちらと見られた。そんな視線に困惑したが、なるたけ意識しないようにしている。

授業のほうは、思ったより今までの学校から離れていなかった。もちろん進度も内容も違うが、英語以外、ついていけないほどの異世界ではない。かなりの数の生徒が外国風の見た目だったが、授業は日本語だ。むしろ、海外からこの学校に入学するために来日した学生は、日本語を覚えるために『日本語Ⅰ・Ⅱ』という授業を取っている。

カリキュラムはひとりひとりに個別のものと、全員履修《りしゅう》しなければならない『ベーシック』との組み合わせで、『自分のクラス』という所属はあるが、個別の授業は各々教室を移動して受ける。

なので、大変なのは授業の内容より移動だ。

建物の中は碁盤《ごばん》の目のようになっている。しかし全く同じ造りが繰り返されているかと思えば、突然地下になっていたりする。微妙に上がったり下がったりしているうちに自分が今どこにいるのかわからなくなったりすることもよくあった。

そんなときは、内廊下の要所要所に設置されている、〝データスポット〟に触れる。

一見すると艶《つや》のある木製の台に載せられたクラシックな地球儀や天球儀のように見えるのだが、人の手が触れると球面全体がディスプレイパネルになる。

触れるとアイコンが出て、タップ操作でスクロールすれば、欲しい情報が出てくる。

　レプレが、裏技があるんだよと目の前でやってみせてくれたのだが、地球儀のような球のてっぺんにあるルビーに触れると、球面に浮かんでいた表示がすべて消え、球体の奥にあるモニターが作動して虹彩をスキャンしてくれるというものだった。すると本人のデータにリンクして、次に受けるべき授業と、授業を行う教室が表示されるのだ。ご丁寧に、現在地から教室までの道も、ナビゲートしてくれる。

　床は一見すると黒い人造大理石だが、プロジェクションマッピングのようにそういう素材を映し出しているだけで、実は変幻自在だ。廊下の両端の床はライトアップ機能で常にほんのり青白く光っているが、データスポットの『ナビゲート機能』が作動すると、道に迷った生徒がちゃんと教室に辿り着けるように、床の真ん中が順々に点滅し、行き先まで導いてくれる。いかにも〝迷ってます〟というのがわかるので恥ずかしいのだが、新入りの身ではそんなことを言っていられない。あの機能がなければ、巨大な施設の中で迷子になるだけだ。

　センサーで対象者が移動したのを確認すると、床はまた何事もなく、趣《おもむき》を湛《たた》えた黒く艶やかな大理石に戻る。設備は最新なのに、振り向くと中世の教会に紛れ込んだような錯覚に陥《おちい》る施設だ。

　生徒たちも、白いカソックのような服装を除けば、ごく普通の高校生だと思う。授業中に居眠りをする生徒もいるし、休み時間になると中庭に駆け出してサッカーをしている者もいた。けれど、祈りの時間になると、誰もが敬虔《けいけん》な眼《め》をして大聖堂に向かう。そんなときに、ここが神学校であることを強く感じる。

　――すごい大聖堂だったな。

　施設の正面玄関から、横幅二十メートルの回廊が続いている。両脇の荘厳《そうごん》な柱はどこまでも高く伸び、遥《はる》か上のほうで豊穣《ほうじょう》を讃《たた》える装飾に変わり、パームツリーのように弧を描いて天井を支えている。深い臙脂《えんじ》と金で彩《いろど》られた中央回廊を延々と進むと、四方向からの通路がぶつかる中心に、ドームを持った大聖堂が現れる。

　この施設で最も巨大で、敷地の奥深いところにある神聖な場所だ。

　大聖堂内の金の柱は、葡萄《ぶどう》の蔓と百合《ゆり》が絡まる意匠《いしょう》で、高く取られた丸い天井へと続いている。両脇には全校生徒が着席してもまだ余裕がある長椅子が並んでいる。

　祈りの時間、教職員と聖職者は祭壇の両脇に並ぶ。身分によって僧衣にも種類があると教えられたが、まだ馨玉には判別がつかない。

　蠟燭《ろうそく》の炎で荘厳な祭壇が浮かび上がり、その背後の壁すべてにステンドグラスが嵌められていた。

　イタリアの伝統ガラスと、日本の最新技術で造られたというガラスはすべて四角く、古典的なステンドグラスにはない透明感と微妙なグラデーションを生み出している。

　青から碧《あお》、ペールブルーからプルシャンブルー、アメジストから深いヴァイオレットまで、ブロックノイズのように四角いガラスが細かく組み合わされて、大聖堂は闇の中で幻想的な青い世界となって浮かび上がる。

　祭壇を取り囲む聖人像。重なり合い、反響するパイプオルガンの音。気づくと馨玉もいつの間にかその中に呑み込まれていた。

「……」

　聖堂の峻厳《しゅんげん》さだけが原因ではないと思う。呑まれたのはあそこが〝祈りの場〟だからだ。

　祈る人々の感情が、もっと言えば念のようなものが強く結集する。そこに、エネルギーが生まれないわけはない。

　サッカーボールを夢中で蹴《け》っていた生徒も、陽射《ひざ》しの下でうたた寝をしていた生徒も、誰もが神へ敬虔に祈りを捧げていた。まだ十代らしい無邪気さを持っているけれど、この学校に捧げた決意は本物なのだと思う。

　それが普通の高校生と違うところだ。彼らはきちんとした目的を持ってこの学校を選んで入ってきている。

見るからに外国人のような容姿の学生も、晴日たちのように日本名の者も、わざわざ海を渡ってここまで来たのだ。

――捜査官になるために……。

あるいは研究者や分析官として、虎山が言った〝伝染性魔族〟と戦うために、皆この学校に入学しているのだ。

木村の言った言葉が、頭の中で甦った。

《神と、すべての人々のためにその身を捧げることを決意してくれた子たちですから…》

世間から見たら、荒唐無稽な話だと思うだろう。

馨玉も、最初にあんなシーンを見ていなかったら、〝魔物化するウィルス〟など、信じることはできなかった。

――でも、現実なんだ……。

楽しい学園生活のように見えるけれど、この学校には厳しい現実と強い志《こころざし》があるのだ。

――行かなきゃ。


一般生と同じ授業が終わると、候補生たちには別なカリキュラムが待っている。

〝チェイサー〟のための訓練だ。

今日から、馨玉も正式に訓練に参加することになっていた。

本当はまだ、少しだけ複雑な気持ちはある。他の候補生のように、魔族と戦うということが自分の中ではピンとこない。けれど、自分が〝剣〟という存在なら、仕方がないと思う。

――それに、おじい様が決めたことだし。

祖父が転入を決めた以上、ここで学び、鍛錬《たんれん》を積んでいくしかないと思う。

馨玉は形のよい唇から深い息を吐き、腹に力を込めて立ち上がった。

◆◆◆

体育館は地下にあった。教室がある場所から階段を下りると、地下はタイルではなく、一枚の鋼板のようなものに変わる。両端にガイドライトがあるのは上の施設と同じだが、ＬＥＤでライン状に真っすぐ敷設《ふせつ》されていた。ちょっと宇宙ステーションのような気がする、と馨玉は思う。

「馨玉、こっち」

レプレが入口を指さすと、人感センサーでシュッと扉が両脇に開く。

――あ、中は普通。

高さがあって、床が木目というのは一般的な体育館と同じだった。体操着に着替えてこいと言われたので、ジャージ姿に、館内履きだ。

「遅いぞ、早く並べ」

「はいっ、すみません！」

指導する教官もジャージ姿なのが不思議に感じる。ジャージだが、有國たちまで黒のジャージ姿なのが不思議に感じる。

でも、どんな格好でもさまになるのはさすがだ。

一列に並ぶと、全員で頭を下げた。

「よろしくお願いします！」

準備体操をしながら、馨玉はメンツを確認する。

――虎山がいない……。

デュランダルの姿がないのはなんとなく当たり前のような気がしていた。けれど、虎山がいないのは気にかかる。

体操が終わると、模擬刀《もぎとう》が準備された。柄から剣先まで約百二十センチ。晴日がレプレから取り出したものとほぼ同じ長さだ。ひとり一振りずつ渡される。

「……〝剣〟なのに、剣の訓練をするんだ」

自分もだが、レプレたち〝剣〟が剣を使うなんて、変な気分だ。思わず呟くと、隣にいた銀縁《ぎんぶち》眼鏡の広宣がすっと視線を向けてきた。

「使われる側も剣術の心得がないと、使う側の扱いにくさがわからない。双方の呼吸を合わせるためにも、一通りの感覚は持ってもらわないと困るんだよ」

「…ああ」

なるほど、と頷く。理屈はもっともだ。同時に、得意分野であることに安心した。

剣道は、中高五年間の経験がある。神学のことはまるでわからないが、この分野ならなんとかついていけるかもしれない。

――あんな風に、人間離れした跳躍はできないけれど…。

一度だけ見た戦闘は、常識で計れない動き方だった。けれど体育館履きと模擬刀で訓練するなら、そうケタ外れなことはしないだろう。

「では軽く二本ずつ取り合う。有國、五百野と組んでやれ。初めてだから、基本動作を教えながらでいい」

「はい」

有國のよく通る声がきびきびと返事をした。

すらりとした体形と細い腰の有國も、白いワンラインの入ったジャージ姿で、模擬刀を軽く片手で持っている。

「では五百野君、よろしく」

「よろしくお願いします」

武術の経験は、と聞かれて素直に剣道をしていたと答えた。

「そうか。じゃあ基礎体力はある程度あるね。では構えからいこうか。左足を軸に、右斜め後方に右足を引いて立って」

「はい」

「もう少し横幅をとれる？」

半身《はんみ》に構えるより、もう少しスタンスが横に広いらしい。剣を振れと言われると、確かに剣道よりもっと弧を描くように剣の軌跡が出るので、足幅がないと身体がぐらつく。

「うん、さすがに体幹《たいかん》はしっかりしてるね」

「…」

褒められるが、しっくりこない。構え方が違うからだろうか。一通り剣の向け方、動かし方を習うけれど、違和感ばかりだ。

できるけれど、面白くはない。だが仕方がないのだ。これは剣道ではないのだから。

表情に出てしまったのか、有國が優美に苦笑した。

「少し実践にしよう。全くの初心者ではないのだから、基礎練習ばかりだと飽きるだろう？」

いいえ、と言うべきだろうと思ったけれど、つい頷いてしまった。他のメンバーは相手の首や胸に剣先を当てると〝一本〟とみなされる模擬戦で訓練していた。

スピードはない。ハンデなしらしく、背の小さなレプレも、扱いにくそうに顔をしかめながら模擬刀を持っていて、なんとなく自分でもあのくらいならできるような気がする。

「…よろしくお願いします」

ふっと貴公子のような有國が笑みを浮かべた。

「じゃあ、二本ずつ始めよう。寸止めできなければ、本気で斬りにきていい」

「…はい」

どうせ、部隊長に本気でかかったところでかなうわけはないだろう。それでも、余裕たっぷりに言われると負けるもんかという気持ちになる。

有國と距離を取り、模擬刀を胸の前で構えた。けれど有國は半身で立ち、すっと剣を真っすぐこちらに向ける。

「…っ」

剣先が視線ぴったりの高さで止まっている。隙がなさ過ぎて、左右どちらにも攻められない。踏み込んでも、相手に届く前に斬り下げられるだろう。

——どっちに行けばいい…？

太刀筋《たちすじ》を読もうとしていたのは、一秒にも満たないはずだった。けれど防御する間もなく踏み込まれ、頬すれすれのところでヒュッと空気を切る音がして、首に模擬刀のひやっとした刃が当たった。

「一本」

「くっ…」

——負けるか！

スッと屈《かが》んで刃から離れ、構え直そうとするより先に、有國はさらに一歩踏み込んで、馨玉の顔の真正面に刃を当てた。

「二本…」

「ま…」

——構え直す前に…。

そんなの卑怯《ひきょう》だ、と言おうとすると、その不満を読んだかのように有國が刃を額に当てたまま言った。

「これは試合ではないからね。審判はいない。まさか、君も魔族が〝始め〟と言われるまで待ってくれるとは思っていないだろう?」

――あ…。

カッと頬が熱くなった。恥ずかしいのか悔しいのかわからない。

けれど、有國の言葉が正しいのは本当だ。

「すみません。もう一度やらせてください」

「いいよ。では下がって」

――これは〝稽古《けいこ》〟じゃないんだ。

一瞬でも出遅れたら首が飛ぶ。さっきのが実戦だったら、すでに自分は二度死んでいた。

――二つも命があるはずがない。

「やあああっ!」

間合いを取り終わると同時に構えて踏み込んだ。

構えが違い過ぎて、相手の動きが予測できない。己の持った剣で正面を庇いながら、刃先で押し切るつもりで突っ込んだ。

ガキン、と模擬刀が当たって、一瞬だけ鍔《つば》ぜり合いになったが、刃を地面に下ろされ、勢いで体勢を崩すと、あっさりと有國の剣が頭上から降ってきた。

起き上がれないように背中にぴたりと模擬刀が当てられる。

「一本」

瞬時に横に飛び退る。もたもたしていたら、二本目を取られて終わってしまう。

――やみくもに動くのは得策《とくさく》じゃない。

太刀筋を見切れないのだ。突っ込んでもさばかれて終わってしまう。距離を取りながら構え、崩せる隙を狙《ねら》おうとすると、有國が真正面にダンと踏み込んできた。

「!」

応戦するが、力技で押し切られ、胸元で刃先が返されて、自分の刃で首を狙われる。

「…っく」

有國の端整《たんせい》な顔が近づいて、少し同情気味に囁《ささや》かれた。

「〝後退〟も〝逃げる〟もなしだよ。敵が君を追うと思う？」

カンッと模擬刀をはたき落とされ、勢いでよろける。有國はびくともしなかった。

「殺される側の魔族は逃げる。反撃してくる場合もあるけれど、君が追わない限り、仕留めることはできない。後退して間合いを取っていたら、これ幸いと逃げられてしまうだけだ」

有國が、床に落ちた模擬刀を拾い、手渡してくれた。

「…すみません」

「最初から厳しいことをして申し訳ないが、下手に武道経験があると、様式に囚《とら》われてしまうからね。悪い癖は早く抜いておいたほうがいい」

「……」

――悪い癖……。

今まで積んできた鍛錬を、〝悪い癖〟と一言で切り捨てられてしまったことがショックだった。

剣道は、一生懸命やってきたつもりだった。目立ちたくないために大会には出なかったが、自分では実力があると思っていた分、いくらやり方が違うとはいえ、一本も取れずに不様《ぶざま》に負けるのは悔しい。

どこかで、勝てると思っていた自分の傲慢《ごうまん》さも恥ずかしかった。

実戦向けの剣術とは、こんなにも違うものなのだ。

「もう少し続けられそうかな？」

不甲斐なさに奥歯を嚙《か》み締める。

「…はい。お願いします」

どうしたら有國に勝てるだろう。太刀筋の読めない相手に、どう斬りかかったらいいのだろう。

今まで習得してきた剣さばきの感覚を捨てて、どう動けばいいのか…。

竹刀よりずっと重い模擬刀を振り下ろしながら、馨玉は全力で有國の動きを追い、倒そうとした。

◆◆◆

いくつもある中庭のひとつに、楡《にれ》の樹《き》が中央に立つ庭があった。緑の芝生にいくつかの白い石が段差状に置かれ、石畳《いしだたみ》も石壁も蔦の葉がしたたる様に覆っている。デュランダルは金色の髪を陽できらきらと弾《はじ》きながら楡の樹の根元まで行き、上を見上げた。服装はいつもと変わらない。深い紫の上着と、シルクのアスコットタイ、仔羊の革のブーツだ。

「新学期早々エスケープとはいい度胸だ」

ほどよく太い枝の上では、虎山が昼寝をしている。さわさわと微風に揺れる葉の間から漏れる光が、虎山のだらしなく前を開けたジャケットに、水玉のような丸い影を作った。

虎山は片目を開けたが、まるで意に介していない。デュランダルは溜息をついた。

「降りて来い…」

「へいへい…」

虎山が枝から降りると、その拍子にボタンを外している上着がひらめく。

ジャケットの下は白いシャツとベストだ。一般生は丸首のシャツだが、チェイサーとチェイサー候補生はアスコットタイを締める。このタイはいざというとき、止血帯《しけつたい》に使える。

とぼけて黙っている虎山に、デュランダルはやや顔をしかめた。

「…何故訓練に出ない。パートナー候補が決まったのだ。サボる理由はなくなっただろう」

それまで、虎山にだけは決まった剣がなかった。

隊の正式な結成式までは、剣と遣い手の組み合わせはあくまでも仮だ。組んでみてどうしても相性が合わないとか、実習に出て負傷をするとか、他の隊から欠落者が出て新たな剣が遣い手を探す…などの事情によってパートナーが変わることがある。けれどたいていの場合、剣が最初に選んだ相手で正式に組が決まった。

ただ、今期――七期生だけは波乱含みで、未だに体制が固まっていない。

それは自分がこの部隊に身を置くせいもあるし、虎山という〝剣無し〟がいるからでもあった。

だが、先日チェイサーの援護《えんご》に出た際、剣の気配を見つけたのだ。魔族の気配は追えたものの、広宣だけでは手が足りない。かといって剣のない虎山は戦力にならない。一か八かの賭《か》けで剣の気配がするほうに魔族を追い詰め、虎山に剣を取らせた。

——まさか、イオノの子孫とは思わなかったが。

縁《えにし》、と日本では言うそうだが、確かにこの邂逅《かいこう》を偶然と言い切るには条件が整い過ぎていた。剣を持たぬ稀有《けう》な実力の遣い手が在《あ》り、身内に剣の魂を持った者が出会う。そんな遭遇はそうそうあるまい。

伝染性魔族討伐の本拠地となるこの極東十二エリアは特に重要だ。この七期生は、すべての部隊の頂点に立つことになる。

——虎山の剣が揃えば、完全だと思ったのだが。

だが肝心の虎山は、何かが引っかかっているらしい。隊での引き合わせのときも、複雑そうな顔をしていた。

「馨玉と相性が合わないのか…？」

「…そんなんじゃねえよ」

「では何故…」

もともと、虎山は積極的に剣に近づこうとはしないタイプだった。有國に勝《まさ》るとも劣らぬほどの実力を持ちながら、肝心なところで彼は立ち止まる。

何が、彼を迷わせているのだろう。

「馨玉は？」

「訓練場にいる。有國あたりが相手をしているだろう」

虎山が行かないのなら、余っている者同士で組むはずだ。

「アンタが行かないのに、有國は出るのか…律儀《りちぎ》な奴だな」

「総部隊長候補だ。当たり前だろう」

むしろ、副隊長に内定している虎山が訓練に出ないほうが問題なのだ。

「馨玉がいれば、剣無しと誹《そし》られることもない。なのに何が不満だ…」

デュランダルは冴え冴えとした蒼《あお》い瞳を向けた。

「馨玉を連れて来いと命じたことが、気に入らなかったか」

虎山は一瞬苦い顔をし、それから乾いた笑みを浮かべた。

「別に…ただ、アンタが俺を選んでくれれば、馨玉を連れてこなくても済んだ話じゃないかと思っただけさ」

「馬鹿を言え。お前、私を使う気などないだろう」

戯言《ざれごと》を一笑に付《ふ》すと、まあな、と虎山も笑った。

ふと目を上げると、虎山の向こう…教室と回廊を繋ぐ渡り廊下に、馨玉が立っていた。

すんなりした細い肢体《したい》、剣士を思わせる一途《いちず》で澄んだ瞳。馨玉は無垢《むく》な若武者のような顔をしている。

先日、虎山が初めて剣を抜いたときは、ほとんど力が共鳴されていなかった。かろうじてフラウロスは斬れたが、肉塊が飛び散り、ほぼ力技で斬ったという体《てい》だ。

だが自分の見立てに間違いがなければ、彼は虎山と完全な共鳴ができたとき、予測不能なほどのスペックを発揮するはずだ。

――よい剣となろう…。


潮時とみて、デュランダルは訓練をサボるなどだけ言い捨て、中庭を去った。回廊を通り際、他校のジャージを着た馨玉の横を通り過ぎた。

◆◆◆

《アンタが俺を選んでくれれば…》

デュランダルの姿を見かけ、思わず近寄ろうとして虎山の言葉を聞いてしまい、馨玉はその場に立ち止まった。

虎山は馨玉に気づかず、聖剣デュランダルは黙って横を通り過ぎた。彼は馨玉に一瞥《いちべつ》もくれない。

「……」

すべての剣の源《みなもと》となった魂…。強く揺るぎない波動は、そばを通られただけでも感じた。

虎山が組みたかったのは、デュランダル……。

――当たり前だ、聖剣だもの……。

捜査官なら、誰だって最も強く、力ある剣の遣い手となりたいだろう。至高の剣であるデュランダルを望むのは当然だ。

なんだか情けなかった。訓練中、一度も有國に勝てなかったあとだけに、ペアを組む相手にも望まれていなかったのかと思うとけっこうメンタルをやられる。

虎山の〝学校に来てくれ〟という言葉に、どこかで寄りかかっていたのだと思う。乞《こ》われて来たのだから、虎山には剣がないのだから、どんな扱いをされても、自分を必要としてくれるはずだと思っていた。

――そうじゃないんだ。

虎山はデュランダルの遣い手になることを望んでいて、けれどデュランダルは有國を選んで、だから、あぶれたのだ。他の剣では、虎山は納得しないのだろう。つまり、自分とのペアも乗り気ではないのだ。けれど今更元の学校に戻るわけにもいかない。

気配に気づいて振り向いた虎山に、馨玉は息を吐いてから近づいた。

虎山は平然とした顔をしている。

「どうした？」

「…訓練にいなかったから、どうしたのかと思って」

ああ、と虎山は気のない声を出した。

「別に、あれは必修じゃないからな。デュランダルだって出てないだろ？」

「でも…」

――他の人たちはペアで出てた…。

自分があぶれるから嫌だとか、そういうことは言えなかった。有國だってひとりでいたけれど平気そうだったし、確かに必修ではないのなら、休んだと責められるものではないのかもしれない。

〝練習相手になってもらえないか〟という言葉が言い出せない。気乗りのしない相手に、時間外まで拘束されるのは嫌だろうと思ってためらってしまう。

「…訓練で、なんかあったか？」

虎山が少し心配そうな顔になった。

「いや…そうじゃないけど。俺が全然ついていけなかったから……」

西洋の剣術は、スタンスが違い過ぎて動けなかった、と言うと虎山は黙った。

「剣道をやってたんだっけか」

「うん」

そりゃ悩むわな、とひとりごちて考え込む。

「だがな、西洋でも東洋でも、結局基本的な身体の動かし方は同じだ」

「え…」

そんなはずはない、と言おうとすると虎山が遮る。

「むしろ違うのは考え方と武器だ。日本刀と西洋の剣は別物だからな」

「…それは、わかる。西洋の剣は〝刺す〟んだろう？」

日本刀は斬りつけることを前提に片刃になっている。けれど西洋の剣は両刃だ。

虎山がくしゃっと笑った。なんとなく、出会ったときの飄々とした虎山に戻った気がする。

「まあな。西洋の剣は切れ味なんて気にしないから、硬度頼みでぶっ叩く…くらいの力技だ。日本の武道みたいな美学はない。とことん合理性と重量差を生かすし、それに、今日の訓練はなんでもありだっただろ？」

こくりと頷く。

「フェンシングじゃないからな。ロングソードは長くて重い。そもそも鎧《よろい》を着けて戦うのが基本の剣だから、相手の刃先が自分の間合いに入るかどうかなんて、気にして戦わないいんだよ」

その通りだ、それで突っ込まれてこてんぱんに負けた。

ちゃんと戦えるようになりたい…そう思って真剣に聞いていたのに、虎山の答えは気が抜けるようなものだった。

「重い剣の唯一の弱点が機動力だ。逃げて、追いかけてきたところを剣で足払いをかけるとか、お前みたいに重量がないタイプは、意表を突いて相手を転ばすのが有効なんじゃないかな」

思わず顔をしかめる。

「そんな卑怯な手…」

だいいち、有國だって逃げるなと言っていた。

「要は勝てばいいんだろ？　卑怯もクソもあるか」

「でもそれじゃ魔族は斬れない」

虎山はけらけらと笑った。

「気張るなよ。どうせ実戦では俺が斬るんだ。誰も、剣のお前にそこまでの技量なんか要求してない」

「……っ！」

カッと頭に血が上る。

〝何ひとりで思いつめてんの〟と笑われたような気がした。そういえばレプレたちもそんなにうまく動けていなかったのを、今頃思い出して余計に気負った自分が恥ずかしかった。

「……わかった…邪魔してごめん」

「おい、馨玉」

怒りの持っていき場がなくて、俯いたまま踵を返し、廊下を蹴るように歩く。

「なに怒ってんだよ」

背中から追うような声が聞こえるが、勢いを緩めることはしなかった。

「……別に、怒ってなんかいない」


――どうせ俺はただの剣だよ。

実力がなくてすみませんね、と拗《す》ねたい気分だった。

「馨玉！」

「…」

自分では一生懸命だった。大事な訓練だと思ったからこそ、他のメンバーに遅れをとっている分、自主練しようと思って相談しに来たのに。

――虎山には、どうでもいいことなんだ……。

剣なんて、斬れればいいのだ。きっと、虎山にとっては、デュランダル以外なら誰でも同じなんだろう。

怒ったあとで、虎山の言い分に理があることがわかるから、余計憤る。

そういえばあれは、実践訓練ではなく、剣に〝剣の使い方〟を体感させるための訓練だった。

――要するに、俺が空回りしてテンパってただけってことなんだよな…。

冷静になるほど、意気込んだ自分が恥ずかしくなる。

感情任せに歩き、虎山の声が聞こえなくなってから立ち止まった。

「……ここ、どこだ？」

位置を教えてくれるはずのデータスポットも見当たらない。こんなときに限って、周りに誰もいなかった。

「……」

あたりは前後左右、皆同じ仕様で、ダンジョンに閉じ込められたような気分だ。寮への帰り道さえわからない自分が、本当に何もできない役立たずな人間だと思えてくる。

転校は自分の意志で承知したことだ。けれど、どこかで虎山に〝お前が来いって言ったんじゃないか〟と責めたくなる。

――迎えに来てくれたときは、友達になれそうな気がしたのに…。

クラスメイトとも、レプレたちとも仲良くなれたのに、肝心のペアとだけうまくいかない…。

虎山の顔を思い浮かべて、馨玉は眉根を寄せた。

◆◆◆

二週間が経った。

覚えることばかりだった慌ただしさがようやく落ち着き、制服も無事に支給された。馨玉は朝起きるとホテルのようなバスルームでシャワーを浴び、着慣れた詰襟を手にした。

「…」

着替えながらちらりと壁に視線をやると、支給された新品の黒い制服が目に入る。けれど、なんだかんだと理由をつけてまだ袖を通していなかった。

ひとりだけ前の学校の制服を着ていると、確かに目は引く。けれど、どのみち学年で数十人しかいないチェイサー候補生の制服は嫌でも目立つ。しかも〝虎山の剣〟だということで、何故か自分の認知度は非常に高くなってしまい、もはや何を着ても同じだった。

——それに…。

格好だけが一人前になることに気後《きおく》れがする。

クラスメイトを見ていても、あの黒い制服に、どことなく憧憬《どうけい》のような眼差《まなざ》しを向けているのがわかるので、余計に着られないのだ。まだ、自分はそれに見合うだけの実力がない。

そのうえ、訓練もまともにできていない自分がこれを着ていったら、虎山に鼻で笑われるのではないかと思うと、どうにも着る気になれない。周囲も制服の事情をあまり知らないのか、詰襟を着ていても何も言われなかった。

——……。

あれから、虎山とはあまり口をきいていない。それまでも仲良く話していたわけではないけれど、どうしても他のペアのようになれなかった。

本心からペアにと望まれたようには思えない。けれど、レプレが怒るように放ったらかしなのかと思うと、そうでもない。

食堂で、虎山が時々様子を見に来る。食事の量が少ないと、勝手にテーブルに近寄ってきて、魚のフライだとか唐揚《からあ》げだとかを皿に載せていくのだ。

何か、話すきっかけを探されているようで、ありがとうと言うべきなのだろうけれど、色々と考え過ぎて言葉を返すタイミングを失っていた。

笑わない虎山の顔を見るたびに悩む。

——やっぱり、本当はまだデュランダルと組みたいのかな。

こんな、何もわからない素人《しろうと》と組むのは面白くないだろう…。

そんな風にいじけるひねた自分が嫌だったし、そう思うなら修練を積んで、デュランダルに負けないくらいの実力を身につければいい、と思うけれど、虎山を前にするとどうしても気軽に〝練習に付き合ってくれ〟と言えなかった。

他の候補生は高等部進学と同時に剣と遣い手の組み合わせが決まっている。

候補生は剣の使い方だけではなく、気配の追い方とか一般人への対処の仕方だとか、そもそもフラウロスとは何かなど、学ばなくてはいけないことがたくさんあった。指導教官からは討伐の訓練は最後でいいとさえ言われている。〝捜査官〟と名がつくだけあって、捜査がメインなのだ。

だから今は基礎訓練と体力トレーニングにしか参加していない。けれど剣を使っての討伐ができなくてはならないことも事実だ。

できれば少しでも皆に追いつけるように、虎山に個別の訓練をお願いするべきだとは思う。

――本当は…そうなんだけど…。

いざ虎山と話そうとしても、その機会もまた少ない。

候補生は、授業を欠席してでも訓練のほうを優先する。教職員も候補生には何も言わない。

――だからって、それを逆手《さかて》に取ってサボるのはもってのほかだと思うんだけど…。

虎山は授業をよくサボるが、訓練にもあまり顔を出さなかった。新学期になってから特にひどいと言われると、自分が来たせいなのではないかと思って余計落ち込む。

ここに来なければよかったのか…そう思うけれど、訓練以外で心配そうにちょくちょく様子を見に来られると、なんとも言えない気持ちになる。

――虎山は、本当はどう思ってるんだろう。

もっと、自分から追いかけてでも積極的に虎山に話しかけるべきだろうか。

「…」

ぷちん、と最後のボタンを留め、馨玉は部屋を出た。

今日の訓練は演習だった。実戦想定で一期上の先輩たちと一緒に二手に分かれ、片方が感染した魔物役、もう片方がチェイサーの役をやる。潜伏している魔物の気配を探し、反応を確かめ、相手の感染度合いによって生きたまま捕獲、もしくは討伐、とその後の動きを決める。なるたけ本番に近い環境にするため、候補生専用のゲストハウス前にある林が使われている。

林、と言っても計画的に植林されているので、下は芝が生えた、西洋庭園の一部だ。

肩当て等の装備をした六期生が並ぶと、自分たちは所詮《しょせん》まだ候補生でしかないのだなと思う。

六期生はすでに訓練生として研修に入っている。正規の異端捜査官の下について、現場実習をするのだ。今は一時帰国中で、その間、訓練をしてくれる。

彼らは実戦慣れした貫禄《かんろく》があって、たった一年しか違わないのに、落ち着いて見えた。

隊のフォーメーションも、感染した魔族の役なのに、斥候《せっこう》、殿《しんがり》、遊軍とポジションも確定している。

自分たち七期生はと言うと、指示が書かれた紙を見ながら、まだ顔を突き合わせていた。

「何がなんでも討伐、じゃないんだ…」

「もちろんだよ。だって、本当に感染してるかどうかを調べるのが〝捜査〟なんだもん」

フラウロスに耐性がない者は、あっという間に死んでしまうし、うっかり順応すると化け物のように変質する。けれど、一番怖いのはウィルスと共存できるタイプの人間で、そうなると見た目に判別がつかない。

「でも中身は魔族だからね。感染を広めるし…その最後の判定をするのも、チェイサーの仕事」

従来の討伐は、魔族の強い気配を追っていく。けれど伝染性の魔族は、人間の中に入り込んでいる分気配が弱い。かなり近くまで行かないと、判別ができないのだそうだ。

レプレの解説を聞いていると、晴日が遅れてきた人影に気づいた。

「虎山、おはよう」

「ん…」

虎山は無造作なままの髪をくしゃくしゃと掻いている。無精《ぶしょう》ひげもそのままで、いかにも寝起きという格好だ。

こういう姿を見ると、話しかけようという気が失せて腹が立つ。

――――先輩たちがあんなにしっかりしてるのに。

彼らは演習だからといって手を抜かない。それなのに、訓練してもらうほうの候補生が遅刻するなんて、失礼だと思う。隊長もデュランダルも、慣れているのか虎山の遅刻に文句を言わないから、余計腹が立った。

――実力があれば何してもいいってことじゃないだろ…。

規律が緩いのはよくないと思う。有國も怒ればいいのに…と馨玉はひとりで苛立《いらだ》ち、眉間に皺を刻んだ。頭が固いとよく言われるが、礼節を守らない行動は好きになれない。

「よ…準備できたか」

怒っているのに、何事もないように隣に来られるのも腹立たしい。返事をしないでいると、晴日が細い目を糸のようにしてフォローした。

「うん、だいたいね。虎山は左側の遊軍だよ。被疑者をなるたけ山側に追い詰めてから、異端捜査開始だ」

「ん…」

さっと被疑者のプロファイルを眺めると、虎山はそれを隊長に返した。全員が揃ったのを見渡し、有國が命じる。

「全員、抜刀《ばっとう》！」

号令を聞いた瞬間、馨玉は冷やりとした。だが、〝遣い手〟たちは次々と剣を取り出す。隣に向かって手を伸ばしたのは一瞬で、それぞれ固有のアークが光ったかと思うと、次の瞬間にはもう剣を手にしていた。

「よそ見すんなよ」

「あ…わ…」

虎山の手が胸元に伸びる。馨玉はとっさに目を瞑った。訓練なのだから、当然自分も抜刀されるのだと覚悟をしていたけれど、あのぐわっと内臓を掴まれるような感覚が甦る。

――騒ぐな。

他のどの剣も苦痛があるようには見えなかった。最初のときの抜刀がイレギュラーだったのか、自分だけ別なのかはわからないが、他の〝剣〟と同じようにできるはずだと、半《なか》ば念じるように自分に言い聞かせる。

それでも身体は意志を無視して強張った。

「う…」

虎山も困った顔をしている。

「チカラ抜けって」

――やってる！

反論したいが、声が出ない。ものすごい磁石を胸に押し付けられているみたいだ。力を抜いているつもりでも、身体全体が硬直する。

――う…わ……っ……。

肺が圧迫されて潰れる…と思った瞬間に、虎山の手が薄皮一枚皮膚の下へくぐった気がした。

「あっ……っ…ああっ」

「暴れんなよ」

　身体を反らして手から逃れようとすると、虎山が顔をしかめた。反対側の虎山の手が背中から腰に回され、胴体を動けないようにされて、ほぼ無理やり剣を取り出される。

――わ、あ…あ…熱い……。

初回ほどの衝撃はない。けれど代わりにぞわぞわと腰のあたりを走る感覚に息が止まった。

――今の…なに…。

虎山が剣を取り出したが、どくどくと逆巻く血流は収まらない。馨玉は、生々しい衝動に戸惑《とまど》った。

「大丈夫か？」

「…う…ん……」

馨玉の息はぜいぜいと上がっていて、立っているのもやっとだ。

――……。

下腹に残る甘い熱を無理やり意識から追いやり、周囲を見る。

――皆は、簡単に取り出せてる……。

たかが剣を取り出すだけで、何故自分だけこんなに大変なのだろう。肩で息をしていると、後ろのほうで冷ややかな小声が聞こえた。

「相性悪いんじゃない？」

ビクリと心臓が跳ねる。心の中の、あえて言葉に

してこなかった不安を形にされたような気がした。

本当に、自分は〝虎山の剣〟なのか…。

聞き流せずに固まっていたが、虎山が腕に馨玉を抱えたままぎろりと声の主を睨みつけた。低い声が、威嚇《いかく》するように響く。

「今ほざいたのは誰だ…」

虎山の迫力に、六期生たちも振り向いた。その場がしんとしてかなり気まずい空気が流れたが、有國が冷静な指示を出した。

「演習中だ。虎山、抜刀できたなら陣形に着け」

「…」

ちっ、と舌打ちし、虎山が馨玉から手を放す。

〝剣〟を出された側は、剣と同期するが、自らは戦えない。身体を残さないデュランダルに比べると、むしろ抜け殻《がら》の鞘として現場ではお荷物になる。基本は遣い手の後ろで、自分を防御することを重視しなければならなかった。馨玉もセオリー通り、虎山の斜め後ろに下がる。

有國は、配置通り左右を固めるペアに目をやった。

前回出動していた広宣と、虎山並みに上背《うわぜい》がある黒髪のザガライアだ。

「行くぞ」

「はい!」

ロングソードを手に、遣い手は迎撃態勢で腰を落としたまま慎重に捕獲相手との距離を縮める。感染者かどうかを判定するところまでは、通常の訓練と変わらない。

だが、対象者が圏内に入ると、それぞれの剣の柄が光った。

遊軍の虎山と馨玉は、それを離れた場所から見ている。

まだ息が整わない馨玉を気遣ったのか、虎山は全く捜査に加わらなかった。だが、そのおかげで他のメンバーの闘う様子がよく見える。

――剣ひとつひとつで、色が違うんだ……。

こんなにたくさんの剣が抜かれるところを見るのは初めてだった。最初に虎山に会ったときは、自分も恐慌状態で、剣の細かい部分など見ていられなかった。

ロングソードは、刃の部分に細かい模様が刻まれていた。護符《ごふ》の呪文のように見えるものもあるし、薔薇《ばら》模様のように見えるものもある。

鍔と柄、刃で十字架の形になり、その交差部分に、宝石のようなものが煌《きら》めいていた。それがひとつひとつ違う色をしているのだ。

晴日やヘイリー、有國が剣を振るうたびに、宝石が強く煌めく。中でも最も強く輝くのは、やはり有國の持つ剣だった。

――きれいな紫だな……。

聖剣の名にふさわしく、少し打ち合っただけで、鮮やかに輝くアメジストのアークが、稲妻《いなずま》のように剣先まで走っていった。

そばで見ているとよくわかる。光の強さは、剣の強さと同じなのだ。斬り合った瞬間に双方の剣がスパークし、弱いほうの剣は、光も小さくなる。

「……」

普段は、〝剣〟も参加できる模擬刀で訓練していることが多い。けれど、こうして実戦さながらの状況を見ると、いかに剣と遣い手の技量の差が出るかがわかる。

有國の剣さばきは他のどの生徒よりも抜きん出ている。一年先輩の六期生よりも格段に素早かった。

そして、遣い手だけではない、剣それ自体にも強さがなくてはならないのだ。

――あのふたりは、やっぱりすごいんだ…。

七期の部隊長というだけではなく、有國はまだ在学中でありながら、全捜査官部隊の〝総部隊長〟候補なのだとレプレに教えてもらった。

それは彼が聖剣デュランダルの遣い手であるからなのだが、それも、デュランダルが有國を選んだからこそ成り立つ話だ。

聖剣に選ばれた遣い手…有國の鮮やかな剣さばきは、まさにその称号にふさわしいものだ。

それを思うと、抜刀ひとつにてこずらせた虎山に、申し訳ない気持ちになってくる。

虎山は副隊長候補だ。中庭の一件だけでなく、虎山がデュランダルの遣い手候補だったことは、他のメンバーから聞いている。

その副隊長候補が、剣を抜くのもやっとで、ベンチ入りのような遊軍ポジションに置かれているのだ。

――それも、全部俺のせいか…。

もし、虎山がデュランダルの遣い手だったら、今頃有國のように勇壮に戦っていただろう。こんな風に、端で見守るだけなんてことはなかった。

目の前では演習がどんどん進んで、被疑者は感染者として討伐と判定され、模擬的に剣で斬られた。

遺体の一部がサンプル回収される。これはあとでサポートチームに連携を取るためだ。

目撃者の有無を確認し、被疑者はたいがい行方不明で処理される。黒化した遺体は、遺族に見せられないからだ。だから最初から判定場所を失踪に見せかけられる場所にすることが多い。世間で、この魔族感染者討伐が失踪事件だと思われているのはこのせいだった。

サイトで盛り上がっていた人たちも、まさか失踪ではなく、こうしてあとかたもなく討伐されているのだとは思っていないはずだ。

感染者の捜査は一定期間をかけて慎重に行われている。万一感染者ではない者を斬ってしまったらただの殺人だし、感染者だったとしても、家族や関係者に〝魔族に感染した〟などと説明できるものではない。

所属する会社、学校、家庭環境までを入念に調べる。だから、チェイサーよりアナライザーのほうがスタッフの数が多いのだと晴日が教えてくれた。

討伐するのは最終段階だ。残念ながら病《やまい》のように治《ち》癒《ゆ》するわけではないので、感染が確定してしまうと討伐するしか手段がない。

「そんな顔すんじゃねえよ。終わったぞ、ほら」

「え…」

虎山が振り向き、ポンと剣を投げて寄越した。

――どんな顔してたんだろう…。

自分がどんな顔をしたかはわからなかった。ただ、馨玉には虎山のほうが苦しそうに見える。

――使い物にならない剣で、嫌だったのかな。

見ているだけだった演習は、虎山にはしんどかったのかもしれない。そう思うといたたまれなくて、馨玉は剣を手に、意識的に虎山のそばから離れた。

手渡された剣はずっしりと重く、でも鉄色をしているだけで、何も光っていない。

「……」

演習が終了し、場の緊張感は解けていた。感染者役をやった捜査官も笑っていて、あたりはがやがやしている。

剣を持ったまま手持ち無沙汰《ぶさた》でいると、レプレたちが来た。

「面白かったねえ」

「…うん」

デュランダルと有國の剣技も見れたし、あー楽しかった…と言いながら、レプレが馨玉の手元を見る。

「剣、しまいなよ。今日はもう使わないよ」

馨玉は困ったまま、とりあえず誤魔化すように笑った。

「…どうやるのか、俺にはわからないんだ」

えー、とレプレが本気で驚いている。恥ずかしいのであまり騒がないでほしかったが、そのリアクションに、サンプル箱をしまっていた広宣が気づいた。

薬箱のような手提《てさ》げケースを持って近づいてくる。赤毛の〝剣〟のギデオンも一緒だ。

「消し方がわからないのか？」

「…はい。すみません」

謝ってみたが、広宣…皆が数学者のようだと言う瀧川《たきがわ》広宣は、じっと馨玉を見ている。

「馨玉…、君はどうやって〝剣〟が形になるか、知ってる？」

「え…いえ……」

そういえば、晴日は広宣に聞いてみろと言っていた。広宣は尋ねるまでもなく説明してくれる。

「君たちの身体の中に剣があるわけではないんだ。君や聖剣のコピーたちが持っているのは〝剣を形にする設計図〟でしかない」

「は…？」

銀縁の眼鏡を白く長い指で押し上げ、広宣は怜悧《れいり》な眼差しで剣を見る。

「この剣が普通の剣と大きく違うのは、〝重力をコントロール〟するからだ」

「はあ…」

講義は、どうも難しくなりそうだ。

「我々人間も含めて、物質はすべて、電磁気的な繫がりと、重力で固められている。たいていは電磁気のほうが強い力なのだが…」

広宣が、キン、と指で剣を弾いた。

「これだけは例外だ。これは光をも吸い込む、強力な重力で物質を結び付けている」

電磁の繫がりよりも強く重力がかかっている。遣い手は剣を通じて重力をコントロールできるから、魔族を斬ることができ、あの超人的な跳躍が可能になるのだそうだ。

「で、も…それと俺とは……」

なんの関係があるのだろう。

広宣は整った面に笑みを浮かべた。

「君の中にある魂が、重力を使って剣の形になる物質を集めてくるんだよ。まあ、簡単に言えば磁石に砂鉄が集まるようなものだ」

「え……」

「剣の素材など、この世にいくらでもある」

君の身体も地球も、素材は皆同じだと言われると、なんとなく納得できるような気もしないではない。

ものの素材は元素まで戻れば、皆ありふれていて、人間の身体は半分以上が酸素でできている。二十%の炭素と十%の水素、あとは微量な元素ばかりだ。大気の七割以上は窒素《ちっそ》だし、もしどこからでも集めてこられるのなら、地球の構成要素は三割くらい鉄らしいから、硬いものを作ることは簡単なのかもしれない。

けれど、本当にそんなことができるのだろうか。

「魂が、集める…？」

祖父は、〝刀鍛冶の魂を飲み込んだ子が〟と言った。デュランダルは〝魂を持った剣〟だと言う…。

——魂…？

神社の跡継ぎとして育って、それは聞きなれた言葉だが、まだよくわからなかった。

　広宣の目は知性的だ。

「そう、魂がなければ、これもただの鉄の塊だ。重力を操る力も、剣としての形も、魂が望まなければ動かない」

「…」

「我々現代人はね、少し〝魂〟を軽く見過ぎているんだよ」

　考えてみたまえ、と広宣は言う。

　仮に、人間を構成するのと同じだけのタンパク質やアミノ酸を集めてきても、人間ができあがるか？　と聞かれて、答えられなかった。確かに〝鶏《にわとり》からフライドチキンは作れるけれど、フライドチキンから鶏は作れない〟のだ。

「素材は、いくらあっても素材でしかない。我々は、ウイルスから細菌まで、なんでも培養《ばいよう》して増やせるけれど、ゼロから新しい命を人工的に造ることは、できていないんだよ。〝魂〟は造れていないんだ」


物質は、魂を持って初めて〝生命〟として稼働する…。広宣はまるで哲学者のように言った。

「コピーの剣も、デュランダルの欠片がなかったらただの鉄だ。彼の欠片が、それぞれ新たな剣として打たれるたびに、魂を持った」

　隣で赤毛のギデオンがへらっと笑う。

「小難しいことはわかんないな。でも、魂ってとこだけは納得してる」

　馨玉は手にした剣をじっと見た。

　魂がなかったら、人間もただの肉の塊。この鉄の塊も、魂が寄せ集めたかたち……。

「つまり、魂が剣《それ》をコントロールできるはずだ…ということ」

　デュランダルと有國が、こちらに来ようとしていた虎山に近づき、留まるように制していた。皆、気にしないようなふりをしているが、ほぼ全員馨玉に注目している。

　デュランダルのコピーではない、〝もうひとつの剣〟が、何をするのかを見つめているのだ。

「…」

試験を受けているような気持ちになった。

試されているのだ。自分が本当に他の候補生と同じちゃんとした〝剣〟なのかを、皆が確かめようとしている。

――落ち着け…。

虎山がいなければ何もできない〝お荷物〟だと思われたくなかった。自分で剣を消すぐらいは、最低でもできなければならない。

「…」

馨玉は目を閉じ、すうっと静かに息を吸う。

――逆を辿れということだろうか。

虎山の手に引っ張られるように熱が固まって剣になった。バラバラにしていくイメージさえできれば、消すことができるのではないかと想像してみた。

――皆できることなんだから。

力まないほうがいいのだと思う。他のどの剣もできることなら、自分にだって必ずできるはずだ。

気持ちを鎮めながら深く呼吸をするが、何も変化は起きない。けれど、何故だか心は静かだった。

胸の中に、何かが波紋を起こしている。

長い時をかけて石を穿《うが》つ水滴のように、澄んだ美しい何かが少しずつ身体の中を満たし、馨玉はその感触に意識を注いだ。

――ああ、なんか気持ちいい…。

なんだろう、剣は手から消える様子がないのに、身体中が気持ちよくて、唇にふんわりと温かい感じがして…。

心地よさにうっとりしていたら、ふいにざわっと周囲が動く気配がして、なんだろうと目を開けると、目の前に虎山の顔があった。

自分が何をされているか、わかるまでにまる一秒以上かかったと思う。

――…キス――!!!!

「なにするんだっ!!!」

パンッと思い切り頬を叩いた時に、手にしていたはずの剣は瞬間的に霧散《むさん》していた。周囲は冷やかすような、感心するような顔をしている。虎山だけがどうだとばかりの顔をしていた。

「ほらな、消えただろ？」

――ほらな、じゃない！

せっかく摑みかけた感覚だったのに…。

悔しいのと惜しいので、頭の中がぐるぐるする。

目に涙が浮かんできて、背中を支えるようにしていた手を、さらに思い切り振り払った。

「虎山のバカ！」

あっけにとられている演習メンバーを置いて、馨玉は駆け出した。頭の中が壊れたみたいに同じ言葉をリピートしている。

――公衆の面前でキス！　公衆の面前でキス！　公衆の面前でキス……。

力いっぱい寮まで走って、上がる呼吸が運動のせいなのか、羞恥《しゅうち》のせいなのかわからなくしたい。

――皆の前で……。

涙が零《こぼ》れそうだ。人前でなんて破廉恥《はれんち》なことを…という憤りと、それがファーストキスだったこと、相手が男だったというショックも含まれて、二重にも三重にも追い打ちをかける。

――キスなんて、したことなかったのに…。

「……大嫌いだ……あんな奴っ…」

馨玉は部屋に帰ってから悔し泣きした。

◆◆◆

「まだふてくされてんのかよ」

「……」

虎山は毎朝食堂で待ち受けている。校内では常に避けているし、寮に帰る時間はわざと毎日変えているので、確実に捕まえるのは朝しかないと踏んでいるのだと思う。

けれど何をされようが知ったことではない。

「悪かったって、何べん言わせんだよ」

「…」

――今更謝ったって遅いんだよ。

近づかれるのも恥ずかしかった。あれから、訓練に行くたびに周りはにやにやするし、それまでサボってばかりいたくせに、虎山は急に態度を変えて毎回訓練に来るのだ。

訓練である以上、ペアを組んでいるのだから、一緒にやらないわけにはいかない。

――――でも、皆見てるし…。

デュランダルが取り替えてくれるのなら、今すぐ有國とペアを替えてほしいくらいだ。おかげでぎくしゃくして、簡単な模擬刀の訓練さえうまくできない。

訓練中も怒りは一向に消えなかった。

こうやって虎山が毎朝来て、そのせいで一般生からもじろじろ見られる。全部虎山のせいだ…。そう思うと腹が立って仕方がない。

「…馨玉も、もう許してあげればいいのに」

コーンスープにラーメンの麺《めん》だけを入れるという、アクロバティックなオリジナル食を食べているレプレが呆《あき》れたように言う。

「だってさ、あのとき、虎山がチュウしなかったら、絶対剣は消えなかったよ」

――――チュウなんて言うな！

「……もうちょっとでできそうだったんだよ」

虎山が邪魔をしなければ、自分でできた。

――――感覚は摑みかけてたのに…。

けれどレプレは違うと言う。

「虎山のショック療法で消えたんだよ。その前は兆候なかったもん」

「……」

〝剣〟に言われると説得力がある。

「もちろん、馨玉は一生懸命だったと思うけど、見てる虎山のほうが耐えらんなかったんだよ。本当に、心配で見ていられないって顔してたし」

そんなのウソだ、と思うけれど、目を瞑って見ていなかったので否定できない。

レプレはフォークで麺を掬《すく》いながら食べている。

「本当なんだよ。僕、虎山のあんなに心配そうな顔、初めて見たもん」

「……」

レプレに言われるまでもなく、謝罪詣《もう》でを繰り返している虎山を、もうそろそろ許すべきだとは思っている。理由はどうあれ、あの場でもし本当にいつまでも剣を消せなかったら、今頃別な意味で注目を浴びていただろう。

心配されたのだというのもわかるけれど、だからといって、あの解決方法はなしだ。

――俺のファーストキス……。

別に、初めてのキスに夢があったわけではないけれど、そういうのはもっと大事にしたい。あんな、交通事故みたいなのは最悪だ。

――だいたい、キスは他人に見られてするものじゃない。

そこまで思って、自分の思考に赤面した。問題なのは、場所ではなく相手だ。

何を血迷っているのだ、と自分に突っ込む。

「馨玉？」

「うん？　ああ、あの…なんでもない」

けれど、思い出したらみそ汁の椀《わん》に口をつけただけで虎山の唇の感触が甦ってきて、急に鼓動《こどう》が騒がしくなった。

レプレに怪しまれないように、いつまでもみそ汁の椀を傾けて、顔を隠している。

「…」

みそ汁の匂いが鼻腔《びこう》を流れていく。椀を顔に向けたまま、このくらい虎山の顔が近かったな、と余計なことばかり考えて、ドキドキが止まらなかった。

――やめろバカ。何考えてるんだ。

自分で自分に突っ込みを入れるけれど、背中を支えてくれた手の感触や、うっとりするほどの快感を妙にリアルに思い返して止まらなくなる。

「ご、ごちそうさま。ちょっと部屋に忘れ物…」

「あ、馨玉……」

「先に行ってて」

耐えられなくて、そそくさとレプレを置いて食堂から逃げた。トイレに駆け込んで、冷たい水で顔を洗う。

「……」

ドキドキして胸が疼《うず》く。鏡には、変な風にしかめた赤い顔が映っている。

「……おかしい」

女子との恋愛に夢を持っていなかったせいだろうか。神主になることだけが将来のビジョンで、女の子とデート、とか、青春じみたものは自分とは縁がないと思っていた。

その消極的な生き方が災《わざわ》いしたのかもしれない。いざキスの相手…となると、虎山以外誰のことも思い浮かばなかった。

――……。

こんな気持ちで虎山を見たら、自分がどんな顔をしてしまうか、わからない。

前よりもっと慎重に虎山を避けながら、馨玉は駆け足で教室まで行った。


春の午後は蜂蜜色の陽射しに満ちた昼間から、ゆっくりと夕暮れに向かおうとしていた。授業は一階の教室で、格子《こうし》窓は開け放たれている。馨玉は一番窓際の後列で中庭を眺めていた。

菩提樹《ぼだいじゅ》の葉は濃い緑で、傾きかけた陽射しを受けて輝いている。

――平和だなあ…。

古めかしい造りだからだろうか、コンクリートの校舎より、ずっとのんびりした雰囲気が漂う。

「剣の素材は鉄ではありません」

僧服を着た先生が板書している。今はこの日最後の授業で、神学の時間だ。これは候補生に限らず全員履修なので、こういうところは、普通の高校とは違うんだなと思う。

授業のコマ数は、前の学校より多かった。一般科目以外にもこうした神学の授業や祈りの時間があるから、それだけ拘束時間は長い。けれど、授業が終わっても寮に戻るだけなので、長い授業時間は苦ではなかった。

それに授業は興味深い。

聖剣は、魔族討伐のために天使から授かったのだという。それだけ聞くとおとぎ話みたいだが、成分分析表をプロジェクターで出されると、神秘や奇跡という言葉は消える。

「希少元素が目立つと思いますが、問題は成分ではなく結合です」

電磁的な結合ではなく、重力で強力に結束しているのだと先生は言った。

「エネルギーの動きは非常に量子的です。それが、〝剣〟と〝鞘〟を同期させる〝量子ねじれ〟で証明できます」

〝鞘〟となった姿は、その身体からロングソードを取り出されたあとも、ソードと同期している。剣の受ける衝撃を感覚的に受けているし、遣い手との呼吸も、〝鞘〟の側が合わせている。

これが戦闘能力に影響するのだというのは、広宣に教わった。

先生は〝量子的振る舞い〟について講義する。

〝同時にふたつの状態をとる〟という量子の動きは、まだよくわかっていない。けれど〝量子ねじれ〟を起こしているとき、ふたつの量子はどんなに距離が離れていても、同時に同じ振る舞いをするのだそうだ。

物理的な距離は一切関係なし。先生はそれが、剣と鞘の同期現象の理由ではないかと思っているらしい。

「これは、あくまでもまだ研究段階ですが…」

そう言いながら、とても理解できない記号だらけの式を黒板に書いている。

――もっと、頭から信仰だけなんだと思ってた。

ひたすら祈って、あとは訓練するだけなのだろうと思っていたのに、この施設はあらゆる〝奇跡〟を、科学で解明しようとしている。

剣の仕組みも、遣い手への影響も、ただ修行でどうにかするのではなく、きちんと科学の手で明らかにするための施設なのだ。

――そうだよな。あのウィルスのことを、研究するためにできたと言ってたし。

この巨大な施設の後ろ半分はすべて研究のための場所だ。一般生徒も捜査官候補生も、立ち入りを禁じられている。

「……」

この学校はわからない…。のどかさの向こうに伝染性魔族との戦いがあり、その非情さの傍らで、無邪気な学校生活がある。

考え込んでいると、鐘楼《しょうろう》の鐘が鳴った。

ゆっくりと重い鐘の綱が引かれて放たれ、その音が中庭から教室に鳴り響く。講義をしていた教員ははっとした顔をし、教室内にいる黒衣の制服に目をやる。

――出動……。

招集を報せる鐘だった。この鐘の音がしたら、候補生は何をおいても大聖堂に集合しなければならない。

同じクラスのギデオンがこっちを見る。このクラスはギデオンと、ペアを組んでいるヘイリー、エイベルの四人だ。頷くと、先生も〝行きなさい〟という仕草をした。

しんとした教室を四人で出て、大聖堂へと走る。


馨玉たちが大聖堂に着いたときには、もう大部分の候補生が集結していた。

隊長の有國が祭壇の前にいて、その隣に金色の髪が見えた。

仔羊革のブーツでかつんと一歩前に出て、デュランダルが候補生を一通り確かめてから口を開く。

「討伐に出ている124部隊から応援要請が来た。現在六期生が向かっているが、さらなる援軍が必要になる可能性がある」

卒業生は期ごとに部隊を組む。日本は十二番目のエリアで、124と呼ばれるのは自分たちより三期前にチェイサーになった者たちを指す。最終学年の六期生は訓練生なので、出動となったのだろう。

――援軍を二重に出すほどなのか…。

候補生たちの顔も緊張で引き締まっている。

伝染性魔族のデータはまだ収集途中だ。見込みよりずっと凶暴化することもあるし、感染から発症までの過程も、まだ予測しきれないことが多い。

「候補生が実戦に出るほどのことにはならないだろ

うが、万一に備えて後方に配備される。よい経験になるはずだ、しっかり124部隊の戦いを見ておくように」

有國の言葉に、全員がザッとブーツの踵《かかと》を鳴らして敬礼した。場所と移動の説明が終わると、それぞれ戦闘のための武装をする。

銀の肩当ては剣を持つ腕を護《まも》るため。肩から垂らすストラは、この討伐が聖戦であることを示すためだ。肩当ては、普段は目立たないようにセパレートに分けられ、太腿に装着したホルスターに挿し、ストラはジャケットの内ポケットにしまう。

「準備ができた者は外へ」

指令が飛び、次々と大聖堂を出る。いつの間にか虎山が隣にいた。

「これをつけとけ…」

シルクに刺繡の入った白いストラを渡される。虎山のストラだ。

「…でも」

まだ、ためらって候補生の制服を着ていなかった。

肩留めもなくどうしようと思っていると、虎山がうまく胸元のボタンを通して、格好だけ肩にまわるようにしてくれた。

「…候補生として出動するのは不本意かもしれないが、お前はもう正式なこの学校の学生だ」

虎山の目が、何か思い悩むように白く細長い布を見ている。

「…つけておいたほうがいい」

「うん」

制服を着ていない自分のほうが悪いのに、すまなそうな顔をしている虎山の表情が不思議だった。

「…ありがとう……」

「急げ…」

どさくさ紛れに礼を言ってみたけれど、虎山は視線を逸らしたまま先を急がせた。

けれど、さりげなく庇うように肩を抱えてくれて、候補生の最後尾について一緒に走る。

誰も無駄口は叩かない。

外に出ると、すでに何機もヘリが待機している。

馨玉は、建物の前のだだっ広い芝生が、なんのためにあるのか初めて理解した。

「場所は長野《ながの》県北西部だ、このあとの指示は無線でする」

有國が指揮し、候補生たちを乗せた四機のカーゴヘリが飛び立つ。横スライドの扉を閉めると、外は見えなかった。

虎山と隣同士の席に座って、安全のためのベルトを締める。

轟音《ごうおん》を上げて飛んでいる間に、スピーカーからは、戦況の詳細が伝えられていた。

魔族討伐は、ひと目を避けて行う。感染者が特定されると行動を把握し、最も目立たずに戦える場所へ誘い出すか、ひとりになるタイミングを狙う。

今回の隔離《かくり》先は人里離れた山の中腹にあるキャンプ場で、感染被疑者は大学生だった。人数は四人。夜を待って感染者のみを討伐する予定だったのが、実際の感染者がその四倍の十六人いたことが判明したらしい。

「二次感染だ。キャンプ場内にいる全員が感染していると見られる」

凶暴化の兆候があり、危険を感じた先行部隊が一度退避している。

「応援部隊が到着し次第、陣容を広げて再度一か所に追い詰める。現在は周辺への影響を考えて念のため避難指示を出している」

こういうときは、チェイサーより先にコントロールセンターが動く。事故、爆発物、山内なら害獣などの情報を流して警察を動かし、一般市民を遠ざける。もちろん、警察も本当のところは知らない。

感染者は、全員大学のサークル仲間だそうだ。

――――学生……。

雨の夜、目の前に現れた感染者の顔が思い浮かぶ。今まで普通に生きていた人が感染者として始末される…。それまで漠然としていた〝討伐〟というものが、現実となって迫ってくると重苦しい気持ちになった。

法に照らした行動でもない。医療行為のように人を救うものでもない。

これは、人間が生き残るためにする魔族討伐なのだ。

「……」

馨玉は、正しい戦いなのだと、ストラを身に着けた意味を噛み締めた。ストラでそう示していなかったら、決心がぐらつきそうだ。どんな姿であろうと、相手はごく普通の大学生なのだから。

ギュッと上着の裾を握りしめ、俯いていると、隣からの視線を感じた。

――虎山…。

ちらりと顔を上げると、虎山の大きな手が頭に触れる。いつもだったら振り払ってしまうのだが、今日はその感触で心が落ち着く。

「大丈夫だ……後学のために駆り出されただけで、実戦なんてまだまだ先だ」

低い声が、心地よく耳に響いた。

「……うん」

馨玉は目を瞑り、大きく息を吸った。

◆◆◆

異端捜査官たちは、本来夜の闇に紛れて動く。それが最も人目につかない方法だったし、魔族の特性で、活動的になるのが夜に多いからだ。

スピーカーから指示が流れた。

「六期生の背後にスタンバイする。全員、下降せよ」

壁側の候補生がスライドドアを開けると、眼下の山並みには黄金の夕焼けが照りかえり、茜色に染まった雲で世界が輝いていた。

ヘリは高度を下げただけでホバリングしている。

「行くぞ」

ヘリが着地できないほど木々が密集した山中に、候補生たちは次々飛び降りた。

遣い手たちは〝剣〟と共に降りて、目が回りそうな高さも難なく着地してしまうが、馨玉にはとてもできそうになかった。怯《ひる》んでいると、胴体を虎山の逞しい腕で抱えられる。

「！」

「大丈夫だ、怖かったら目を瞑ってろ」

虎山が面白そうな顔をしている。意地でも目を開けていたかったが、とん、とヘリの端を蹴って飛び降りる虎山と共に空中へ出ると、浮遊感と風圧が怖くて、虎山にしがみついてしまう。

――うわあっ。

木々は密集していて地面が遠い。結局目を瞑ってしまい、そのまま着地した。

目を開けると、そこは登山道ではない山の斜面だった。頭上は枝葉に覆われ、木々の間から強いオレンジ色の夕焼けが見えるが、地面には笹や低い草が生え、足元はよく見えないくらい暗かった。

見上げると木々の向こうに明るく見える場所がある。樹木のない、開けた場所なのだと思う。ぽっかりとその部分だけ輝いている。

――あれがキャンプ場か…。

だが対象者も先発部隊の姿も見えなかった。

どこだ、と見回す前に、馨玉の胴を抱えていた虎山の手が胸に触れる。ドキンと心臓が鳴って、馨玉はとっさに身を離そうとした。

剣を取り出すのだとわかっているのに、虎山の手の感触に過剰に反応してしまう。

自分の動揺を隠したかった。今、虎山に接触するのは嫌だ。

「おい、避けるなよ」

「こ、後方で見てるだけって…」

「それでも剣がなきゃ応戦できないだろ。遊びに来たんじゃないんだ」

周りを見ると、もうすでにどのペアも剣を抜き、迎撃態勢に入っている。

「馨玉！」

虎山の鋭い声が響き、仕方なく馨玉は止まった。腰を摑まれて引き寄せられ、虎山の手が胸に置かれる。

――嫌だ…。

自分の中にある感覚を知られたくない。

「…っ」

「…っおい…馨玉！」

虎山が半分苛立ったような声を出した。剣が取り出せないのだ。それがわかっても、馨玉にはなんの協力もできなかった。

悟られたくない。虎山に触れられておかしな反応をする自分の身体を探られたくない。

それが壁になってしまうのか、虎山がいつも通り強い波動で押してきても、身体の中に手が入ってくる感じがしない。

前方で緊迫した声がする。

「来たぞ！」

「異常変形している、討伐を許可する！　斬れ！」

――――変形…。

有國の声にハッとなって目を開けると、山の上のほうから黒い塊がヒュッと飛び下りてきた。

「！」

昆虫の複眼のように眼球が赤黒く膨れ上がり、糜《び》爛《らん》した皮膚は、服の切れ端をつけたまま膨らんで、蜘蛛《くも》のように手足が伸びている。


感染者はもはや人の形をしていなかった。

一瞬で全員が円形状に飛び退って間合いを取る。馨玉も虎山に胴を抱えられたまま下手《しもて》に退いた。だが密集している木々が邪魔をして、簡単には身動きが取れない。方向感覚を失ったように暴走してくる感染者に、馨玉は抵抗どころではなくなり、虎山に身を任せた。

虎山の手が胸の奥に入ってくる。

「…アッ……っ」

本当は布一枚破くことなく、服越しに触れているだけなのだ。なのに虎山の指の感覚まで生々しく皮膚が受け入れる。

「んっ……っあ…あ」

以前のような痛みはない。代わりに虎山の指の動きと同調しようとする自分の鼓動がある。

呼吸が重なる。身体が熱くて、身もだえするような感覚だった。

――――剣に…成る……。

虎山の手の中で、剣としての形ができていくのがわかる。だが取り出されるのと風圧が襲ってきたのは、ほぼ同時だった。

両脇の木々がしなり、幹《みき》がメリメリと割れて倒れかける。

「…つ！」

「虎山！」

虎山はそのまま討《う》つ姿勢を取ったが、右腕の肘から下の制服が裂け、血が滲んでいた。

ガキン、という金属音と共に左右から助太刀が入って、直接の対決は避けられた。魔物は嫌がるように向きを変え、ちょうど背後にいた晴日を狙う。

候補生たちがうまく魔物の注意を逸らし、追いかけてきた六期生が陣形を組んで、異常に変形した感染者を斬りにかかっている。

右から虎山を庇った有國の叱責《しっせき》が飛んだ。

「何をしている！」

「すまない」

――虎山…。

虎山は低く詫《わ》びると、ぽたぽたと血を垂らしたまま剣を構え直した。だが、有國は振り向きもせずに指示を出す。

「退《さ》がっていろ、二次被害になる」

――……！

有國の言葉が、心臓にズキリと痛かった。虎山が責められるのは、自分が叱責される以上に辛《つら》い。

ごめんと言うのすら憚《はばか》られた。今は戦闘中なのだ。

――それなのに、俺は…。

自分の些細《ささい》な羞恥心で、虎山に候補生として一番みっともないことをさせてしまった。

申し訳なくて、何も言葉にできず、動けないまま夕陽でオレンジ色に染まる候補生たちを見ているしかなかった。

大木が幹から倒れ、風圧で枝が揺れて緑の葉が嵐のように舞う。数本の剣で刺された魔族は、黒化して崩れた。あとから、他の個体を始末してきたと思われる捜査官たちが援軍に駆けつけた。

討伐が終わっても、すぐに撤退はできない。サンプルを回収し、戻ってから報告をするために状況を再度確認しておかなければならない。先輩たちが事後処理を行うのを候補生たちは見学していた。

見ている以外、やることはない。やや緊迫感が抜けてきた状況で、馨玉は斜め前にいる虎山に小さく言った。

「……ごめん」

虎山が振り向いたが顔が見られない。俯くと、布が裂けて皮膚が切れた腕が目に入って、消え入りたいほどいたたまれなかった。

「……俺…」

――俺の、せいで……。

もっと素直に剣を出させていたら、こんなことにはならなかった。自分が抵抗したせいで出遅れたのだ。

虎山が血の滴《したた》る腕を手で押さえながら近づきかけたとき、有國がすぐそばに来た。剣から戻ったデュランダルも隣にいる。

オレンジ色の木漏《こも》れ日が斜めに差し込んで、山中は日没前の最後の明るさに満ちていた。

「…有國」

「申し訳ありませんでした！」

虎山が言い出すより先に、がばっと頭を下げる。どんな言い訳もできない。これは百パーセント自分が悪い。

腰を折って深く頭を下げたが、頭上から響いてきたのはデュランダルの冷たい声だった。

「剣であることが嫌なら、出陣する必要はない」

「…そ」

顔を上げると、そこには一切の弁解を許さない瞳があった。

「帰投する」

デュランダルはくるりと向きを変えると、そのまま中腹にあるキャンプ場に戻り始めた。

有國も当然のようにそれに従う。他の候補生たちは心配そうにこちらを見ていたが、やはり誰も口は開かなかった。

「……」

謝れば済むというものでないことはわかっている。

今日はたまたま軽傷で済んだだけで、これは〝演習〟ではない、〝実習〟だ。

覚悟のない自分が悪い。

失格だ、と言われた気がした。

「…ほら、帰るぞ」

ぽん、と背中を叩かれる。虎山は止血のためにタイを包帯代わりにして腕に巻き付けていた。

「…ごめん」

それを手伝ってきつく結び直す。馨玉の口からは謝罪の言葉しか出なかった。許してもらえないと思うけれど、許しを乞いたい。

キャンプ場では、ヘリがエンジン音を上げている。プロペラが旋回し始めて、もう飛ぶ準備ができていた。

無言で足を速めながら、虎山がプロペラの轟音の中で言う。

「お前が謝ることじゃない」

「…虎山」

「俺の責任だ」

――そんなはずないじゃないか…。

剣を出されるのを嫌がる〝鞘〟なんていない。けれどそれ以上の話はできなかった。急げと号令をかけられ、飛び乗ると同時にヘリが浮上する。

非常用ライトしかついていないヘリの中では、誰も口を開かなかった。

重苦しい空気のまま、全員が寮に帰った。

◆◆◆

「……」

馨玉は寮のベッドに突っ伏していた。

帰還し、ヘリを降りると虎山は医務室に直行となった。ついていくと申し出てみたが、有國がいいから、と遮って付き添っていった。

《手当てを受けるときに、経緯を説明しないといけないからね》

レプレが理由を説明してくれた。有國は戦闘での怪我《けが》だとうまく説明してくれるはずだ、とフォローしてくれた。

――隊長も、庇ってくれるんだ……。

そういう配慮に、さらに申し訳なくなる。いっそ叱責されたほうがまだ気が楽だった。

皆、真剣に異端捜査官になるために志願してここに来ている。なのに、自分はそのリアルさを、ちゃんと考えていなかったのだ。

その甘さが、虎山に負傷させたのだと思う。

「……」

コンコン、とドアをノックする音が聞こえた。けれど、誰にも会いたくなくて、居留守を決め込む。

ノックの音は続いている。その間、なんだかずっと責められている気がして心が重かった。

音が止んで、ホッとしたような気持ちになって起き上がると、ドアの向こうから明るい声が聞こえた。

「かーぎょく！　いるんでしょ、開けて！」

――レプレ…。

「バルコニーから入っちゃうぞ！」

馨玉はちらりと外を見る。彼らなら、この高さならなんともないだろう。

そろそろとベッドから降りてドアを開けると、そこにはレプレだけでなく、何人もの候補生がいた。

レプレが笑いながらぴょこんと小首をかしげる。

「晩ごはん、まだ食べてないでしょ？　一緒に食堂に行こうよ」

「…」

励ましてくれようとするレプレに胸が詰まった。

けれど、これは自分の甘さが招いたことだ。誰かに助けてもらったり、フォローしてもらったりするような立場ではない。

「…ありがとう…でも」

「そういう遠慮はよくないな」

広宣が眼鏡の位置を指で整えて言う。

「わかっていると思いますが、今の君にはメンタルケアが必要です。黙って閉じこもっても、改善はしませんよ」

隣でギデオンが呆れた顔をした。

「お前冷てーな。馨玉は落ち込んでんだぜ？　もうちょっといい言葉浮かばないの？」

晴日が、垂れ目をもっと細くして微笑む。

「虎山がね、医務棟に拉致《らち》されることになっちゃったからさ。五百野君、心配するだろうと思って」

「え、そんなにひどい怪我だったんですか」

入院、を軽い言葉で表現してくれた晴日に思わず問うと、レプレが口を尖らせてクレームをつけた。

「ほらあ、そんなこと先に言ったら馨玉が心配しちゃうでしょ。もう、駄目だなあ。怪我がどうとかじゃないんだよ。観察宿泊だから」

虎山の怪我は襲ってきた魔族の風圧で切れたので、いわゆる〝かまいたち〟に遭ったようなものなのだが、本当にウィルスが触れていないという保証がない。その感染リスクの管理として、虎山はしばらく医務棟から出られないのだそうだ。

だからね、と晴日がやわらかく微笑んだ。

「一緒にご飯を食べよう。五百野君をひとりにするのは、きっと虎山も心配だと思うから」

《……きっと虎山も心配だと思うから》

頭の中で晴日の言葉が繰り返されて、馨玉は返事ができなかった。

俯いてこくんと頷くと晴日が頭を撫でてくれて、それが虎山の手を思い出させる。

「すみません……ありがとう……」

胸を詰まらせながら答え、皆で食堂に下りた。


食堂はしまりかけで他の生徒はおらず、ミールサービスのスタッフは、おまけだよ、とたくさんのフルーツを大皿に盛ってテーブルに届けてくれた。

「ひゃおお！　あまおうだ！」

レプレが歓声を上げる。あんなに甘い苺なのに、練乳をもらいにカウンターに走っていった。

「俺、ライチもらい！」

ギデオンは早速摘んでいる。

「五百野君、これはデザートで、まず君は食事をしなさい」

「はい……」

広宣が指導し、晴日はこまめにカトラリーやナプキンを取ってきてくれる。皆の親切に何度も胸が詰まって、馨玉は一生懸命食事に集中した。

メンバーは皆それぞれ楽しい話題を出してくれる。わざとらしく世間話で逸らすわけでもなく、かといってシリアスな話題にならないように…。晴日たちの心根が垣間《かいま》見えるようだった。

去年まで経験してきた訓練だったり、学校行事だったり。あとから入った馨玉が疎外感を持たなくて済むように、彼らが共に過ごした時間や経験を、話すことで共有させてくれているのだとわかる。

なんでこんなにあったかいんだろう…と思った。

この学校に来て、まだひと月程度だ。それなのに、気づけば中高五年間一緒だった前の学校のクラスメイトたちより、深く心を寄せている気がする。

空気を読んで、上手につかず離れず距離を取る付き合いではなく、構えず、そのままでいられる不思議な居心地のよさ。

こんな失態を犯した日だというのに、この学校に来てよかったと、しみじみ思う。

にぎやかに一通りの食事を終え、山盛りのデザートを皆で食べながら、レプレが今日の出来事に話題を移した。

「まあ、さ。確かに虎山が剣を抜きにくくて、出遅れたのはハンデだったと思うんだよ」

今日の出来事から逃げてはいけない。馨玉も、覚悟を決めた。

「そもそもさ、なんであんなに剣が抜きにくいのか、原因究明したほうがいいと思うんだよね」

皆、虎山の怪我のことや、馨玉に負い目を持たせるような部分は、うまく避けてくれている。

皆が一生懸命心配してくれているのだ。自分も、ちゃんと正直に言いたい。

「…俺が、抵抗したんだ……と思う」

「えー、なんで？」

「……それは、その…」

ああ言いづらい…と言葉を探してまごついていると、黄桃《おうとう》をフォークに刺したまま、ギデオンがへらっと笑った。

「虎山で感じてるのが嫌《ヤ》だったんだろ？」

「な……」

ボッ、と顔に火がついたみたいだった。頬のあたりが熱い。

「ギ…ギデオンには、そう見えたのか？」

そりゃわかるよ、とギデオンは桃をぱくつきながら言う。

「あれだけ悶《もだ》えてりゃ、誰でもわかるだろ」

「……」

〝遣い手〟ふたりは目を合わせて黙ったままだ。レプレはけろっとしている。

「確かに、キモチイイもんねえ」

「うさ」

困ったように晴日が笑った。けれど、最初に音楽室で見せてもらった光景を思い出す。

晴日が穏やかに言った。

「遣い手はね、〝剣〟と共鳴して、初めて力を発揮できるんだよ」

「晴日さん…」

「僕たちは、そもそもある程度剣に共鳴しやすい能力を持っていることが条件だ」

それは走るのが速かったり、腕力があったりするのと同じように、持って生まれた性質のひとつだという。

「跳躍も滞空も、剣との共鳴があればこその技だ。共鳴できなければ、恐らく剣を抜くこともできないだろうね」

――共鳴…。

では、やはりあのとき剣が抜けなかったのは、自分が抵抗したからなのだ。

考えていると、晴日が続けた。

「そのためにはまず、剣に選ばれなければならないんだけど…」

剣は、自分と共鳴しやすい魂を選ぶ。だから、気が合うとか、実力があるとかいうだけでは選べないのだ。

「曲がりなりにも剣が抜けているんだから、君は虎山を選んでいるんだし、共鳴力は問題ないはずだ」

　レプレが食後のカフェオレを飲みながら真面目な顔をした。

「僕、虎山と試してみたことあるけど、僕のペアは虎山じゃないってわかったよ」

　なかなか自分の剣が決まらない虎山のために、チーム内では全員が虎山との組み合わせを試されたのだという。

「あー、俺も〝ナシ〟って瞬殺で思ったわ。第一あんな強《つ》ええの、俺じゃもたねえもん」

　ギデオンは触れられるのも怖くて、拒んだまま終わったのだそうだ。

「どういう感じなのかな…、その違うとか、合うとかって」

　どうしても気になって聞くと、レプレは考え込んでから答えた。

「うーん。なんていうか…だって、その前にもう晴日だって、決めちゃったからね」

　――――なんだ…。

　がっかりな説明だが、それがレプレの本心なのだと思う。ギデオンはさらりとすごい理由を挙げた。

「気持ちいいかどうかなんじゃね？」

「え…」

　でも、彼なりに大真面目だ。

「なんていうか〝ああこいつの剣になりたいな〟って思ったら、そいつが相手なんだと思う」

「……」

　広宣は黙ってそれを聞いている。ギデオンの答えも、シンプルだけど、とても本質を突いている気がした。

　――――剣が、選ぶ……。

　レプレのためにシュガーポットを持ってきていた晴日が、ふんわりと言う。

「僕もね、最初に見たとき、なんとなく〝この子が僕の剣だったらいいな〟って思ったよ」

　レプレはほんと？　と顔を輝かせている。晴日は本当だよ、とまるで弟を可愛がるようにレプレの頭を撫でた。

「戦うなら、この子と戦いたいと思ったんだ。そのとき、レプレも僕を選んでくれた」

「……」

仲良く笑っているふたりを、馨玉は言葉もなく見つめた。

――――俺は『虎山と組みたい』って、ちゃんと思っただろうか…。

連れてこられたから、とか、組むことが前提だったからとかいうせいもあるけれど、自分は虎山と組むことに、正面から向き合ってこなかった気がする。

虎山がどう思っているか気になるくせに、自分が組みたいかどうかは、考えなかった。

――――委員会とか日直を組むのと同じ…くらいに思い込もうとしてた。

今までの人間関係はみなそうだった。

重い感情は嫌われる。いつでも相手に深く立ち入らない…そんな軽やかでさらりとしたスタンスを望まれてきた。

自分も、心の中を人にぶつけることなく過ごしてきたと思う。そうすることで、特別好かれはしないけれど嫌われることもない〝安全な位置〟にいたのだ。

けれど〝嫌われないように〟というのは、好かれたい気持ちの消極的な表れなのだと思う。近づいて嫌われるのが怖いから、傷つかないために距離を取る…。

デュランダルの代わりだと思い知るのが怖くて、話すチャンスはあったのに核心に触れるのを避けていた。

――――…でも、俺はずっと気にしていた。

巧妙に己を欺《あざむ》いた本心に気づく。

本当はレプレたちのように、ペアらしくなりたい。疑いなく相手を信頼して、『組んでよかった』と思われたいくせに、何ひとつそのための歩み寄りをしなかった。

今日のことだってそうだ。みっともない部分を見せるのが嫌で、外面を取り繕《つくろ》っていたから、虎山が怪我をするような結果になったのだ。

――――…。

さらりと〝気持ちいい〟と言えるレプレが羨ましかった。自分は、虎山にどう思われるかと考えただけで、気持ちを隠したくなる。

けれど、そうやって格好をつけて構えている限り、いつまでもこのままだ。

――――俺、虎山に本音でぶつかってみよう。

それで傷ついても、重いと思われてもいい。ちゃんと正面から向き合わなければ、前に進めない。

「ありがとう、晴日さん、レプレ。それに、広宣もギデオンも…」

「馨玉…」

彼らがこんな風に積極的に近づいてくれなかったら、心を開いて迎えてくれなかったら、編入生活はもっと辛いことになっていたと思う。

レプレのてらいのない感情は、すごく子供の頃の、まだ他人の思惑など気にすることもなかった自分を思い出させてくれた。

あの頃は、好きだとか仲良くしたいだとか、そういう感情を遠慮なしに相手に伝えることができていた。

馨玉は笑顔を向けた。

「俺、虎山に会ってちゃんと話し合ってみる」

「馨玉」

そして、できたらレプレや晴日、ギデオンや広宣たちのような、信頼し合えるペアになれたらいいなと、心の奥で願う。

「有國隊長に、面会できないか聞きに行きたいんだけど、隊長の部屋がどこか、教えてもらってもいい？」

レプレがにこっと笑った。

「うん！」

彼らのようになりたい。

――――…虎山。

食堂の終了時間と重なり、全員でフロアをあとにした。

◆◆◆

有國の部屋は最上階にあった。レプレに案内してもらって訪ねると、彼は上着を脱いだ制服のままで、夜分の訪問にも嫌な顔ひとつしなかった。

「あの…今日は本当に申し訳ありませんでした」

「もうそのことはいいよ。虎山の怪我は浅かったし、特に問題はないから」

その虎山に面会させてもらえないかと聞くと、有國は端整な顔でしばらく考えてから口を開いた。

「確かに、魔族と接触していないのは私も自分の目で見ているから、感染の危険性がないのはわかるんだが、これは衛生規定上の制約でね…」

隔離は一週間だという。

「…そうですか」

――そんなに会えないんだ…。

思わず視線を落とすと、有國が続けた。

「ただ…私の権限ではどうにもできないが、デュランダルから言ってもらえれば、特例の面会は可能かもしれない」

彼に頼んでみる？　と聞かれて馨玉は頷いた。

「はい。頼みに行かせてください」

頼むだけではない。今日のことも謝りたいし、彼から受けた叱責に、自分なりの答えを出したかった。

有國は優美な笑みで頷く。

「わかった。では私が送っていこう。レプレ、君はここでいいよ。ごくろうだった」

馨玉は有國と寮を出て、大聖堂のほうへ向かった。

外は満月だった。すっきりと雲ひとつない夜空で、煌々《こうこう》とした月が芝生を照らしている。

馨玉は有國のやや後ろをついて歩きながら、そういえばデュランダルはどこに住んでいるのだろうと思った。

虎山と違って芝生を突っ切ることもなく、折り目正しく通路を歩く有國が説明してくれる。

「ゲストハウスの反対側にあるのが彼の住まいだ」

――あ、あれか…。

大聖堂を中心に、左右対称になるように建物がある。古いレンガ造りの洋館だ。

「彼が昔から住んでいた家で、ドイツにあった館を解体して、船で運んで移築したんだ」

「え…わざわざ……？」

デュランダルひとりのためにわざわざそこまでするのだということに驚く。

——確かに、デュランダルはおおもとの剣なんだから、大事なんだろうけれど…。

驚いて黙っていると、有國が微笑《びしょう》して振り向いた。

「十年前、異端捜査官を組織するにあたって、聖剣をどこの部隊が所有するかは、上層部の勘案事項だった」

どの施設も聖剣を戴《いただ》いてその場所を本拠地にしたがった。けれどこれだけは剣自身が選ぶことで、デュランダルは自分の遣い手を選ぶために、すべての関連施設をまわって候補者に会った。それは数年にも及んだという。そして最後に分析・研究機関のあった日本を訪れ、有國と出会ったのだそうだ。

「デュランダルは私を相手として選んでくれた。そして私がまだ学生だということで、この場所が拠点となったんだ」

研究施設とは別に建設されるはずだった異端捜査官養成学校を、神学校という名目でこの場所に併設した。そしてデュランダルは聖剣でありながら、今のところ正規部隊に所属していない。

——…そこまで……。

デュランダルのためだけでなく、彼が選んだ相手に合わせて、すべての計画が変更されていく。逆に、そこまでしてデュランダルは自分の〝遣い手〟を探し続けていたということだ。

有國は、デュランダルが求めていた遣い手…。

「…俺は、虎山も遣い手候補だったと聞いていました」

有國は優美に頷いた。

「ああ、けれどそれは〝もしかしたら〟ということで組み合わせを試しただけだよ。そもそも私がデュランダルに選ばれたのは十一歳のときだし、虎山がここへ来たのは昨年だ」

「……え？」

どういうことだろう、と困惑していると、歩きながら有國が教えてくれる。

「一年前、米国から教会推薦で彼が高等部に入ってきた。稀《まれ》にみる強さでね。けれどコピーの剣のどれもが反応しなかった。デュランダルは、虎山に問題があるのではなく、彼らでは器《うつわ》が合わないのかもしれないと、自分のことも試させたんだ」

けれど、結果は有國を超える組み合わせとはならず、虎山は〝剣無し〟として追加で候補生入りしたのだという。

「相手が決まっていない候補生がいるというのはそれが初めてだった。さらにデュランダルがいることで、この学年は組織上層部だけではない、教理聖省からも強い関心を持たれている」

ただでさえ注目度の高い学年に、馨玉が現れたことは大きなインパクトだったのだと有國が説明した。

「…オリジナルのデュランダルと、コピーの剣たちとの実力の差は十倍近くある」

——そんなに…。

月光に冴え冴えと浮かび上がる有國の横顔は、ギデオンが言う通り、本当に気品ある王子のように美しい。

「コピーは、ひとりひとりの力はそう強くないが、感染者がどこに拡散しているのかわからない以上、数を増やすことは大事だ」

前回デュランダルが刃こぼれしたときの僅かな欠片を、再生できる限界まで細かく分け、剣は百二十となった。

「剣の力が弱くとも、部隊編成をし、数人がかりで仕留めれば討伐はできる。けれど、デュランダル並みの力がある剣を求められるのは当然だ」

「…」

「そんなときに君が現れたんだ。君はコピーでもなく、デュランダルのように元が剣だったわけでもない。今までのどの剣とも違う出自《しゅつじ》に、彼は期待をかけている」

——デュランダルが…。

　有國がクスリと笑った。

「虎山のことも、前回の演習のことが尾を引いているなら、許してやってほしい」

「え？」

　有國は急に、演習後に剣をしまえなかったときのことを話し出した。

「あの時、デュランダルが剣をしまえない君の様子を見て〝見込み違いかもしれない〟と呟いたんだ。虎山はそれを否定するために、君に少々恥ずかしい思いをさせた」

「…」

　あの、公衆の面前でのキスが甦って、頬が熱くなる。

「虎山は、君のせいではなく、〝俺がチューニングしないのが悪いだけだ〟と言ったんだよ」

　遣い手も剣も、同調するために、互いに相手と意識をすり合わせていく。たとえ共鳴力があっても、訓練や日常生活の中で少しずつ相手を理解していき、呼吸を合わせる努力をしなければならない。けれど自分はそれをやってこなかった、それが剣をしまえない理由だと虎山は言ったのだ。

——だから〝ほらな〟だったのか…。

「接触不足だと反省したらしい。だから、あれから訓練に欠かさず出るようになっただろう？」

「……」

　デュランダルに、決して馨玉の能力が低いわけではないと証明するために、あんな手段に出たのだ。

——知らなかった。

　虎山は謝ってはきたけれど、そういう言い訳めいたことは一切口にしなかった。

「私から見ても、君たちはまだお互いをわかり合えていないように思う」

「隊長」

「なんでもさらけだせというわけではない。けれど、剣も遣い手も相手に自分の命を預ける部分がある」

　見も知らぬ、信用ならない相手にそんなことはできないだろう？　と聞かれて馨玉は素直に頷いた。

「面会を許可するかどうかはデュランダル次第だが、自分の気持ちをきちんと説明してみるといい」

「…はい」

屋敷の玄関はもう目の前だった。有國はセキュリティパネルを操作してドアを解錠した。

「彼は二階の右端の部屋にいる。私は遠慮しよう」

剣同士で、心を割って話し合っておいでと見送られる。

古い苔《こけ》を纏《まと》わせたレンガ。蔓薔薇の這《は》う壁には赤い薔薇がベルベットのような花弁を開いている。

馨玉は背中を押されて玄関への階段を上った。

◆◆◆

築二百年を越える古い館は静かだった。床に敷かれた深い紅の絨毯《じゅうたん》、アールデコの花瓶《かびん》や時計などの調度品、格子窓のカーテンを留めている金色の房《ふさ》がついたタッセル。時が止まったような空間は人の気配がない。馨玉はあたりを見回し、そっと流線型の手すりに触れて階段を上がった。

「……」

床も手すりも、埃《ほこり》ひとつなく丁寧に手入れをされているけれど、ここにはデュランダルひとりしかいない。

月光が差し込む廊下を行き、一番端の部屋に辿り着いた。

——ここかな…。

重そうな木の扉は、完全には閉まっておらず、小さくノックしてみたが返事はない。しばらく待って、馨玉はそっと扉を押してみた。

部屋は二十畳くらいで、アンティークなダマスク模様の壁に、飴色《あめいろ》に艶を帯びた木製の調度品が飾られている。

木製の床にメダリオン柄の絨毯が敷かれ、壁側には本棚やコンソールデスクがあった。けれど部屋の真ん中には何もなく、出窓のように半円形に張り出している場所に、デュランダルがいた。

「………」

紫色の上着と、シルクのブラウスを着たデュランダルが、なめらかな流線型を描いた肘掛け付きの椅子に手を置き、座ったままで人形のように目を閉じていた。

月光を受けて浮き上がる白い頬の輪郭《りんかく》、閉じた瞼《まぶた》の先で濃い影を落とす睫毛《まつげ》、夜の闇に蜜色の光を帯びる金色の髪…。馨玉はふいに、長い時を生きてきた彼のことを考えた。

三百年間だ。人の人生の何倍もの出会いと別れがあったと思う。

どんな思いで戦ってきたのだろう。どんな思いで遣い手を探し、有國を選んだのだろう。

聞きたいと思った。見つめていると、まるで陶器の人形のようだった瞳が開いた。

「…馨玉か」

「はい。すみません。勝手にお邪魔して」

「いや、いい」

グランが許可したのだろう、と言いながらデュランダルは椅子から立ち上がった。ここのセキュリティは、有國を含めて数人しか解錠できないらしい。

馨玉は促されてサンルームのような出窓に近づいた。デュランダルに向き合い、改めて頭を下げる。

「今日は、本当にすみませんでした」

虎山への面会も願い出たい。けれど、それより前にデュランダルに話したいことがたくさんあった。

――聞きたいこともだ。

「今日、貴方に言われて初めて、俺は自分が剣であることはどういうことなのかを考えました」

「……」

「今まで…単純に、自分の身体から剣が出る…変な言い方ですが『特殊体質』みたいなものなんだと思っていました。そういう風に生まれついたから、ここで剣として生きるしかないんだと、そう思っていたんです」

祖父が命じたから、もう神社にはいられないのだと思った。どこでもいい、自分をいさせてくれるところに行って、大人しくしていればいいのだと思っていた。

「ただそれだけで、剣として〝何をするのか〟を考えていなかったです」

討伐で遣い手が剣として自分を使い、ただそれに従うだけなのだろう…そう捉えていた。

けれど、遣い手はひとりで戦うわけではなかった。

「…貴方は、どう思って戦っているんですか」

知りたい。『剣』であることを、どう受け止めているのかを。

デュランダルは誇り高い青い宝石のような瞳を真っすぐに向けた。

「私は剣として生まれた。私が魂を持つよりも前から私は魔族を斬る剣で、それが、私の存在する意味だと思っている」

「……三百年間、ずっと?」

ただひたすらに己の使命を全うすべく戦い続けてきたのだろうか。そう問うと、デュランダルは僅かに苦い表情をした。

「いや…」

静かに否定し、デュランダルが窓の外に目をやった。

天空高く満月が輝き、広い芝生は黒味を帯びた緑に輝いて見える。馨玉はその光景とデュランダルの背中を見つめた。

「……私は、かつて二度己を見失った」

「…」

「遣い手を喪《うしな》い、自らも頽《くずお》れ、生き続ける意味を失くした…」

一度目は最初の剣の持ち主を、二度目は初めて伝染性魔族との戦いに駆り出されたときに〝遣い手〟を喪った。

「皮肉なことだが、初めの持ち主を喪ったことで、私はヒトの形を得た。そして二度目に遣い手を喪ったとき、折れた欠片で、討伐部隊の結成が可能になった」

——そんな……。

振り向いた表情には、言葉にならない深い感情が含まれていた。

授業で、ヴァチカン教理聖省の修闘士たちが持つ聖剣は、どんなに酷使しても刃こぼれしないのだと習った。物理的な力で斬るわけではなく、ヒトの造った剣ではないからだ。

それでも、デュランダルの刃は折れた。

持ち主と共鳴し、魂を寄り添わせて戦い、相手を喪うことで、剣が折れたのだろう。

馨玉には、それがまるで剣ではなく、デュランダル自身の心が折れたように思えた。

デュランダルは、喪失の哀しみも、もう戻ってこない者を追う感情も、すべてを飲み込んだように陰を纏わせて目を伏せた。

「結果としては、幸いだったのだろう」

「そんな……」

「折れる聖剣など、他に聞いたことがないからな」

遣い手を喪うことで、彼が剣であることをやめてしまおうと思うほど傷つき、初めて聖剣の刃は折れたのだ。

逆に言えば、そこまでデュランダルが傷つかない限り、もうコピーの剣は生まれない。


「……馨玉、君は虎山に使われることに迷いがあるのか？」

「え…」

まだ、自分の中でうまく言えなかった。

虎山という人物自体は嫌いではない。

――でも、虎山は……。

デュランダルに選ばれたかったのではないかという思いがまだ抜けない。訓練でも日常でも、一緒にいながら、どこかでそれがしこりになっていた。

「私は、自分の遣い手を見つけるまでに三年かかった」

二度目の主を喪い、打ち直されて再起動してから、デュランダルは候補となる人物に粘《ねば》り強く会い続けたのだという。

「グランに会ったのは、まだ彼が中学にも上がらない年のことだ。以来、彼が正式に異端捜査官として着任するまで、数年待っている」

それでも、生きてきた年月からすれば、大した時間ではないとデュランダルは笑った。

「〝この相手だ〟と納得できないのなら、無理をする必要はない」

「…俺、そんな」

虎山以外の誰かを探せと言われると、それはできないと思ってしまう。けれどそれをデュランダルには宣言できなくて、馨玉は答えから逃げた。

「…俺は、貴方のように強くないですから」

何年も遣い手を探し続けられるほどの精神的な強さも、剣としての価値も自分にはないと言うと、デュランダルは眉を顰めた。

「いや…そうではない。私はただ、次に主《あるじ》を喪うことに耐えられないと思っただけだ」

「……」

デュランダルは、その顔に苦悩とも渇望とも取れる微《かす》かな感情を滲ませる。

「強い遣い手が欲しかった。己を預けるに足る、二度と私を置いていかない主を…」

――デュランダル…。

ズキリと心臓を刺すような表情は一瞬で消え、デュランダルはそれを隠すように窓のほうを向いた。

「修闘士になる予定だったグランに出会い、彼だと確信した。それは、彼の魂に迷いがなかったからだ」

「…」

「虎山の力は確かに強い。だが彼の魂には迷いがある。それは、君の持つためらいに似ている」

「え…」

「少なくとも、私にはそう感じる」

それは何か、と聞こうとしたが、振り返ったデュランダルに遮られた。

「虎山は医療棟にいる。経過観察のためだ。剣は罹患《りかん》の心配をしなくていい。会いたければ、会うことは可能だ」

「あ、ありがとうございます！」

頼む前に面会を言い出してくれ、反射的に頭を下げると、デュランダルが人間臭い顔で笑った。

「虎山からも、馨玉と面会させてくれと私に嘆願《たんがん》があった」

――虎山が…。

ドクンと心臓が鳴った。虎山が自分に会おうとしてくれている。何故かそれを聞いただけで鼓動が速まる。

「ゲートで止められるだろうが、私が許可したと言えば通過できる」

「はい」

「…〝共鳴度〟は高そうじゃないか」

整った顔にからかうような笑いが浮かんだ。

話は終わった、というように椅子に戻りかけたデュランダルに、馨玉はもうひとつだけ尋ねた。

「あの…貴方の今までの遣い手は、どんな人だったんですか」

どうしてそんなことを尋ねたのか、自分でもわからなかった。ただ知りたかった。

遥か過去を見つめるように、デュランダルの青い目が遠くなった。

誰かの面影を映したような、やわらかく優しい目をしている。

「……戦うには向かない男だった。二度目の遣い手は、少しグランに似ていたかもしれない」

「……」

答えると、デュランダルはすっと瞼を閉じた。そしてまた次に目覚めるまで時を止めてしまうかのように、人形のような姿となる。

三百年生きた剣。けれど、どんなことにも傷つかないような無敵の強さを持つわけではないのだ。

魂が砕けるほどの苦しみを負って、それでも甦った彼の強さと人間臭さを想い、馨玉は深々と頭を下げ、そっと部屋をあとにした。

◆◆◆

馨玉はそのまま大聖堂の建物に入り、医務棟を目指した。受付では消灯時間を過ぎていると断られたが、デュランダルの名を出すと、渋々だが許してもらえた。

第三次救急のような、高度医療設備のある棟内に入り、エレベーターで地下に行く。出たところは堅《けん》牢《ろう》な鉄格子と、上下で通路を遮断する鉄扉が続く物物しい廊下で、馨玉は驚いて目を見張った。

――なんだ…ここ……。

案内してくれる医療スタッフがちらりと馨玉を見る。

「ウィルス感染の可能性がある者を隔離する場所だ。万一変質した場合のことを考えて、防御性を高くしている」

――そういうことか。

むき出しの灰色のコンクリート壁でできた寒々しい廊下を抜けても、病室の扉は頑丈な厚い鉄製だった。鍵を開けたスタッフが、中に入っていいと言う。

「一時間だ。また迎えに来る」

「はい。すみません」

「馨玉」

振り向くと、虎山が立っていた。

「…虎山」

――元気そうだ。

いつも通りな様子に、何よりホッとした。虎山は驚いた顔をしたけれど、何故来たのだとは聞かなかった。虎山も面会願いを出してくれていたから、それが通ったと思ったのかもしれない。

なんとなく、嬉しくて顔が緩んでしまう。

――変だな…俺。

「あの……遅くにごめん」

「いや俺も…悪いな、こんな場所で」

「ううん。俺のほうこそ、ごめん、こんな場所に入らせちゃって」

「……」

「……」

謝り合っているうちに、ふたりとも可笑《おか》しくなって、ぷっと噴き出した。

あはは、と笑う虎山を見るのが嬉しい。なんだか、この学校に来て初めて彼と笑い合った気がする。

病室は、廊下ほど寒々しい感じではなかった。木目の床にアイボリーの壁、ナチュラルな木製のベッド、机、テレビもパソコンもある。窓がないことを除けば、そんなに悪い環境ではない。

「まあ、サボれるのはありがたいんだが、監視付きでな」

虎山が顎《あご》で上をしゃくる。天井には監視カメラが四台ついていた。

重ね重ね、こんな環境に閉じ込められてしまうことになったのを申し訳ないと思う。けれど、虎山は首を横に振った。

机も椅子もひとつしかないので、ベッドに並んで座るように促される。

虎山のほうが先に口を開いた。

「今日のことだけじゃない。今までのことも全部、お前が詫びるような話じゃないんだ」

「虎山…」

虎山は灯りを消し、アイボリーの壁にパソコンのプロジェクターを向けた。

「どのみち暗視対応の監視カメラだから映っちまうんだけど、暗いほうが見えにくいしな」

壁一面に映し出された宇宙空間は、土星の環《わ》が大きく近づいてきたり、巨大な木星がその向こうに見えたりと、ゆったりと動いている。

ふたりで眺めながら、まるでプラネタリウムにでもいるかのように話した。

「ずっと、俺はお前に謝らなきゃいけないと思ってた」

キスの件じゃないぞ、とわざわざ念を押される。

「……お前に初めて会ったとき、俺は〝これが自分の剣だ〟と確信した」

壁の映像が反射して、虎山の横顔が暗い部屋に浮かび上がる。

「俺は十六のとき、養父に言われてここに来た。でも、ここに俺の剣はなくて、俺はどこかで〝やっぱり俺はチェイサーになる資格がないのかもしれない〟と思っていたんだ」

だから、剣を見つけたと思ったときは、単純に嬉しかったと言う。

「あと先も考えず、デュランダルの指図のままにお前を迎えに行って。そして大聖堂にいた上層部の人間を見て、初めて俺は自分が何をしたか気づいたんだ」

――あのときか…。

初めてこの学校に来た日、虎山はガラス張りの入口上部にいた一団を見て顔色を変えた。

あのとき、確かに様子がおかしかった気がする。

「俺は、自分の剣を手に入れたつもりだった。けれど、組織からしたらそうじゃない」

虎山の目が、悔恨《かいこん》のような影を纏う。

「お前は、デュランダルに並ぶもうひとつの〝聖剣〟だ」

「え？　俺が？」

きょとんとした。剣を抜くにも時間がかかる聖剣などあるわけがない。けれど、虎山の目は深く苦悩していた。

「実際がどうとかいうことじゃない。デュランダルは魂を持った剣で、お前は〝剣の魂を持った人間〟だ。他の剣とは違う」

「……あ」

デュランダル以外はすべてコピーだ。オリジナルとの戦力の差が大きく、組織は少しでも強い剣を確保したがっているのだと有國が教えてくれた。

「もう、俺がお前を手放そうが俺が死のうが関係なく、お前のことは組織が手放さない」

たとえ自分が剣を抜かないと言い張っても、他に組める相手が出てくるまで、お前はきっとここに留められるだけだろう、と虎山が言う。

すまない…と俯く横顔に、馨玉は、何故あのとき虎山が急に態度を変えたのか、ようやく腑に落ちた。

――ずっと、そんな風に悩んでいたんだ。

「五百野家には五百野家のやり方があった。お前は剣を内包しただけで、戦わずに生きる人生だって選べたのに、俺はただ自分の剣を見つけたことしか見えていなかった……」

「違うよ。虎山の責任じゃない」

馨玉は虎山のほうへ身体を向けた。

全部話そうと思う。何も隠さず、虎山にさらけ出したい。

「学校へ来たのは自分の意志だ。勿論《もちろん》、そんなすごい話だとは思っていなかったけど、剣として使われることはわかってたんだし…」

迷うような眼をする虎山と視線を合わせる。

「俺は、おじい様に言われたから従ったんだ。虎山のせいじゃない」

「馨玉…」

本当にしょうもない生き方をしていた。

「…俺は、ずっと自分のことが負い目だった」

人に話すのは初めてだ。

「俺は、おじい様の言った通り、小さい頃から感覚が過敏だったんだ」

今にして思えば、感覚が過敏になるのは何か強い魂を持ったものや、異質なものが近づいたときに起こっていたのかもしれない。ただなんの前触れもなしに鋭くなる感覚に振り回されていた。

「怖くて、感覚のままに叫んだことがある」

けれど発せられたのは叫び声だけではなかったらしい。音波なのか他の力なのか、馨玉が過敏な状態になると窓ガラスが割れたり、スチール製の机の脚が曲がったりするなどおかしな現象が起き、当時、保育園をやめざるを得なかった。

「うちはひとり親家庭で、母さんは働きに行かなければならなかったんだ」

母はとても困っただろう。結局一年間祖父に預けられた。

「小学校に入るとき、〝もう絶対失敗してはいけない〟と思った。他人と違うことがばれたら、またおじい様のところで暮らすことになる」

上手にやってこられたと思う。あれから人にこの感覚異常を知られることはなかったし、虎山に会ったあのときまで、このままやり過ごせると思っていた。

「だから、大人しくしてさえいれば、平穏に生きていけると思っていた。でも小学校のときに交通事故にあって……」

母が運転する軽自動車に乗っていて、出会いがしらにトラックと衝突し、母が死んだ。

搬送先の病院で母の枕辺《まくらべ》に立ち尽くしていると、

知らせを受けた祖父が駆けつけてきた。

今でも、あの光景が脳裏《のうり》に焼き付いている――――。

「おじい様は、母さんの名前を呼んだんだ。普段、めったに感情的にならないおじい様が肩を震わせて、絞り出すような声で母さんの名を呼んで……俺はその背中を見ていて、自分が生き残ったことを、すごく申し訳ないと思った」

「馨玉…」

孫が生きていたことは、それなりによかったと思ってくれただろう。けれど祖父にとって、本当に生きていてほしかったのは娘である母のほうだったのだと思う。

――――ごめんって、謝りたかった。

俺のほうが残っちゃってごめんなさい。母さんでなくてごめんなさい…。けれど、それは言葉にはできなかった。

「そのあと俺はおじい様に引き取られて、それからずっとあの家で暮らした。もともと、感覚過敏だったから神主になるしかないって言われてたし、小さい頃にも一年暮らしたから、そんなに辛いことではなかったんだ」

けれど、母の死のときに味わったいたたまれなさは、ずっと口に出すことができなかった。

――――あの頃からかもしれない。

誰とも、当たり障《さわ》りのない会話しかしなくなった。うっかり以前の暮らしのことを口にすると、母との思い出話になる。母の名を出すのが悪い気がして、祖父の前でそういうことを一切話題にしなかった。

学校での行事も、楽しむ自分を許せない気がした。母は死んだのに、自分だけ楽しく暮らすなんて、いけないことのように思えてならない。

感覚過敏だけが人との関わりを遠ざけていたわけではない。母の死で背負った自責の念が、自分を内に閉じ込めていたのだ。

「本当は俺、自分が生きてちゃいけない気がして……」

「馨玉、それは違うだろう」

「ごめん、暗い話で…でも、どこかでずっとそう思ってて、だから、そのうえまだ俺の将来のことでおじい様を悩ませてたのかと思ったら、もう、反対できなくて……」

虎山が目を見開いている。

「だから、虎山のせいじゃないんだ。俺はおじい様の負担になりたくなかったし、俺は俺の人生なんて考えちゃいけないと思っていた」

虎山の手が、馨玉の両腕を掴む。すごく温かくて、心配そうな虎山の顔に泣きそうになった。

母の代わりに生き残ってしまった負い目を、誰にも言えなかった。

ぐっと身体を引き寄せられた。剣を取り出すときのように虎山の身体が近くなって、胸元に抱え込まれる。馨玉はそれに逆らわなかった。

「…ごめん」

重い話をした。隠したけれど、涙が虎山のシャツに落ちて、泣いたのもばれたと思う。けれど、虎山は何も言わずにより強く抱きしめてくれただけだった。

「あのじいさんがどう思ってるかはわからないが、俺は、お前が生きていてくれてよかったと思う」

「…虎山」

「剣だから、というわけじゃない。…剣じゃなきゃ、お前と会うことはなかったかもしれないが、それでも、俺はお前が生きていて、会えてよかったと思う」

「…」

こみ上げてくる涙を抑えて、おでこをぐっと虎山の胸に押し当てた。

本当はずっと、誰かにそう言ってほしかった。嘘《うそ》でもいい、関係ない人でもいい。〝お前が生きていてよかった〟と言われたかった。

ありがとうと言いたいけれど言葉にならない。我慢していた涙が、ボロボロ零れた。

ぐすっとはなをすすると、虎山がシャツで涙を拭いてくれる。

「…い、いいよ」

顔を離して遠慮すると、虎山が立ちあがって机からティッシュを取ってくれた。

「ほらよ」

「……ありがとう」

はなをかんでいるのを、虎山は笑って見ていた。

慈しむような、見守るような、もう一度泣きたくなるような笑みだ。

――虎山は、どんな人生だったんだろう。

〝養父〟と言っていた。本当なら、他人のプライバシーには立ち入るべきではないと思うのだが、今は虎山のことが知りたかった。

少しためらったけれど、やっぱり聞いてしまう。

「…虎山は、アメリカから来たんだよね」

「ああ、日系二世と日本人のハーフだ」

だから、見た目はただの日本人なんだよな。と豪快な笑みで告げられた。けれど、その次に少しだけ苦い顔になる。

「…俺も、お前と変わらないのかもしれない」

「虎山…」

「まあ…身の上話な。お前のも教えてもらったし」

笑いながら言ったけれど、虎山の目は、そんなに楽しそうではない。

「俺の両親は魔族に喰《く》われて死んだ」

「…」

「五歳のときだ。親たちは俺をベッドの下に潜《もぐ》らせて庇った」

獣と違って、魔族は鼻が利くわけではない。両親を喰い、満足したのか、魔族は去っていったと言う。

「もちろん、警察は猟奇殺人として扱ったし、俺はあとから自分の見たものを証言したが、信じてはもらえなかった」

魔物や悪魔なんて、もはやファンタジーの世界にしかいない。子供がいくら言っても、結局は科学的に検証できる結論しか出さないのだ。

「事件直後はショック状態でな。両親の葬儀《そうぎ》とか、そのあとのことは全く知らないんだ。病院を出たのは二年後だ」

〝両親を喰い殺したのは魔物〟という証言を頼りに捜し出した神父が、虎山を引き取った。

「その人のおかげで、俺の見たものは間違いなかっ

たんだと、ようやく大人を信じる気になった。同時に、その神父…まあ、俺の親代わりということになるんだが、彼のような役割を負った人が、世の中にいるんだと知って、世界を見る目が変わった」

人間の決めた法律の中で裁けない事件がある。警察では理解できない被害がある。魔族は現実にいるけれど、映像にも音声記録にも残らず、あらゆる科学的再現性を持たない彼らを、現代社会で追跡できるのは、教会しかないのだ。

「俺はその神父の勧めもあって、この学校への進学を決めた」

でも、と虎山は厳しい視線を床に落とす。

「俺は、今でもあのときの自分を許せないんだ」

両親を助けられなかった、と虎山が呟く。

「俺がいたから逃げられなかったんだと…あのとき俺が飛び出して、魔族と戦っていたら、ふたりとも逃げられたんじゃないかと…そんな思いが消えない」

「そんな、虎山は五歳だったんだろう？」

「まあな。俺だって頭ではわかってる」


小さな子供に、何もできるわけがない。むしろ親は我が子だけは守ることができて、救われた気持ちだったかもしれない。

「でもな、そう思ったって〝もしも…〟っていう気持ちは止められるもんじゃない」

自分がいなかったら、自分が戦えていたら…できなかった過去は、大きくなった今でも虎山の足を縛《いまし》め続ける。

「普段はどうってことないさ。いろんな人たちに助けられて育ったし、俺は自分の人生を肯定できる。でも、何かの拍子に、うまくいかないことがあると〝やっぱり俺は許されていないのかも〟と思ってしまうんだ」

「…俺が、許すよ」

「馨玉」

わけもわからないくせに、無理やり宣言した。

「虎山は何も悪くない。虎山が生き残ったのは、俺にとってすごくいいことだ」

自分が言われたかった言葉を言っただけだ。けれど虎山にそう言いたかった。

誰かが、虎山の過去を許してあげなければいけない。

小さかった五歳の虎山が何もできなかったのは仕方がなかったのだと、そして生き残ったことを祝福してあげなければ、虎山の中の五歳の子は、ずっと立ち止まったままだ。

ぎゅっと抱きしめ返した。何か、戸惑っている気配はあるけれど、かまわない。

「俺は…俺も、虎山に会えてよかった」

「馨玉…」

「会えてよかった。本当だ……」

――俺は、虎山の剣になろう…。

デュランダルに、他の遣い手を探すかと言われて、答えられなかった気持ちの答えを見つけた。レプレの言ったことも、心に響く。

《その前にもう晴日だって、決めちゃったからね》

――俺も、決めちゃったよ。

虎山が、本当はまだどこかでデュランダルに未練を持っていたとしても、それでもかまわないと思った。

自分を見つけて嬉しかったと言ってくれた。それだけで胸がいっぱいになった。

虎山の手が、ためらうように馨玉の背中を抱く。

ビー、とブザーが鳴って、迎えのスタッフが来た。

あっという間に一時間の面会が終わって、明日また来る約束をし、馨玉は部屋を出た。

◆◆◆

医療スタッフが馨玉を連れてゆき、部屋はまた静かになった。

虎山は室内をぐるりと見渡し、大きく息を吐いてベッドに座り込む。馨玉には強がってみせたが、本当はこういう閉鎖的な部屋は嫌いだ。

子供の頃にいた、隔離病棟を思い出す。

――久しぶりに話したからかな。

リノリウムの床、窓のない部屋。埋め込み型の照明。内側にノブのないドア。クリーンで明るく、いつも消毒薬の匂いがした。

あの場所を出たのは、七歳のときだ。

両親の死後、自分がどうやって救出されたのかは記憶にない。医師の言葉に反応できるようになったのは事件から一年後のことだ。それまでは、あの闇と血の匂いの中で、時が止まっていた。

今でも、全身を覆う恐怖を忘れられない。ビリビリと皮膚に電流がぶつけられたような感覚だ。

ベッドの下で金縛りのように動けず、ただ両親が何かに喰われていくのを、瞬きもできずに見つめていた。

喉を鳴らす呼吸音、絶命までのうめきと恐怖からくる叫び。最後の声は、まるで血の泡《あわ》を吹いたようにくぐもっていた。

肉が千切れ、歯が骨のようなものに当たる鈍い音がベッドの下まで響き、床に広がっていくどすぐろい血の匂いが脳の中まで沁《し》み通っていく…。

永遠に終わらない瞬間に閉じ込められたまま、世間的には年という時間が流れていた。

いつ、意識がはっきりしたのかはわからない。あるときふと視界が白く眩しくなり、膝に置かれた自分の手が目に入ったのだ。

骨ばって、手の甲に点滴用の針が刺さっていて、白いテープで固定されていた。まるで自分の手ではないように、細いけれど少し大きくなっていた。

虎山は、小児専門の精神病棟に入れられていた。

会話はおろか、自分では食事すらできず硬直したままの子供を、医療スタッフは根気よく治療し続けてくれたらしい。

だが虎山の証言は、彼らに理解されなかった。

恐ろしい悪魔が両親を生きたまま喰った…必死で訴えたが、医療チームはそれを〝恐怖の象徴化〟だと理解した。恐ろしい思いをした子供にとって、両親を殺害した相手が、〝魔物に見えた〟のだろうと結論づけたのだ。

――まあ、普通そう思うよな……。

〝常識〟を身につけた今では、医療スタッフが子供の証言を信じなかったのもわかる。けれど、あの頃の虎山は、恐怖感と、何故信じてもらえないのだろうという大人への不信感でいっぱいだった。

魔物はどこからともなく、いきなり現れる。両親のように、またここのナースたちも食べられるのではないか、ひとりになったら自分も襲われるのではないか…防ぎようのない魔族の襲来を大人に伝えなければならない…。危機感でパニックだったと思う。医師たちは、そんな虎山の様子を妄想症状だと判断し、隔離病棟で治療することにした。

けれど、逃げられない扉の部屋と、ひとりで置いておかれる恐怖に気が狂いそうだった。

《悪魔が来るんだ！　お母さんたちみたいに喰われちゃうんだ！》

訴えても届かないことに焦って暴れ、医師たちはやむを得ず安定剤で落ち着かせた。

頭の中がぼんやりして、恐怖感は去らないのに考えがまとまらない。大人が自分に何かをしているのがわかって、自らの意志で服薬を避けた。

飲んだふりをして薬を吐く。点滴を引き抜く。あんなに怖くて逃げたかったのに、自我を失って生きるのは嫌だった。

どんな恐ろしい思いをしてでも、自分であることを捨てたくない…。

医者は手を焼いたと思う。たかが六歳の子供が、大人以上に抵抗し続けたのだ。

けれど必死の抵抗は、やがて絶望に変わった。自分はこの場所から出られない、誰も、魔族のことを信じてはくれない。カウンセリングでは、自分の言葉が妄想扱いされていることを嫌でも思い知る。

俺は狂ってなんかいない…そう主張しても、医者は症例のひとつとしてしかみなかった。まだ未就学の年齢の虎山に、理論立てて相手を論破《ろんぱ》する力はなかったが、絶対に自分が見たものは正しい、と最後まで主張を譲《ゆず》らず、言《げん》を曲げない代わりに、カウンセリングをすべて拒否した。

一見受け入れたように見せて、やんわり認識をすり替えようとする大人たちを強固に拒み、誰ともしゃべらず自分の意志を貫いた。

隙を見ては諦《あきら》めずに脱走を試みたため、隔離用の個室からは出られなかった。それでもよかった。虎山は、両親を殺したモノを、幻想だと片づける気はなかった。

信じてもらえないことへの絶望は怒りに変わり、あの頃の自分は、怒りだけをエネルギーに頑張っていたのだと思う。

六歳児に持てるありったけの意志で、一言も口を利かないまま、ベッドの上で数か月を過ごした。

転機が訪れたのは、クリスマスが近づいた頃だ。病室に、神父が慰問《いもん》に来た。

のちに、その神父は猟奇殺人で片づけられた両親の殺害現場に赴《おもむ》き、魔族の匂いを感知して、生き残った子供の行方を捜していたのだと知った。

悪魔が、とか、魔物が…とか言い続ける子供に、慰問という形で面会までこぎつけたらしい。神父は、最初に医療スタッフと一緒に部屋を訪れ、やがてふたりきりになってから口を開いた。

《私は異端捜査官です。ご両親は、確かに魔族に襲われて亡くなられました…》

心より、お悔《く》やみを言います…と静かに告げられ、虎山は顔を上げてその人を見た。

神父の首から下がったロザリオが目に入る。虎山はそのとき初めて泣いた。

悲しかったわけでもなく、嬉しかったわけでもない。ただ、信じ続けたことが事実だったことに、ひたすら涙が流れた。

《ここを出ましょう。私が貴方を引き取ります》

毛布を握りしめていた虎山の拳《こぶし》を、神父が自分の手で覆うように握ってくれた。

ここを出る…。未来もなく、過去からも取り残され〝怒り〟しかなかった虎山に、ひとつの目標ができた。虎山は退院してその人の養子になるために、拒んでいた食事をし、療法士が止めても機能回復訓練を続け、それから二か月後に、神父の所属する教会の慈善院に引き取られた。

――空が、鉛色《なまりいろ》だったな…。

退院した日の、雪がちらつくアスファルトと、重く垂れ込めた雪雲を覚えている。

自分の力で取り戻した外の世界を踏みしめて歩いた。

「……」

引き取られてから、神父に自分の見たものがなんだったのかも、人間と魔族の、長く世の中に伏せられた戦いも教えてもらった。自然と異端捜査官という仕事に意識が向いたし、神父も適性があると勧めてくれた。

けれど、踏み出す決心をするまでにはずいぶん迷った。

教会で、祈りは日常生活そのものだった。けれど虎山はちっとも神様に感謝できなかった。

神様は、自分の両親を救ってはくれなかったから。

魔族を討伐する組織や仕事があるというのは、虎山にとっては希望の光だった。けれど、実際にその進路を選択するとなるとまた話は別だ。

魔族を討伐しても、死者は帰ってこないのだ。どんなに父母の仇《かたき》を取っても、死んだ彼らが生き返るわけではない。

なんのために戦うのか、自分で目標が見いだせなかった。ただ、引き取ってくれた神父の〝君のような犠牲者の遺族を出さないために〟という言葉に、背中を押された感じだ。人間への感染を食い止めるために感染者を討伐しなければ、被害が拡大してしまう。

けれど、そう思って入学した学校でも、また立ち止まらざるを得なかった。

――剣が、選ばないんだもんな……。

デュランダルからコピーされた剣は、馨玉とは逆で、最初は剣の形をしている。まだ遣い手を得ずに塔に収まっている剣の中から、入学を許された生徒は、己の剣を見つけるのだ。

眠っている剣たちは、自分と共鳴度の高い遣い手に刺激されて目覚める。候補生は一学年の一割が定員だが、これは厳格な決まりではなく、能力が高いと見なされれば増員できる。むしろ、足らないことのほうが多いのだ。規定人数まで候補者が集まらず、微妙な共鳴力の者を無理やり推薦し、数を揃えることも珍しくない。

けれど虎山には塔の中のどの剣も反応せず、すでに組み合わせが決まっていた七期の剣とも、ペアにはなれなかった。

虎山にはそれが〝お前には資格がない〟と宣告されたような気がしてならなかった。

「……」

自分の中にある原点は〝怒り〟だ。両親を喰われながら助けられなかった怒り。自分がいたせいで親が逃げられなかったという自責の念。

救いたいのは、無力だった『あの頃の自分』だ。

魔族討伐に身を捧げることで、自分は両親を犠牲にしたという良心の呵責《かしゃく》から逃れようとしている…。

――でもそれって、自己満足なんだよな…。

それは私闘ではないのか。純粋に神と人々に仕《つか》える者にしか、あの剣は与えられないのではないか…。

力量は誰もが認めてくれていた。デュランダルのように、進んで共鳴の意志を持ってくれれば、剣は扱える。けれど、どの剣も虎山を遣い手としては選ばない。

それはどこか、『自分を肯定する者などどこの世にはいないのだ』という気持ちにさせられてしまう。

許されないのかもしれない。

自分が両親を犠牲にしたから…戦えずにベッドの下に隠れていた子供だから…。

――弱いよな…。

どんなに理性が反論しても、感情が理屈抜きに己を責めた。

駄目なのかもしれない。自分には戦う資格はないのかもしれない…。ずっと、剣無しのまま候補生とされながら、自分の中で答えが出なかった。

だから、今日のことは胸を締め付ける。

馨玉はあのときの虎山を知っているわけではない。けれど、親を救えなかった虎山を、一生懸命許そうとしてくれた。

ただ言葉で言われただけなのに、自分では決して飛び越えられなかった溝《みぞ》を、埋めてもらえた気がする。

ずっと心の底のほうを苛《さいな》んでいた感覚が静かに収まりつつある。簡単に消えるわけではないけれど、いつもどこかにあった否定的な気持ちが薄らいでいった。

それを、馨玉がしてくれたのだと思うと、感慨深い気持ちになる。

人との間に距離があって、レプレたちのように軽く誰かと触れ合ったりできない馨玉が、心の中を打ち明けてくれて、抱きしめてくれた。

――馨玉……。

はにかんだような顔を思い返しながら、虎山は自分がおかした最初の間違いを認めた。馨玉を迎えに行ったのは、デュランダルに命じられたからではない。己の剣だからというだけでもない。

――俺は、馨玉と会う口実に乗ったんだ。

浮ついた己の軽率さに、あとから臍《ほぞ》を嚙んだ。あのとき、確かに馨玉の人生を変えてしまうかもしれないと危惧《きぐ》したのに、自分に都合のよい解釈をして誤魔化した。

五百野の子孫なのだから、剣が身内にあるのだから、普通の世界では暮らせないだろう…そう考えた。

――馨玉も承知したんだしって、勝手に思ってたよな。

無理やり受け入れた転校なのはわかっていたのに、自分は、馨玉とこれから共に暮らせることのほうに心を傾けていたのだ。

あんな風に辛い思いをしていたとは、考えもしなかった。

――連れてきて、放り出して……最低だ。

帰れない選択だったのに、馨玉の置かれた立場に気づいた途端《とたん》、自分のやらかした勝手さに自己嫌悪して、馨玉を訓練に向かわせることに迷った。

心配なのに声をかけてやれず、なのに突き放すこともできない。もし自分が降りると言ったら、馨玉は他の候補生と引き合わせられるだろう。下の学年にも候補者はいる。けれどそれは嫌だ。

「……」

結局、この怪我はその迷いの果てに起きたアクシデントだったのだ。戦闘経験のない馨玉に、あらかじめ練習さえしてやらなかった虎山の責任だ。馨玉のせいではない。

最低だったと思う。だからこそ、馨玉が病棟に来てくれたことは、胸が痛くなるほど嬉しかった。

細い腕、すんなりした身体。自分の過去を受け止めようとしてくれる馨玉を、抱きしめ返したかった。俺の剣でよかったと、そう言われて心がいっぱいになって、何も答えることができなかった。

けれど、そんな馨玉の姿にまた悩む。

——お前を、戦いに使う……。

馨玉を…あの剣を最初に握ったとき、虎山の中に不思議な高揚感があった。

この剣だ、と間違いなく魂が確信する。だからこそ馨玉を剣にすることにためらう。

魔族討伐は生易しい任務ではない。

必ず黒化して消せるとは限らない。こちらの力が及ばなければ、馨玉を使って最初に斬ったときのように、血みどろの結末になることもある。

相手も〝生き物〟だ。殺すか殺されるかという状況で、相手を殺せなかったら自分が死ぬ。

自分はいい。この学校を選んだ時点で、すでにその覚悟はできている。けれど、馨玉は…。

——俺は、アイツを……。

虎山は眉を顰めて空を睨む。

馨玉は、レプレのように愛くるしいというわけではない。どちらかというと剣のイメージそのままの凛とした印象だが、線の細い美しさで、男子にしておくのは惜しいほどだ。

まるで初々《ういうい》しい剣士のように真っすぐで律儀で、行儀にうるさくて堅苦しいところもある。けれどあの、不器用で遠慮がちな、芯に清らかな強さを湛えた馨玉が好きだ。

剣である以上、戦わなければならない。けれど、馨玉を戦いに使いたくない…。

虎山は壁に投影していた映像を切り、ごろりと横になった。

「……次から次へと、悩みが尽きねえな」

それでも、腕に残る馨玉の感触を思い返すと、今日はいい夢が見られる気がする。

虎山は闇の中で穏やかに目を閉じた。

◆◆◆

一週間後に虎山は寮に戻ってきた。レプレたちと一緒に出迎えて、食堂で『無罪放免お祝い会』をやっている間、馨玉は努めて普通の顔をしていた。

会がお開きになって、皆が自分の部屋に戻っていってから、そっとふたつ上のフロアに向かう。

虎山と、剣を取り出す訓練をするのだ。

監視カメラのあるところでは絶対嫌、と言って、この日まで待ってもらった。

五階の一番奥の扉の前で、すうっと息を吸ってからノックする。ドアが開いて虎山が姿を見せると、途端に緊張した。

「よお…」

入れよ、と虎山は笑う。自分を家まで迎えに来てくれたときのような、曇りのない笑顔だ。

その笑顔を見られるようになったことが嬉しくて、ドキドキする心臓を押さえながら覚悟する。

――頑張れ、俺…。

「お、お邪魔します」

部屋は、馨玉のところより少し広かった。緊張を誤魔化すために、部屋を見回してみたりする。

ダークブラウンの床、低いベッド、机の他に中央に赤いラグが敷かれ、ソファとロウテーブルがある。ところどころに赤と黒を利かせたデザインで、シンプルで洋風に作っているのに、オリエンタルな印象があった。

「すごい、スタイリッシュな部屋だね」

レプレが自分の部屋に来たとき、やたらにシンプルだと驚いていたのがわかる気がする。虎山はグラスとペットボトルを出しながら返事をした。

「お前の部屋は、元が予備のゲストルームだからな」

上着を脱いで、丸首のラフなTシャツと制服のパンツという格好で虎山はどかっとソファに座った。

「高校生ごときに、こんなに金かけた部屋なんか要らないんだよ」

こういう特別待遇が気に食わないんだ、と虎山が顔をしかめる。レプレの言っていた話も、どうやら本当らしい。一般生の部屋はシンプルな六畳一部屋で、シャワーブースはついているけれど、キッチンなどはないのだそうだ。

ミネラルウォーターを呷《あお》って一通りしゃべってしまうと、いよいよ逃げられない気持ちになる。

虎山がコトン、とグラスを置いた。

「さて、やるか……」

「…うん」

剣を抜く訓練をする。他の候補生と同じくらい、すんなり取り出せるようになるまで練習するのだ。

馨玉は思わず息を詰めて目を閉じた。

――恥ずかしがるな。全部、虎山に任せるんだ。

虎山に剣を抜かれるのは嫌じゃない。ギデオンに指摘されるまでもなく、それは悶えるような快感を生む。ただ、それを認めるのが恥ずかしかった。

けれど、今日はそういう気持ちを全部封印するつもりだ。

――たぶん、ヘンタイみたいに思われるかもしれないけど、仕方がない。

抵抗せずに身を任せると、耐えられない快感が襲ってくるだろう。でも、そうすれば剣はすんなり取り出せるはずだ。

あとでからかったり、皆にべらべらしゃべったりしないでくれれば、ここは恥の掻き捨てにしようと覚悟を決める。すると、頭上でクックッと笑う声がした。

「…？」

ちらっと片目を開けると、虎山の顔が間近に迫っていた。

「お前、本当に顔に出やすいな…」

「何…？」

すっと頬に大きな手が添えられる。

「苦行僧《くぎょう》みたいに耐え忍ぼうって思ってるだろう」

虎山の手を当てられているせいか、頰が熱い。俯くと、身体ごと引き寄せられた。

「わっ！」

「そんなに構えなくても、もう強引に取ったりしねえよ」

頰を包んでいた手がそのまま頭をくるむようにして、もう片方の手は腰を抱いて引き寄せてくる。

恋人同士の抱擁《ほうよう》みたいで、脈拍がいきなり速くなった。

「こ、こ…ざん……」

「しばらくこうして慣らそうぜ」

「…う……うん…」

医療棟で会ったときのように抱きしめられて、恥ずかしさと心地よさで心臓が踊り出している。

「……」

虎山の手の感触が優しい…今までとは違う。

――だ、だ、誰も見てないんだから…。

虎山の部屋なのだから、誰にも知られないのだから…と自分に言い聞かせ、それでもこそこそと虎山の胸に頰をつけてみる。

――あったかい…。

気持ちよくて、そのまま目を閉じてじっとしていた。

虎山の手が馨玉の頭を自らの胸に押し付けるように、そっと抱きしめる。驚かさないようにゆっくりとかけられる力に、馨玉は逆らわなかった。

押される力に添うように、身体の力を抜いていく。寄りかかると、虎山の鼓動が耳に響いてきた。

――心臓の音が聞こえる。

深く力強く脈動が伝わる。腰から背中のあたりにある虎山の腕の重みと体温が気持ちよくて、それを感じているうちに、ゆっくりと自分の呼吸が虎山と重なっていく気がした。

倒れ込むように虎山の胸に抱かれたまま、目を閉じて、その気配を感じていく。

――一緒に、脈打ってる。

耳で聞いていた鼓動は、いつの間にか頰を伝わり、肌で聴いていた。抱きしめられた腕の体温を分け合い、どこまでが自分の身体だったかを忘れてしまうほど溶け合っていく。

――――虎山……。

馨玉、と頭上で低く心地よい声がする。甘く、蕩《とろ》けるような響きをただ聞いていたくて、返事ができない。

腰から背中を抱えていた手が、少し肩のほうに上がってきて、体勢が変わる。まるで赤ん坊のように横抱きにかかえられ、目を閉じている間に、胸に手が置かれた。

剣を取り出すんだな、とぼんやり思ったけれど、もう恥ずかしいとか緊張するとか、そんなことはどうでもよくなっていた。

ただ虎山の手の熱さを感じて、それを受け入れていたい。

「……ん…」

溶け込むように、身体の中に虎山の手が入ってくる。

――――気持ちいい……。

まるで、風呂のお湯を掻き混ぜてるみたいだ…と馨玉は夢うつつに思った。

「ん……ぁあ…っ……」

磁石に吸い付く砂鉄のように、何かがしゅっと集まってきて、自分の中で像《かたち》になっていく。

今までと同じことが起きているのに、なんでこんなに気持ちいいのだろう。

――――すごい、クッキリしてる……。

身体の中に、強い鋼《はがね》のような剣のフォルムを感じた。

不思議な感覚だ。まるで、本当に自分自身が剣になったような気がする。

「…ぁ…ぁ………は…」

スッと身体の中にあった熱い塊が抜けて、思わず目を開けると、虎山が剣を手にしていた。

「…ぁ」

――――これ…、俺の剣？

取り出された剣は、部屋の中で淡く碧い燐光《りんこう》を放

っていた。

刃先に沿って両端に、まるで線香花火みたいに音もなく小さくアークが発生している。

見上げると、虎山が笑っていた。

「今までと、全然違うな…」

剣を近づけてくれて、馨玉もそっと柄に触れてみる。

キィン、と反響して剣は心地よい音を立てた。鍔と刃の交差する中央に、サファイアのように青く煌めく石がある。

「……俺の、青かったんだ………」

瞬きするのも惜しい気持ちで剣を見つめた。

演習のときも援護に出たときも、自分の剣は鉄色をしたただの鋼の塊だった。

他の皆がそれぞれの光を放って煌めいている中で、沈んだように重い色をした剣を、なんとも言えない気持ちで見ていた。

――俺の剣も、光るんだ……。

ちゃんと固有の色を持っていた。それを見ると胸を締め付けられるような気持ちだった。

「虎山…」

「お、おい…」

嬉しくて思わず首元に腕を回して抱きついてしまった。

「ありがとう、虎山」

自分の剣の煌めきがきれいで、やっぱりそういうのは嬉しい。先刻の蕩けるように融合した感覚が尾を引いて、虎山に触れることに抵抗がなかった。

何か、虎山がもぞもぞと身動きしているのはわかったが、遠慮せずに身体を寄せてしまう。

そして、虎山の脚の間に膝を立てるような格好になってしまい、彼の微妙なリアクションの理由がわかってしまった。

――……あ…。

膝先に触れる硬い感触に、気づかないふりをするのが男の礼儀というものだとは思うのだが、とっさにビクリと身体が動いてしまった。

――ど、どうしよう。

こういうとき、どう流すのが一番スマートなのだろう。おそらく、自分が出した変な声のせいだというのもわかっているので、余計どう言っていいのかわからない。

固まった馨玉に、虎山の苦笑混じりの声がする。

「まあ、しばらくは秘密の特訓にするしかないな」

首元から腕を離すと、虎山は大人の余裕…みたいな笑みを浮かべている。

「俺の理性がもう少し頑丈にならないと、外で同じことはできそうにない」

「…ごめん」

変な声出して…と心の中で続ける。でも虎山は頭をくしゃくしゃと撫でてくれた。

「これで〝おあいこ〟だな」

「……」

だからって、セーブするのはなしな、と念を押された。自分でもそれはわかる。虎山に身を任せただけでこれだけ剣に違いが出たのだ。

――魂を添わせる……。

誰に言われなくても、それが剣を形成する条件なのだというのは実感する。

「でも、もう少し、なんていうか……穏やかに剣が出せるようにしないと……いけないよね」

「…まあな」

何度も練習してみよう。そうしたら、そのうち慣れてもう少しスムーズに取り出せるようになるかもしれない。ふたりで結論づけて、最初の練習を終わらせた。

◆◆◆

〝秘密の練習〟の成果は、目に見えて現れていた。剣は日に日に輝きを増し、最近では取り出された剣の感覚が、自分でもわかるようになった。

授業で聞いたように、やはり〝剣〟と〝鞘〟は同期するのだ。虎山が剣を振ると、まるで自分がそう動いているかのように共感覚が働いた。

だからといって、何かを斬ると痛いとか、そういうものではないのだ。痛覚が消えたわけではないが、やわらかい皮膚で感じる圧と、硬い結晶が受ける衝撃とでは、受け取る感覚が違う。

むしろ、剣としての感覚が研《と》ぎ澄まされていくにつれ、それが自分本来の姿なのだとはっきり自覚できることに驚いた。

今まで、やわらかな肉の鎧で感覚を遮られていたような気持ちだ。剣先から鋭く四方へ走っていくセンサー、あたりの空気を感じてビリビリと反応する自分の感覚に、鞘から取り出された自由を感じる。

生身のままアンバランスに過敏になり、周囲の気配を受けて苦しんでいた頃のことが嘘のようだ。

――そういうことだったのか…。

剣の感覚が摑めるにつれ、五百野家代々の継承者が味わった苦労を気の毒に思う。

どうして剣を内包するようになったかは、三百年も前のことで、もう誰にも真相はわからない。

これまでの剣の内包者たちは、苦しかったと思う。ちゃんとした遣い手を得て、剣となれたら、こんなにもしっくりと〝自分本来の形〟を味わえるのだ。

今なら、最初にレプレたちが言っていたこともよくわかる。剣本来の形になるのは「気持ちいい」のだ。

――でも、俺はそれだけじゃない…。

馨玉は俯いて眉根を寄せた。

すんなりと抜刀できるようになった今、馨玉は別な悩みに苦しんでいた。

抜刀の特訓は、ふたりだけの秘密だ。だから虎山の部屋でしか練習しないし、皆にも言っていない。

虎山が身体を抱え、手が触れて、見つめられる…その感触に胸が高鳴る。

不謹慎だということはわかっている。大事な抜刀のための訓練だというのに、違うことを考える自分は不埒《ふらち》だ。けれど、馨玉はこの訓練の時間のことばかり考えてしまった。

日を追うごとに冴えてくる感覚と、剣となる高揚感を得ながら、馨玉はふたりだけの練習に浸《ひた》りたがる自分の心に悩んだ。

——俺は……。

甘く酔うような快感を、どうかすると授業中にも思い出してしまう。そういう自分を、どうしていいかわからなかった。

快感を何度も思い返す自分に嫌悪して、昨日は補修を理由に虎山に訓練の休みを申し出てみた。

けれど、部屋の前まで行き「今日は練習できなくて…」と告げながら、泣きたくなるほどの胸の痛みを感じていた。

虎山の顔が見られて、虎山と話せて、それだけで胸を締め付けられるのだ。

もっと話していたい。部屋に入って、練習を口実に、もっとあれこれしゃべりたい。

——なんで…俺は……。

喉元までせり上がってくる気持ちが切なかった。

肉体的な快感だけならまだよかった。それなら、威張れるものではないが身体のせいだと言い訳できる。

自分たちは魔族討伐をするためのペアであって、『仲間』なのだ。恋人同士というわけではない。

——当たり前だ。男同士なんだから…。

育《はぐく》まなくてはならないのは友情のはずなのに、まるで恋をしているかのように虎山に会いたがる、自分の心根をどうしていいかわからなかった。

——こんな気持ちを、虎山に知られたら……。

今は多少反応がおかしくても、まだ抜刀のやり方が完璧ではないからだと思ってもらえる。けれど、もし自分の本心が剣と遣い手という関係以上の感情だと知られたら、きっと虎山は失望するだろう。人生を捧げて魔族と戦おうとしている虎山に、色恋沙汰にうつつを抜かす、柔弱な奴だと軽蔑《けいべつ》されるのは嫌だ。

せっかく色々話せるようになったのに、仲間でさえなくなってしまったら……そう思うだけでも苦しい。

抜刀の訓練は、もうほとんど要らないくらいになっていた。

コツと、慣れの問題もあったのだと思う。何度も繰り返すと、意識しただけで剣は形になり始めた。レプレたちのように瞬時に剣を取り出すことも、そう難しいことではない。虎山が一瞬で剣を取ってくれれば、ほぼみっともない声は上げなくて済む。

「……」

最初にふたりで練習したときのことは、生理的な反応だと思っている。〝股間の問題〟は、男子の沽《こ》券《けん》に関わるデリケートな領域だから、その後、様子を確認したことはない。むしろ、意識的に「見てないよ」というポーズを取った。

――だって、俺だってそんなの知られたら恥ずかしい。

むしろ、彼の生理現象のおかげで、自分が悶えたはしたなさを相殺《そうさい》してもらえてホッとしていたのだ。

嫌われたくない。がっかりされたくない。よい剣で、よいペアだと思ってもらいたい。

けれど、この気持ちはどうしたら隠せるのだろう。

〝候補生同士〟という顔を保っていられる自信がなくて、馨玉は放課後もなかなか寮に戻れず、逃げ場を探すようにクラブ棟へ行った。

◆◆◆

授業が終わって、三時過ぎの中庭は、夕暮れにはまだ早いけれど、少しだけ黄味を帯びた陽射しが差し込む。

アーチ状に続くレンガの柱は、きれいに陽を弾いて黄金色に輝き、外回廊に楕円形の影をくっきりと落としている。芝生も、三段くらいの階段を下りて続く菩提樹がある中庭も、眩《まばゆ》く葉が照り返っていた。

吹奏楽部の部室に近づくにつれて、金管楽器や木管楽器の音が聴こえてくる。まだ、各パートに分かれて練習をしているようで、音の高さを確かめている楽器もあれば、ソロパートを繰り返している楽器もある。馨玉は菩提樹に寄りかかって、少し離れて様子を見ていた。

――楽しそうだな。

吹奏楽部は、全部で三十人くらいいらしい。晴日とレプレ以外は皆一般生で、気候がいいせいか、窓を開けて練習しているので、音がよく響く。馨玉は、ぼんやりとそれを眺めていた。

――そういえば、前の学校では、吹奏楽部って窓を閉めてたな…。

民家が隣接しているわけではないが、道路向こうの住宅に迷惑がかからないように、騒音には気を遣っていた。そうでなくても、音楽室は四階にあって、音なんて、ほとんど聴いたことがない。

この学校は広さがあるせいか、建物の使い方が贅《ぜい》沢《たく》だ。寮もそうだし、音楽室だってちゃんと別にあるのに、部活専用の部屋がある。

陽射しが少しずつ蜂蜜色になっていく。木漏れ日がきらきらと眩しくて、茶色いレンガの壁に反射する光が揺らめいて、アイスティーの中にいるみたいだ。

「あれっ？　馨玉！」

「あ…」

レプレが気づいて、教室の中からぶんぶんと手を振った。手を振り返すと、楽器を持ったまま窓まで駆け寄ってくる。レプレはクラリネットを担当していた。

「見に来てくれたの？　入りなよ！」

「あ、いや…俺は、部外者だし……」

レプレはにこにこしている。

「何言ってんの、せっかく来たんだから、聴いてってよ」

レプレが大きな声で話すので、窓際にいた数人が練習の手を止めてこっちを見る。馨玉は恐縮したが、彼らもにこにこ笑っていた。

「聴いてくれる人がいるほうが、演奏し甲斐があるんだから、ね」

穏やかにレプレの様子を見ていた隣の生徒も、馨玉に向かって話しかけてくる。

「そうですよ。そこで聴くより、中のほうが音響いいですから」

「…はあ」

他の生徒も、どうぞどうぞという顔をするので、馨玉は申し訳ないと思いつつも、部屋に入った。

――部員でもないのに、部室に入るなんて、いいのかな。

前の学校ではなかったことだ。けれどここはそういう意識はあまりないらしくて、いきなり他の生徒が入ってきても、誰も嫌な顔はしなかった。

目が合うとにこっと笑ってもらえるし、〝聴衆ができた〟と喜んでくれる気配がするので、なんとなく居心地がいい。

レプレが椅子を持ってきてくれて、クラリネットグループのいる壁横に場所をもらった。

レプレは譜面《ふめん》立てを直しながら、練習をさぼって話しかけてくる。

「珍しいね」

「…うん」

くりっとした目をさらに可愛くさせてレプレが笑う。

「最近、訓練も来ないしね。虎山と秘密の特訓？」

ドキッと心臓が跳ねる。

「え…や、そんなことは……だって、今週は自主参加期間だろ」

「まあね、中間前だし。でも模擬戦が控えてるからさ、ふたりでなんかやってんのかなって」

「……」

茶目っ気のある笑顔に、少し後ろめたい気持ちになる。まるで〝勉強してないよ〟と言いながらコソコソ勉強している奴みたいで、つい白状した。

「……少し、補習というか、剣を出すタイミングを調整してはいるけど……」

練習の成果は、まだ披露《ひろう》していない。人前でさらりと出せるまで公開しないでおこうと虎山と約束していたし、レプレの言葉通り、模擬戦を目標にしていた。

模擬戦では候補生十一人で、六組と五組に分かれて戦う。普段はやらない滞空や跳躍を駆使した、実戦さながらのトーナメントだ。

それは担当教官全員が見守る中で行われ、実質的にペアを決める最終テストだった。ここで問題がなければ、一学期の最後に正式に127部隊が誕生する。

第七期は別格だと周囲の誰もが言う。デュランダルがいるからというのが最大の理由だ。彼が有國とペアを組んでいることで、七期生だけは正式な結成がまだなのに、仮出動を何度も経験している。馨玉を見つけたときもそうだったし、模擬戦も実習試験も、今更必要ないと言われているくらいだ。

――――実戦が未経験なのは俺だけ…。

自分が、たかだか剣を抜くことひとつにもたもたしている間にも、部隊結成のスケジュールは進んでいく。今までは〝中途で入ってきたから〟と抜刀しての訓練から外してもらっていたけれど、結成式が終わればもうレギュラーメニューをこなさなければいけない。

話しているうちに、にわかに焦りが生まれた。

「…その練習、うまくいってる？」

レプレが正面から覗き込むようにして聞いてきて、馨玉はうろたえながら頷いた。

「…う、うん」

「そう、よかった♪」

レプレは椅子に戻って楽器を手にする。

「最近、ずっと虎山と一緒にいるみたいだから、大丈夫だろうと思ってたけど」

「レプレ…」

レプレは、すごく無邪気に見えるけれど、気遣いは細やかなのだ。ひとりで食事をしていたりするとスッと寄ってきてくれるのに、最近は確かに、手を振ってくれるだけであまり近づいてこなかった。

――――気を遣ってくれてたんだな。

すごくありがたくて、やっぱり申し訳ない気持ちになった。そのとき、自分が何故音楽室に来たのかにようやく気づいた。

――――俺、レプレと話したかったのか…。

距離を置いて見守ってもらったせいで、最近はレプレと話していなかった。

用事は、あるようでない。顔を見ると、やっぱりレプレに会いたかっただけなんだと思う。

「馨玉？」

「このところ、レプレと話してなかったから…なんだか、声が聞けてよかった……」

するりと言葉が出た。

「馨玉♥」

「わっ…」

楽器ごとハグされて、思わず飛び上がる。

「わ、ちょ、ちょっと……レプレ」

周囲の目が気になって、思わずきょろきょろするけれど、皆慣れっこなのか、驚きもしない。

「嬉しいな♪　馨玉にそんなこと言われちゃうと、がまんした甲斐があったよ～」

――我慢してくれてたんだ…。

虎山とふたりにしてくれるために、敢《あ》えて距離を置いてくれたのだと思うと、抱きつかれて恥ずかしくても、振りほどけない。

そして、レプレのストレートな愛情表現は、こそばゆくはあったが、とても嬉しい。

「ありがとうね。レプレ」

にこにこっと髪を揺らして笑うレプレが、可愛くて仕方がなかった。

彼と、友達になれたのが本当に幸せだ。

部長が指揮棒で机をカンカン、と鳴らした。

「はいはい、パート練習終わり。音合わせするよー」

はーい、とのどかな返事がいくつも聞こえて、レプレも楽器を構えた。音程を合わせる音が長く響く中、レプレが席に戻りながらこっそりと言う。

「曲はね『アルヴァマー序曲』っていうんだ。通しでやるのは初めてだから、うまくいかないかもしれないけど…」

聴いててね、とレプレが言う。音合わせが終わり、音楽室が静かになった。
1、2、とテンポを取りながら指揮棒が動き、すっと振り下ろされた瞬間に、演奏が始まる。
トランペットの勇壮な音が響き、パーカッションが力強くリズムを刻む。フルートやクラリネットなど、レプレたち木管楽器がなめらかに主旋律を吹き上げ、ユーフォニューム、ホルン、トロンボーンがそれに続く。

――すごく格好いい曲だな……。

黄金色の夕焼けが窓から差し込んで、音楽室は金色の海のようになった。トランペットが夕陽を浴びて輝く。

三十人全員が一体になっていた。

アップテンポだった曲は穏やかに変調し、豪華に重なり合った音は、交響曲のように厚みがある美しい旋律になった。

心に沁みるようなメロディが広がり、そして終盤に向かって壮大な広がりを見せていく。

吹奏楽は、体育祭や文化祭くらいしか聞いたことがなかった。こんなに華やかで美しく豪華なものは聴いたことがない。

演奏しているひとりひとりが真剣だ。譜面を見、指揮者を見ながら、全員がひとつの音を創り上げている。

鳴り響く音楽、うねるような一体感。

きれいだ、と思った。レプレも晴日も、何かの授業で一緒になったことがある生徒も、全員が同じ響きを目指している。

他人からみたら、ただの部活かもしれない。けれど、馨玉はその力強さに圧倒された。

最大限に響いた音が、窓を抜けて空へと伝わっていく。最後に指揮者がタクトを置き、すべての音が止んだとき、馨玉は夢中で拍手していた。

演奏し終わった部員たちも、やり切った興奮を顔に残し、全員が笑みを交わすと、堪《た》えられないように騒ぎ出した。

「すげーーー!」

「ぴったりだったじゃん!」

「ひゃっほう‼」

あちこちで歓声が上がる。楽器を持ったまま手を叩き合う者、立ち上がる者、皆嬉しそうで、聴いていただけの自分も、その輪に入れたようで嬉しい。

晴日も、本当に嬉しそうに近くに来てくれた。

「すごかったよ」

「ありがとう、馨玉が最初のお客さんだよ」

周りも口々に、聴きに来てくれてありがとうとわざわざ礼を言ってくれる。

「いい曲でしょ」

「うん、鳥肌が立った」

「三月から、二か月かけて練習してたんだ」

「そんなに…？」

「うん、六月の定期演奏会でやろうと思ってたからさ」

　吹奏楽部は、土曜日も含めて週六日活動していると聞いて、ひとつの曲のために傾けている情熱に、馨玉は感動してしまった。

「…すごいな……」

　皆が完成した曲をもう一度やりたいと言って、部長が再びタクトを取る。何度も繰り返される曲を、馨玉はずっと聴いていた。

　部活が終わったのは、とっぷり日が暮れてからだ。輝かしい日没が終わり、ガラス窓には室内の蛍光灯が映り込む。皆でにぎやかに椅子や譜面台を片づけ、楽器をしまい、また明日、とひとりずつ帰っていく。

馨玉はレプレたちの掃除を手伝いながら最後まで残っていた。

　壮大な曲と、皆の興奮の余韻《よいん》が楽しくて帰りたくないくらいだ。虫の音が聞こえてくる窓を閉めようとすると、晴日がさらりと聞いてきた。

「本当は、何か相談とかがあったんじゃないの？」

「え…」

　虎山のこと？　と優しい笑みを向けられる。なんとなく、つられて打ち明けてしまいそうだ。

　でも言えない。

「…あ、いや…特に、そういうんじゃないよ」

　本当は相談したい。けれど、彼らに言えるような内容ではない。

　晴日とレプレが仲良しなのと、自分の虎山への気持ちは違う。

　――俺のは……。

　心を占める感情に表情を曇らせ、誤魔化すように話題を変えた。

「……それより、ふたりともどうしてそんなに部活熱心なんだ？」

授業時間が長いだけではない。候補生は訓練にも時間を割《さ》かれる。そんな中で部に籍を置くのは、大変なのではないかと思う。

どうしてそこまでするのだろう。戦うために学ぶ学校で、剣であるレプレは、何故そんなに一生懸命部活をするのだろう。

晴日に尋ねたのに、顔はレプレのほうを向いていた。すると、レプレはいつもと変わらずに可愛く笑った。

「だって、好きなんだもん」

レプレらしい予想通りの答えのあとに、彼は澄んだ目をして言った。

「僕らはさ、チェイサーになるじゃない？　もちろん、晴日が負けるとは全然思わないけど、もしかしたら、討伐しきれなくて死んじゃうかもしれない」

その言葉にはっとなる。

だって、僕らはデュランダルよりずっと脆《もろ》いんだもの…とレプレは笑いながら言った。

「だからね、いつ、どんなときに人生が終わっても、もし死ぬときがきても〝目一杯生きたな〟って思いたいんだ」

「…レプレ」

——そんなこと、考えてたんだ。

楽しいことしか知らないような笑顔でいながら、レプレはちゃんと「生きる」ということに、真剣に向き合っていた。

レプレは少し頰を染めている。

「僕はさ、〝剣〟だけど、魂を持って生まれたから、学校生活もできるんだよね」

もし魂を持たなかったら、ただの剣だ。

「コピーとか、人間として生まれてないとか、そういうことはどうでもいいんだ。すごいのは、僕は今生きてて、仲間と話したり、ごはん食べたり、いろんなことができるってこと」

だから、生まれてきてよかったとレプレは言う。

「晴日と学校生活を経験できるのって、すごく楽しいんだ」

楽しみたい。せっかく生まれてきたのだから、今しかできない勉強や部活や、チェイサーとしての訓練も、全部やりたいと言いながら、レプレはてへっと笑った。

「欲張りなんだね」

「僕もね、こんなに楽しい学生生活が送れるとは、思っていなかった」

「晴日…」

普通の神学校に入って、普通に神父になるつもりだったのだと晴日も笑う。

「教会から、急にライゼルに入学しなさいって言われて、本当に面食らったんだけど…でも、僕はこの学校でよかったと思う」

フラウロスを捜査し、討伐することは生易しいことではない。普通の神父とはまるで違う人生になった。

「でも、望み通り誰かを救う手伝いができて、仲間がいて、レプレと出会えて…、決して自分から望んだ選択ではなかったけれど、僕はよい道をもらったと思っている」

自分で望んだ選択ではないけれど…、そう言いながら晴日の目は穏やかで満ち足りている。馨玉は、どこかでそれを自分の人生に重ね合わせていた。

急に、背後でバンバンとガラスを叩く音がして、三人で振り向く。

「虎山…」

不意打ちに心の準備ができていなくて、心臓が飛び出しそうだ。

晴日が慌てて窓を開ける。真っ暗になった中庭に、虎山が来ていた。レプレが小首をかしげている。

「どうしたの？」

虎山が眉間に皺を寄せた。

「…馨玉を探してたんだよ」

「え…俺…？」

声が詰まる。

「あ、…き、今日、約束してたっけ」

何かすっぽかしたか、と焦っていると、虎山がむすっとした顔をした。

「…別に、なんもねえよ。ただ、姿がなかったから、どこ行ったのかと思って……」

つまりそれって、ただ捜してたってことじゃーん、とレプレが茶化すと、虎山が怒る。

「うるせえよ。俺のペアなんだ、捜して悪いかよ」

心臓がキリキリと絞られた。

「…ごめん、あの……俺も、練習しようって言おうと思ってたんだけど…」

声が上ずる。平常心を保たねばと思うのに、心臓が勝手にドキドキし続けていた。

「ご、ごめん…」

冷静でいられないのに、顔を見たくて仕方がない。

――どうしよう…やっぱり虎山のことが好きだ。

距離を置こうが自制をかけようが、まったく効果がないのだ。顔を見た瞬間に、気持ちが昂《たかぶ》ってしまう。顔が熱くなるのがわかるけれど、止めようがなかった。

「…いや…」

「……」

互いに次の言葉が出てこない。頬の熱さばかりが気になって、どうしようと思っていると、レプレが明るい声で言った。

「ねえ、せっかく四人揃ってるんだし、模擬戦の練習しない？」

「え…」

レプレはくりっと栗色の目を輝かせる。

「馨玉も、虎山と特訓してるんでしょ？　相手をするよ。それで、模擬戦のとき皆をびっくりさせようよ！」

「…レプレ」

「そうだね、もし虎山たちが嫌じゃなかったら、練習試合しない？」

晴日もにこにこと笑った。虎山は思案気な顔をして頷く。

「ありがたいな。そろそろ相手が欲しいと思ってたとこなんだ」

うまくいってるんだね！　とレプレが声を弾《はず》ませると、虎山からそれまでの甘さが消えた。

豪胆で揺るがない、肝《きも》の据《す》わった武将のような笑みになる。

「まあな…とりあえず抜刀は問題ない。そんなもん本来自慢にもならんが」

強い瞳が馨玉に向けられた。

「そろそろ、本気出そうぜ……模擬戦で不様な姿は見せられないからな」

「…うん」

虎山の覇気《はき》に、馨玉も急に緊張感をみなぎらせた。ベルセルクのような虎山の剣さばきを思い出し、あの手に、剣として使われたい。

彼の剣としての不思議な高揚感が生まれる。

「じゃあ決まりだね！　ごはん食べてから、林の裏でやろうよ」

急いで窓を閉め直し、電気を消してから四人で寮へと戻った。

◆◆◆

食堂で夕食をとったあと、四人でゲストハウスの前にある林へ向かった。

この学校は全寮制だし、門限もちゃんとある。けれど、そもそも組織全体は二十四時間稼働で、チェイサーは主に夜間に活動することが多いため、卒業前から候補生の夜間外出に制限はなかった。

虎山たち三人が黒い制服で、馨玉だけはまだ紺色《しら》の詰襟のままで木立の中を行く。新緑の季節に、白樺《かば》の木立はみずみずしい緑の葉が茂って、月明かりに煌めいている。

月は三日月よりもう少し太いくらいで、照らされた細長い雲たちが蒼く空に浮かんでいる。

山ばかりなせいか、星は砂粒のようにきらきらと輝いていた。

「ここらでいいかな…」

「ああ」

木立が途切れ、広い砂利の空間に出る。その向こうはもう山だ。

晴日がふんわりした雰囲気のまま提案する。

「じゃあ、まずは軽く打ち合いする？」

「いや…最初から模擬戦想定のほうがいいだろう。もう日にちがない」

虎山が不敵な笑みを見せ、晴日も頷く。

「そうだね。虎山なら、僕が思いっきりやっても大丈夫だろうし」

ただし、今日は薔薇がないから寸止めでね。と晴日が言った。模擬戦では薔薇の花が使われる。相手の薔薇を散らしたほうが勝ちとなるのだ。

「まずは一本だ」

「うん」

晴日が距離を取って構え、虎山もスタンスを取った。同時にぐっと胴を引き寄せられる。

「…」

今度は大丈夫だ。すっと一瞬で身体を熱が満たし、あっという間に月下に銀色の剣が現れた。

「すご…馨玉の……きれい…」

同じように剣を取り出されたレプレが目を見開いている。

剣は澄んだ青い光を放った。はじめの頃の、粉《こな》のような微光ではない。流星のように音もなく光の帯が剣先まで走っていく。

「格好いい剣だね……見違えるようだ……」

晴日にも感動したように言われ、馨玉はなんだか誇らしかった。自分でも輝き始めた剣のことを喜んでいたのだが、人に言われると感動が違う。

「…まあな。こいつと初めて手合わせしてもらうのは、うさ公の剣だ。よろしくな」

「うん。光栄だよ」

晴日がすっと構えて剣を向け、レプレが晴日の後ろに入った。

剣を抜くと、〝鞘〟は機動力が弱まる。邪魔にならないように遣い手の後方にいるのが基本だ。馨玉も虎山の背後に行きながら、晴日の隙のない構えに驚いた。

「……」

水を打ったような静けさを湛えている。どちらかと言えば穏やかで争いなど好みそうになく、強い遣い手だとは思っていなかったのに、オレンジ色のフレアを纏った剣を構える晴日は、どこからも攻められない強さを漂わせている。

――優しそうに見えても、やっぱり遣い手なんだ。

「じゃ、行くね」

月明かりに照らされて、砂利までくっきり見える。すんなりした体格の晴日が、すっと足で地面を蹴って踏み込んできた。

――すごい距離……。

とん、と軽く蹴った地面から、長い弧を描いて身体が空を切り、虎山の頭上で間合いに入った。同時に炎のようにオレンジ色のアークを放つ剣で斬り込み、虎山がそれを受ける。馨玉は思わず息を詰めた。

――……っ！

衝撃が来るというほどではない、刃同士が当たったことが認識できる程度だ。それより、馨玉は斬り込んでくる剣と、自分の目が見る剣筋との違いに反応していた。

カンッと剣が打ち合うたびに、予想と違うタイミングで打ち合わされて、痛いわけではないのに身体が緊張して構える。

――うわっ…。

斬り返すかと予測したのに、虎山は刃を受ける。鍔ぜり合って押し返し、そのまま刺すのかと思うと飛び上がって大きく振られ、ことごとく読みと違う動きをされるので冷や汗をかく。

――うわ…うわっ……。

反射的に目を瞑った。自分がそこにいるわけではないのに、剣の感覚をそのまま受け取る。まるで眼前に晴日の剣が迫っているようで、思わず身がすくむ。

「馨玉！　お前何やってんだ！」

虎山の太い声が響く。目を開けると、虎山が晴日の剣をあしらいながら振り向いた。

「目瞑んなよ、やりにくいったらありゃしねえ」

剣と鞘は同期する。それを扱う〝遣い手〟にも、自分の反応が影響するのだ。

「ご…ごめん」

謝ったあとで晴日の後ろにいるレプレを見たが、レプレのほうは両手で顔を覆っていて、むしろ何も見てない。

――…え？

ブンと遠心力がかかり、大きく弾かれて虎山の手から剣が飛んだ。わっと悲鳴を上げたのはレプレだ。

「馨玉、あぶないよ……」

レプレが両手の指の間から覗くようにこちらを見る。

――そんなこと言ったって…。

虎山は飛び退って剣を拾い、即座に応戦したが、やっぱりどうしても自分と太刀筋の読み方が違う。

自分なら左に入り込んではたき落とす…と思った瞬間に虎山は下から間合いに入り込み、相手の剣を払い上げてしまう。構えた方向ではないところから剣が来るので、身体中が緊張した。

ただ立っているだけなのに、息を詰めてしまい、身体がかちこちに固まる。

虎山のスピードは落ちていない。けれど左右に振って晴日を混乱させながら、顔をしかめていた。

「馨玉、逆らうなって…」

「え…」

――何もしてないのに…。

反論したいが、高速で打ち込んでくる晴日の剣を避けている虎山に質問ができない。

晴日は思っていたよりずっと強かった。細身で軽い分、素早さを武器に突いてくる。ロングソードというよりは、フェンシングの剣やレイピアの使い方だ。

――それを、あの重い剣でできるんだから……。

驚嘆に値《あたい》する。馨玉は、それまで有國の剣さばきに圧倒されて、彼以外の遣い手たちの動きを、あまり観察していなかったことを反省した。

――やっぱり。チェイサー候補なだけのことはあるんだ。

レプレと同期した晴日の剣の動きはしなやかなオレンジ色の残光を描く。虎山の剣も青く光を放っていたが、動きには確実な違いがあった。

戦いながら、虎山がちっと苛立ったように舌打ちする。足幅を取り直し、ぐっと剣を握り直した。

「逆らうんじゃねえよ」

――うっ！

ぐわんと強引に引き摺《ず》られるような遠心力がかかって、馨玉は思わず顔を腕で庇った。鞘には来ないとわかっていても、相手の刃が襲ってきそうで反射的に動いてしまう。

――うわっ。

力ずくで剣を振られた。まるで高速で上下するジェットコースターに乗っているみたいだ。

目を瞑らないようにするのが精一杯だ。けれど、虎山はまだ怒鳴っている。

「刃先なんて読むな！」

――うわ、駄目だ。立ってられない…。

地面に足が着いている気がしない。

「添えって言ってるだろうが！」

――怒鳴るなよ！

虎山の命令に反発した。目は瞑るな、刃先は読むな、逆らうな……こちらは立っているのだって大変なのに、なんて無茶ばかり言うのだ。

「馨玉！」

「…やってる！」

突風の中に立たされたような状態で、必死に踏ん張って怒鳴り返した。

――どうしろっていうんだ。

半瞬と留まらず、退いては踏み込み、斬り合っている虎山に、丁寧に説明している余裕がないのはわかる。けれど、自分だってこれ以上はどうにもできない。

虎山が劣勢だというのはわかった。けれど、予想外の動きが来るのに耐えているだけで精一杯だ。

「クソッ！」

虎山が顔をしかめて強引に踏み込むと、晴日は高く跳躍した。虎山も追いかけるが、半分も高度が出ない。

「虎山！」

虎山も自分が予想していた高さではなかったのだろう。明らかに焦った顔をして体勢を崩し、そこに柄すれすれのところに晴日の刃先が来た。

――斬られる！

瞬間的に目を瞑ってしまった。けれど次の瞬間に、ぐっと引き込まれるような感覚がした。

――……？

剣が大きく下から上に斬り上がる。軌跡と遠心力は感じるが、それ以上に虎山の手の力を感じた。

「……」

驚いたまま、呆然《ぼうぜん》と虎山たちを見上げた。

自分の身体はここにある。けれどさっきは剣としての感覚を強く感じた。

柄を握る虎山の手、腹から腕を伝わる剣を振る動き、虎山の力が剣先まで走っていく。

――今の……？

虎山も晴日も、何度も跳躍しながら、互いの立ち位置を入れ替えるように斬り結んでは離れていく。

馨玉は、劣勢なまま必死で巻き返そうとしている虎山だけを目で追った。

――……。

虎山が動く。虎山の動きはすべて剣先に集中していて、それだけを見ているうちに、馨玉の身体は自然に彼に添っていく。

――ああ、そういうことか……。

〝添え〟と言われた。自分ではやっているつもりだったが、実は全くできていなかったのだと、今わかった。

――俺は、自分で勝手に動いていたんだ……。

面と向かったとき、無意識に晴日の太刀筋を読んでいた。まるで自分が晴日と打ち合うかのように彼の剣ばかり見てしまい、自分でその剣に対応しようとしていたのだ。

――刃先を読むなって、そういうことか……。

虎山の太刀筋を、全く無視していた。剣を握っているのは虎山なのに、剣が勝手に動こうとしたら、遣い手はやりにくくてかなわないだろう。

なまじ剣道をやっていて、剣先の動きが読めるだけに、構えてしまっていたのだ。自分で動こうとした読みと虎山の動きとのずれが、あのジェットコースター状態の正体だ。

「……」

虎山を見つめ、彼の視る方向に視線を合わせるだけで、あの、目の前を剣先が斬っていくような怖さがなくなる。

《逆らうんじゃねえよ》

——そうだ。力むな。

自分で自分に言い聞かせる。抜刀のときもそうだった。自分が構えて強張ってしまうと、虎山の力が伝わらない。

すうっと目を閉じて深呼吸する。目を瞑るなと言われたが、レプレも見てはいなかった。物理的に目を開けているかどうかは重要ではないのだ。

——虎山の動きを、シャットアウトするなということなんだ。

虎山がどう動きたいのかを感じようとする。それには、自分が力んでいたら駄目なのだ。力を緩ませ、相手の感覚を鋭敏に拾う。

——……虎山……。

大きな手が柄を握っている。

最初は手のひらから流れてくる力を、肘から先の力を、肩から伝わる動きを…辿っていくと、虎山の腹の中心に辿り着く。

——あ、…わかる……。

虎山がどう動きたいのか、まるで一緒に動いているかのようにわかり始めた。

——俺は、本当に乗るだけでいいんだ。

虎山の動きに添ってパワーを乗せていく。すると剣は虎山の腕の延長線のようになって、彼の動きは急に精彩を放ち始めた。

「……」

虎山が驚く気配がする。馨玉は目を瞑ったまま笑った。

振り回されていた感覚はなくなり、嘘のようにしっかりしている。

——もう大丈夫。

剣をどう動かしたいのか、虎山の身体がどう動くのか、まるで自分の身体のようによくわかる。予想もつかない動きをされていたときは反応が追い付かなかったが、今は虎山が動きたいタイミングで動き、彼と全く一緒に力を放てる。

虎山が気持ちよさそうに剣を振るっている気がして、馨玉は目を閉じたまま嬉しさを噛み締めた。遣い手が心のままに剣を振るうとき、それに添う自分の力は、どこまでも広く遠く放たれていく。

己の窮屈《きゅうくつ》な鞘を捨て、力は波紋となって自由に響き渡った。

虚空《こくう》を斬る鋭い感覚、虎山の波動を受けて膨れ上がって舞うフレア…むき出しの神経が虎山に繋がり、全身全霊でレプレの剣を躱《かわ》す。

——ああ、気持ちいい…。

心が冴え渡る。細胞のひとつひとつが、自分が剣だったことを記憶しているかのように虎山の手に使われることを喜んだ。

「……あ」

虎山の振り下ろした剣が晴日の剣を叩き落とし、それで勝敗が決した気がした。けれど同時に虎山が急速に降下してくる。

——こっちに来る…?

そう思ったのと、胴体に手が回ったのとが同時だった。シュッと身体が地面から離れ、目を開けるともうだいぶ地面が遠い。

——あ!

下を見ると、晴日の落とした剣…レプレがオレンジ色の燐光を放って自分のいた場所に突き刺さっていた。

——危なかったのか…。

同期し過ぎていたせいなのか、鞘である身体のほうのことを忘れていた。

抱えてくれる虎山の声がする。

「鞘は無防備だからな…」

「虎山……」

振り仰ぐと、虎山の後ろに紺色の夜空が見えた。夜風に吹かれて、虎山は笑っていた。

「初陣《ういじん》にしちゃ、いい同期だったじゃないか」

怒鳴っていたくせに、虎山の笑った顔は、穏やかで優しい。

「……も、もうちょっと、丁寧に指導してくれれば」

もっと早くできたのに…と言ってみたが、しかめた顔は続かなかった。

虎山の強い覇気と微笑みに、胸がドキドキして、もう顔が見られない。

幸福感と高揚感で、呼吸困難になりそうだ。

馨玉は顔を赤らめたまますっと視線を逸らし、違うことに意識を向けようとした。

「…すごく高いね…」

「苦手だったら降りるぞ」

「…平気だよ」

滞空は初めてだ。他の候補生がやっているのは見ていたが、実際に自分がやると不思議で、いつの間にかそちらに気を取られていく。

浮いているという感じでもなく、何かの力をかけて飛んでいるわけでもない。ただ、地面にいるようにそこにいるのだ。

「重力をコントロールしてるだけだからな。地球の上に立ってるときに、1Gかかってるとか、重力に引っ張られてるとか、自覚しないだろ？」

「…そうか」

自転してるってことを考えたら、俺たちマッハ1の速度で回ってるんだぜと虎山が笑い、つられて笑ったとき、ふいに眼下に大聖堂が見えて、馨玉は戦《せん》慄《りつ》した。

「……こ…れ……」

闇に浮かぶ、巨大な十字架………。

大聖堂を中心に、正面入口からの回廊、左右の分析棟、研究棟の回廊、その奥の回廊の大屋根が十字にクロスしている。迷路のような中庭は屋根がなく、十字だけがはっきりと現れていた。

――あの、正面のガラス張りは、十字の先の装飾部分だったのか……。

「ああ。この建物は上から見ると十字架になっている」

「……」

見る者を圧倒する荘厳なクロス・フローリーに、馨玉は声を失った。

今まで、この建物は全体が四角いのだと思っていた。こうして見ると、あの長い回廊と左右に広がる研究棟が十字を形作っているとわかるのだが、大き過ぎて、上から見たらどうなるかなど、考えたことがなかった。

「………」

横たわる十字架に、自分がなろうとする異端捜査官というものがどんなものかを、突きつけられている気がする。

神と、すべての人のために…。

「…怖いだろ」

「……うん」

畏《おそ》れ、というのかもしれない。

「戦おうとする人間の意志と、人々を救うという請願の徴《しるし》だ…俺も、初めて見たときはちょっとびびった」

もっとも〝人々〟のほうは、救われたがってるかどうか知らないけどな…と虎山は低く笑う。

「だが、ヴァチカンのほうの決意は固い。何がなんでも魔族と戦って、生き残って勝つ気でいる」

「……俺に、できるかな」

圧倒されて思わず呟くと、虎山の心地よく低い声がした。

「できるだろうな」

振り向くと、虎山の眼が強く深い感情を宿して見つめている。

「…お前の力はデュランダルに比肩《ひけん》する」

そんなはずは、と言おうとするが、虎山の眼差しには、微かな驚きも含まれていた。

「俺も、正直、こんなにすごいとは思わなかった」

「虎山…」

「デュランダルに、試しに組んでもらったことがある。力で言えば、きっと同じくらいだ」

「…」

黙っていると、どう思ったのか虎山は少し苦い顔をした。

「まあ、お前が聖剣になりたいかどうかは別だがな」

「……虎山、俺」

練習とはいえ、虎山と初めて一緒に戦ってみて、馨玉の中にも言葉にできない感覚が生まれていた。

剣としての高揚。まだ意識して対峙《たいじ》したことはないのに、魔族を斬る剣であることを、まるで魂魄《こんぱく》に刻まれているかのように自覚する。

――俺も、やっぱり〝剣〟なんだ……。

デュランダルの魂の何千分の一かもしれないが、自分も彼の欠片を確かに受け継いでいる。

「俺は、聖剣かどうかはどうでもいいよ。でも、虎山と一緒に戦いたい」

「馨玉……」

あの誇り高い聖剣のように、魂に刻まれた戦いの炎を燃やしたい。

「虎山の剣でいたいんだ」

虎山はそれに何も言わなかった。

◆◆◆

地上に戻ると、レプレは大興奮で、穏やかな晴日も剣の手応えを話したがった。馨玉が珍しく本当に楽しそうに笑っているので、虎山はあまり口を挟まず、その様子を見ていた。

訓練のときの馨玉は、いつも思いつめた顔ばかりしていた。来たばかりで、習熟度など合うわけがないのに、プレッシャーを感じているのがひしひしと伝わってきて、それを見ているのが苦しかった。

馨玉が頬を染めてレプレと話している。自分に向けられる笑顔ではなくても、見ているだけで嬉しい。

レプレは、小さな身体でぴょんぴょん飛び上がって主張する。

「あー、全っ然話し足りない！　ねえ、もうちょっと部屋で反省会やろうよ」

「ああ、ありがたいな。じゃあ俺の部屋に来いよ」

「よしっ！　じゃ、まず食料調達だね！」

「あ、大変だ。もう十時過ぎてるよ」

「きゃー、急がなきゃ！」

四人で閉まりかけた売店に駆け込み、コーラやサイダーの缶、ポテトチップスなどのスナック菓子やらを買い込み、そのまま部屋へなだれ込んだ。

二人掛けのソファを動かして、ベッドとの間に袋菓子を広げ、車座になって座った。

レプレがいよかんのサイダーをプシュッと開ける。

「お疲れさまー！　そしておめでとー！」

「何におめでとうだよ」

「えー、色々だよ。四人で練習できたのもおめでとうだし、馨玉の剣がきれいだったのもおめでとうだし」

本当に、すごいきれいな青だったよね、と言われると、馨玉は照れたように頬を赤らめた。虎山はそんな馨玉をさりげなく見ながらコーラを開けた。

レプレは馨玉の剣が、いかに強い衝撃だったかを語り、馨玉はその解説から剣の与えるダメージを理解しようと、一生懸命聞いている。虎山も、晴日の冷静な分析を聞いて、今後馨玉とどうやって同期力を上げていけばいいかを模索した。

「途中からすごく剣の力が増したよね」

「…うん、俺、最初わからなくて虎山に同期できてなくて……」

遣い手のことを忘れ、晴日の剣先ばかり目で追っていたと馨玉が言い、レプレはうんうん、と頷いている。

「そう！　もう、馨玉がこっちばっかり見るから、僕もう怖くて……」

「あれって、わかるものなの？」

馨玉は真剣に聞いている。

「もちろんだよ。剣同士だから、なんていうか…磁石みたいに力が反発し合うんだよね。それがずっと僕のほうについてくる感じ」

レプレの剣の動きに、馨玉の意識が追ってくる。けれど力は磁石さながらに反発し合い、さらにそれが遣い手の力とはバラバラに感じて、レプレは怖くて顔を覆ってしまったらしい。

馨玉は考え込むような顔をする。

「そうなんだ……俺は、全然レプレのことはわからなかった……」

馨玉がレプレの気配が読めなかったことに未熟さを感じているらしいので、ぐりぐりと頭を撫でる。

「そんなもん、お前は初めてだったから、テンパってただけだろ」

「…虎山」

「すぐできるようになる」

「…そう、かな」

保証すると、馨玉は少し安心したような顔をした。レプレも、励ましているのか興奮しているのか、スナック菓子を振り回してしゃべっている。

「そうだよ、今日だってさ、すごい跳躍だったじゃない？　滞空だって」

普段、どちらかというとストイックに黙っている馨玉が、感嘆したように呟いた。

「…うん、あれは俺もびっくりした。〝鞘〟も飛べるんだね」

遣い手だけだと思っていたと言われて、虎山は思わず笑う。

「なんだよ、前だって飛んだじゃないか」

「え？」

どうやら無意識だったらしい。

「いくら俺だって、剣の共鳴なしにヘリからあの高さは飛び降りねえよ」

「…あ」

無理やり剣を取ったときも、ただ抱えて飛び降りたときも、微力ながら共鳴はできていたのだが、馨玉には自覚できるほどではなかったらしい。

——それだけ、力がでかいってことだよな。

今日の練習では、ほぼ最後のほうで馨玉がどうにか〝添う〟ことを体得してくれた。けれど、ほんの少し意識を虎山に向けただけで、もう晴日の剣は打ち落とされてしまうほどの力量差になったのだ。

「……」

馨玉に言った言葉は嘘じゃない。もちろん技術的にはまだまだだが、まばらに見せた力の片鱗《へんりん》は相当のものだ。

こいつが本気を出したらどうなるのだろう、と思う。

――――並みの剣じゃないとは思ったが……。

馨玉は日本刀に似ている。西洋の剣のように、見るからに強そう…というがっしりした強さではない。けれど静かにそこに置かれているのに、ともするとぞくりとするほどのすごみを見せる、鋭く奥深い武士の持つ刀に似ている。

――デュランダルが期待をかけるのも、無理はない…。

馨玉本人は、訓練不足を気にしているようだが、力は素質がかなり左右する。訓練期間が長かろうが短かろうが関係ない。

しゃくだが、組織の期待通り、馨玉はデュランダルと双肩を成す聖剣となるはずだ。

――…。

馨玉をこの世界に引き込んでしまったことを後悔していた。けれど馨玉のこの力を考えると、ここに来るのは避けられない運命だったような気がする。

――そうだよな…。

馨玉の身の内から剣を取ったあのとき、その剣は光りもせず、鈍く灰色の鉄のようだったが、ずしりと手に来る重みは、まるで昔から握っていたかのようにしっくりと虎山の腕に馴染んだ。

今まで、どの剣でもそんなことはなかった。あのときの馨玉は、添うどころではなく、意識を保っているので精一杯だったはずなのに、剣はしっかりと遣い手に一体化していた…。

不思議だと思う。試した他の剣の中には、自分と組みたがって、明らかに合わせようとしてくれていたものもあるのに、どうしてもお互いに共鳴し合えなかった。それなのに、馨玉のときは本人が反発していても、ちゃんと共鳴はできたのだ。

だからこそあのとき魔族は斬れたし、ヘリから降下することもできた。

まして、今日のようにちゃんと共鳴できると、まるで自分の腕の一部のように心地よく力が走った。

――――どう拒んだって、もう無理だよな。

こういう一体感を経験してしまうと、どんなに馨玉を戦わせることにためらいがあっても、遣い手としての欲が生まれてしまう。

馨玉と共に戦いたい。命の火を燃やすような戦いをしたい…。

――これが、〝剣に魅入られる〟ってやつか…。

心の中で苦笑していると、レプレの声がした。

「…あ、寝ちゃってる？」

「え…？」

ふわっと左腕のあたりがあったかいな、と思っていたら、レプレが指をさす。見てみると、ベッドを背に座っていた馨玉が、頭をもたせかけるようにして腕に寄りかかっていた。

――馨玉……。

細面《ほそおもて》の真面目そうな顔。目を瞑ると、すっきりと整った目鼻立ちが余計、初々しい剣士を思わせる。

「きっと、初めての模擬戦で緊張してたんだね」

晴日が労《いたわ》るように小声で言う。虎山は、そっと腕を伸ばして馨玉の身体を受け止めた。

起こさないようにそろりと肩を抱え、頭を支えて、胡坐《あぐら》をかいた膝に寝かせた。

「…」

馨玉の骨格は細い。筋肉はついているけれど、薄くて骨細で、壊してしまうんじゃないかと思って、あまり力がかけられない。

「悪《わ》りい。晴日、タオルケット取ってくれ…」

顔を上げて頼むと、ふたりとも並んでじいっとこちらを見ていた。

「……なんだよ」

馨玉ばかり見ていて、うっかりギャラリーのことを忘れていたことに気づく。

「……膝枕なんだ」

ほうっと感嘆するような声を出され、虎山は苦い顔で誤魔化した。

「うるせえな。硬い床に寝かせとけってことか？」

「誰もそんなこと言ってないよ」

でも、起こさないんだね…とレプレは小悪魔みたいに笑う。

――この、クソガキ。

「こら、うさ…」

くすっと意味深に笑うのを、晴日がたしなめる。

「馨玉は前半ずっと緊張してたし、疲れるのも無理ないよ」

起こさないであげようね、とレプレに言い聞かせ、音を立てないように空き缶を片づけ、晴日たちは囁くような小声で挨拶して部屋を出ていく。

「じゃあね、虎山。また明日…」

「オヤスミ～」

晴日たちが灯りを消してドアを閉める。薄い白のカーテン越しに、傾いた月が見えた。

膝にあたたかな重みと寝息がある。虎山はそっと膝に乗せた馨玉を見つめた。

――……きれいな顔だよな……。

もし馨玉が目を覚ましてしまったら、きっと飛び上がって驚き、そのまま部屋を出ていってしまうだろう。膝枕をしたなんてバレたら、もう口を利いてくれないかもしれない。

――こいつはクソ真面目だからなあ……。

老人と暮らしていたからなのか、過去のせいなのか、馨玉は今どきの若者にしては古風だ。

――それに、すげー気い遣いだしな…。

ひたすら周囲の空気を読んで振る舞う馨玉を見ていると、いったいどんな風に生きてきたのかと思うときがある。

「……」

鞘から出された剣は、その魂の本質そのものだ。レプレのように華やかな色を纏うものも、デュランダルのような至高の煌めきを見せるものもある。

馨玉の剣は、どこまでも澄んだクリアブルーだ。美しく透明なのに、果てしなく強く輝く。純度の高い透明な青さが重なって結晶化している。

あれは馨玉そのものだ。本当の馨玉は、純粋で強く、凛とした輝きのままの性格なのだと思う。

今まで、他の人間との違いを隠し、目立たず生きようとしていたのかもしれない。己の望みを持たず、祖父への負い目さえ隠しながら、息苦しく生きてき

ただけなのかもしれない。けれど、ここでは馨玉の隠していた力こそが、必要とされている。

――結局、こいつの居場所はここだったたってことか……。

そう考えると、自分が迎えに行ってしまったことも、悪いことではなかったように思えて、救われた気持ちになる。

寝顔を眺め、虎山は微かに苦笑した。

「なあ…告白したら、怒るか？」

膝の重みが胸を騒がせる。虎山はひとり遊びのように、眠っている馨玉に呟く。

「…俺が告白したとするだろ？　そうするとまあ、お前はびっくりするよな」

それから、きっと顔を真っ赤にする。

俺は女じゃない！　と怒るかもしれないし、模擬戦前の大事なときに、何を考えてるんだ、と怒るかもしれない。

「やばいな…どれも怒るパターンだ」

苦笑いになるが、それでも夢を見ずにはいられない。

起こさないようにそっと漆黒の髪を撫で、白く形のよい額に指先で触れた。

――お前には、わからないだろうな。

《虎山の剣でいたいんだ…》

馨玉は穢《けが》れのない清らかさで、魔族討伐の剣であろうとしている。預けてくれる身体にもいじらしいハグにも、込められているのは純粋に遣い手への想いだけだ…と思う。期待したいけれど、それはきっと恋じゃない。

――残念ながら、俺のほうは恋でな…。

こんなにそばにいるのに、伝えられない気持ちがもどかしい。

――お前は、同性って恋愛対象になるかな。

眠っているのをいいことに、好きなだけ眺めまわして尋ねてみる。

「駄目かな……駄目っぽいよな」

あの厳めしい祖父の元で育ったのだ。きっと同性との恋愛など、考えもしないだろう。まして戒律《かいりつ》的にも禁忌《タブー》だ。

「俺だって、まさかお前に…とは思わなかったさ」

同性趣味はない。普通に女のほうが好きだ。

けれど、馨玉だけは特別になってしまった。

そっと、屈み込んで顔を近づけた。

やわらかな唇。溺《おぼ》れそうなほど心地よい感触…演習のときのキスが甦って、思わず接吻《くちづ》けそうになる。

「やばい……」

起きてしまってもいいからキスしたい。いや、ばれないようにそっとでいいから抱きしめたい。

広がる夢想と衝動に虎山は顔をしかめ、そしてそんな自分に笑った。

――馬鹿だよなあ…。

本当に、恋とは人を阿呆《あほう》にする。

はたから見たら、愚《おろ》かとしか思えないことばかり考え、些細なことで右往左往する。今も、馨玉が起きたら怒られると心配しながら、どうにかキスできないかと真剣に考えている。

あやういバランスで理性を保ち、虎山は大きく息を吐いた。

「さて……寝るか」

これ以上こうしていたら、本当に眠れなくなりそうだ。

虎山はそっと馨玉の背中と膝裏に腕を回し、抱え上げてベッドに下ろす。

そして自分はソファにごろりと横になった。

◆◆◆

レプレたちと四人で練習をしてから、二週間が経った。〝こんなところばかり日本風で〟と生徒が嘆《なげ》く中間試験が終わり、明日はいよいよペアによる模擬戦だ。

翌日の観戦のために、生徒たちは放課後に広場まで椅子を運ぶことになっていた。クラス委員のミハイルが黒板に配置図を貼って説明している。

「うちのクラスは中等部寮側のＤ２の位置です。マーカーが置いてあるので、そこから縦に十二列ずつ、左に増やしていってください」

はーい、とのんびりした声が方々で上がり、木製の椅子を運び始める。馨玉もそれに倣《なら》って椅子を運びかけると、真尋が止めた。

「五百野君のはいいんだよ。だって君、出場するほうでしょ？」

「あ、そうか…」

候補生の待機場所は、ちゃんとテントが設置されているから、と言われ、前後にいた何人かも振り向く。

「五百野君、来たばっかりで緊張すると思うけど、頑張ってね」

「みんな…」

いつもランチに誘ってくれるトーマスも笑う。陽気なクラス委員のミハイルもウインクした。

「リラックスが大事だよ。明日のために、クラスで応援団作ったから」

「え…」

気がつくと、椅子を持ったまま、何人もの生徒が口々に励ましてくれていた。

「そうだよ、応援してるからね」

「負けても気にするなよ。模擬戦なんだから」

「俺、救護班だから、なんかあったら飛んでくし」

「…みんな」

ギデオンも、いつもの軽い笑顔のまま、その輪に入っていた。

まるで、ずっとこの学校で過ごしてきたかのように受け入れられているのが、すごく幸せだった。勿論、すっと出ていってしまう生徒もいるけれど、温かくて嬉しくて、馨玉は深く頭を下げた。

「ありがとう。頑張るよ」

模擬戦は、指導教官が候補生を判定する場でもあるが、全校生徒も観覧する、学校内の一大イベントでもあった。

大聖堂の前の芝生が模擬戦場で、左右に生徒が並ぶ。関係する部門のスタッフも見に来るので、人数はすごいことになるらしい。

そんな大規模な行事だと知らなかった馨玉は、話を聞いたときに慌てたが、理由を教えられて納得した。

異端捜査官は現場でしか剣を抜くことがない。ゆくゆく彼らをサポートする立場になる一般生徒が、剣と遣い手の戦い方を見るのは、この模擬戦しかないのだ。

――それに…。

模擬戦は見栄えがするのだと晴日が教えてくれた。

魔物を斬るときと違って、模擬戦は剣同士で戦うから、それぞれ色の違うアークが火花を散らし合い、とても美しいのだ。自分の対戦以外のときは見学できるので、それは馨玉も楽しみだった。

外はもう陽射しが強くて、軽く汗ばむくらいの気温だ。天気予報では明日も晴天で、気温は二十度を超すらしい。

他のクラスからも椅子を持った生徒がわらわらと庭に出て、まるで体育祭や文化祭のようだった。

――この学校にとっては、そういうものの代わりなのかな…。

負けたからといって、失格になることはない。特に自分と虎山の組み合わせは、デュランダルの推薦によってできたものだから、なんの心配も要らない…と言われているけれど、トーナメントであるからには、勝ちに行きたい。

椅子を持っていく生徒たちに混じって廊下を歩いていくと、向かい側から虎山が来た。

たくさんの生徒たちの中で、黒い制服がくっきりと浮かび上がる。

目が合うと虎山が笑って片手を上げた。

さり気なく笑う、逞しくてやわらかい眼差しに胸がきゅんとする。

「よお、最終調整しようぜ」

「……うん」

ドキドキする心を隠し、馨玉はこっそりと深呼吸した。

――負けられない…。

初めは、ただ命じられるままにこの学校に来た。

誰かを救おうと思って入学を志したわけではなか

ったし、他の皆のように強い理由があったわけでもない。

けれど、今は少しだけ違う。

見えない魔族に立ち向かおうとしている先輩たちや、同期の候補生たちを心から尊敬している。そして剣として使われると、まるで自分の魂の記憶のように、魔族討伐への情熱が湧《わ》き上がってくるのだ。

何よりも、チェイサーとして戦おうとする虎山の力になりたかった。剣として、彼と共に戦える自分でありたい。

甘やかな気持ちと武者震いのような意気込みを胸に、馨玉は虎山と地下の訓練場へ向かった。


翌朝。

馨玉は緊張と興奮でいつもより早く目覚め、制服に着替えてゲストハウスへと向かった。

今日は一日中候補生たちで団体行動をする。朝食も食堂ではなく、ゲストハウスに用意されていた。


歩きながら、馨玉は何度も襟元を緩め直した。真新しい黒い制服はなんだか落ち着かなくて、身体にぴったりになるように採寸されたものなのに、まだしっくりこない。

首元を覆う襟には銀の刺繍が施され、折り返された袖に縫い取られた刺繍も、陽射しに眩しく光る。下ろしたてのブーツも、気恥ずかしいが膝や脛《すね》などの脆い部分をカバーする、模擬戦に必要な装備だ。

朝陽できらきらしている木立を抜け、デュランダルの住まいと対《つい》になっている古めかしい洋館に辿り着くと、階段のところに虎山が立っていた。

馨玉の姿を見つけると、少し驚いたような顔をして、それから不思議そうな表情で見つめてくる。

「お、はよう……」

「……おう」

――やっぱり、似合わないかな。

じっと見られると恥ずかしい。けれど、今日はさすがにこの制服を着ないわけにはいかない。

「…似合うな」

面映《おもは》ゆいような顔をして、虎山が近づく。

「え……そ、そうかな」

「ああ、似合ってる…でも、少し肩が余ってるか」

言いながら、虎山は肩のあたりを摘まんで確かめていた。

でも、まだ背が伸びるだろうしな…とか、肩当てで調節できるか…とか、色々フォローしてくれる。

「首、苦しいんじゃないか？　これ、仮芯入ったままだぞ」

「え…」

虎山が襟の内側に指を入れ、薄い段ボール紙みたいな芯を取ってくれる。どうりでごわごわしていたはずだ。

「あ、ありがとう…」

照れ臭いまま礼を言うと、格子窓が開いて、レプレがぴょんと顔を出した。

「馨玉！　おはよう！　あ、制服！」

ぱっと顔がほころんだかと思うと、レプレの顔が窓から引っ込む。迎えに来てくれそうなので玄関へ上りかけると、後ろからギデオンたちに追い抜かれた。

「朝から仲いいじゃん♪」

冷やかすような声に、虎山の声の調子が苦く下がる。

「うるせえよ」

言い合うようにして先を行くふたりの向かいから、レプレが駆け下りてきた。

「わあ！　馨玉、制服かっこいい〜！」

「皆と同じだよ」

「ちょっと全身見せて！」

足止めを食らってその場に立っていると、レプレは三六十度ぐるぐると回って見てくれる。

「すごいすごい！　今までと、全然違う。馨玉、細くてすらっとしてるから、すごくきれいだよ」

ありがとう、と言うと、レプレは自分のことのように嬉しそうな顔をした。

「虎山ともお似合いだし…よかったよ。最近、すごく仲良くできてるみたいで」

そう言われると、無意識に返事をする声が甘くなる。

「…うん」

変に思われないように…と気をつけても、自然と顔が緩んでいく。

「……最近、虎山は優しいんだ」

心が蕩《とろ》けてしまいそうで、馨玉は俯きがちに甘い気持ちを吐露した。

それまで、遠くから心配そうな顔で見てくれていたことはあったけれど、どうしても訓練以外ではうまく話せなかった。でも最近は、模擬戦を目指して一緒に練習しているせいか、話すことが増えてとても近しくなれた気がするのだ。

練習後も、脚や腕を痛めていないか気にしてくれたりする。笑顔を向けられることも増えた。

「……そういうの、けっこう嬉しくて」

デュランダルの代わりに、嫌々組んでもらったペアなのではないかと不安を抱えていた頃、仲のよい他のペアのことが羨ましかった。

「馨玉…」

うっかりのろけたことに気づいて、馨玉は我に返って顔を赤くしたが、レプレがからかうことはなかった。

「よかった。じゃあ、今日の試合はきっとすごい共鳴ができるね」

「…頑張るよ」

ふたりで観音開きの重い扉を開け、食堂室の入口で待っていてくれた虎山と共に着席し、ミーティングを兼ねた朝食を取った。

◆◆◆

「わあ……」

朝食を終え、軽くストレッチをしたあと、馨玉たちは木立の向こうに広がる模擬戦会場の様子に思わず声を上げた。

――すごい観衆だ……。

寮を出るときは、空の椅子がたくさん並んでいるな…ぐらいだったのが、今はすでに中高の全生徒が着席している。全部で生徒は六百人だ。さらに教職員、スタッフ、研究棟・分析棟の職員、ヴァチカンからの来賓《らいひん》も含めると、その倍はいると思われた。

「壮観ですね…」

普段冷静な広宣も、今か今かと待っている同級生たちを前に、不敵な笑みを見せる。隣でレプレも真剣な顔をしていた。

「いい試合を見せたいね」

「うん…」

会場はいい意味での興奮が渦巻いていた。体育祭や文化祭のようなお祭り気分なところと、めったに見ることのできないチェイサー同士の模擬戦を観覧できるという緊張感が、場の高揚感を生んでいる。

残りの候補生たちもゲストハウスから出てきて、部隊長の有國が先頭に立ち、振り向いて全員を見回した。

皆、銀の肩当てが陽射しに光り、右肩まで回した白いストラが風に靡いている。漆黒の制服を纏った候補生全員が揃うと、正装の峻厳さの中に華やかさが漂う。

デュランダルと並んで、有國が口を開いた。

「…今日は一日、悔いなく、第七期候補生の名に恥じない戦いをしたいと思っている」

全員が頷く。デュランダルの金髪が、きらきらと光っていた。

――ああ、本当に今日って模擬戦なんだな……。

この日を目標に調整していたけれど、なんだか不思議な気持ちだ。

初めて同じ候補生たちと力いっぱい戦う。同級生に、虎山の持つ剣を見てもらう…。緊張するような、わくわくするような気持ちが入り混じる。

吹奏楽部の演奏が始まり、貴賓席に赤や白地の僧衣を着た人々が着席した。開会が宣言され、馨玉たちは有國に先導されて会場中央に出た。

学長による訓辞のあと、各自テントに戻るという段になって、見学席からわああ、という歓声が上がる。

――あ、発表か…。

振り向くと、当日まで伏せられていたトーナメントの組み合わせが、大聖堂側に設けられた大型モニターに映し出されている。

「一回戦の相手はヘイリーたちか…」

「…うん」

遣い手のヘイリーと剣のエイベルは虎山の隣にいた。同じクラスだけれど、彼らとはほとんど話したことはない。

同じ身長、同じような髪の色、まるで兄弟のように顔だちが似ている剣と遣い手。ヘイリーたちは特に馨玉にだけというわけでなく、そもそもあまり他の候補生と仲良くしている風ではなかった。

馨玉は、歓迎されていない空気を感じていたので、なるたけ余計な接触はしないようにしていた。だから実はどういう人たちなのかよくわからない。

「わあ、僕、一回戦からデュランダルだ……」

「レプレ」

女の子みたいに両手で口元を押さえているレプレの隣で、晴日もこれは初戦敗退だなあとぼやいている。けれど、その隣で皆から「コウちゃん」と呼ばれている短い金髪の剣・コフェントゥーラがおおらかに笑った。

「いいなあ。俺もデュランダルと試合してみたい」

「……あ、そうか」

本当のうさぎのようにプルプルしていたレプレが、コフェントゥーラの言葉に乗ってしまう。

「確かに…決勝まで行かなくてもデュランダルと手合わせできるんだもん、お得なのか…」

そうだよ、とコフェントゥーラも頷く。実はこのふたりはキャラが似ているのか、ときたまこんな風にシンクロするのだ。馨玉はそれを見ていると可笑しくて仕方がない。

緊張感も飛んでしまう。

「薔薇が来てる。早く取りに行こう」

「うん！」

声をかけると、レプレたちもおしゃべりをやめて、候補生用のテントに戻った。

会場端にある白いテントでは、今年高等部に入学して候補生となった一年生が、銀の盆に摘みたての薔薇を載せて待っていた。

この試合は模擬戦なので、勝敗は互いに肩に飾った薔薇の花を先に散らしたほうが勝者とされる。

薔薇はまだ咲き始めたばかりの巻きが固いものが選ばれた。それでも遣い手たちの素早い動きで花びらが散ってしまわないように、薔薇は銀の肩当ての蔓模様の部分に、深く差し込む。

一試合ごとに薔薇が渡され、紅白どちらが来るかはそのとき次第だ。馨玉たちの前にも下級生が銀の盆に載せた一輪の赤い薔薇を持ってきた。

「ありがとう」

馨玉が受け取って、それを虎山の肩に当て挿す。さりげなく屈み気味になってくれて、やりやすいようにしてくれるのが嬉しい。

「このくらいかな…」

「いや、もうちょっと萼が埋まるくらいのほうがいい」

「こう？」

風圧で花が飛んでしまうと、勝敗がつけにくくなる。念入りに差し方を工夫して顔を上げると、隣で白い薔薇をつけたヘイリーがくすっと笑った。

「…張り切っちゃって」

「…」

髪も瞳も、北欧の人のように色が薄いペアだ。冷ややかに笑うと、余計冷たそうに見える。虎山がむっとした顔をしていると、〝剣〟のエイベルが小バカにしたような視線を投げた。

「黒化もできなくて、血肉を飛ばしたんでしょ。模擬戦なんかに出ちゃって大丈夫？」

虎山の気配に怒気が漂い始めたので、馨玉はとっさにその手を摑んで止めた。

庇おうとしてくれている虎山に、自信を持って笑みを見せる。

――俺は大丈夫。

こんな程度の低い挑発に乗るほど、不安定ではない。

演習のときは些細な言葉に動揺したけれど、今は違う。

――――揺さぶりをかけなきゃいけないほど、向こうが危険視してるってことだ。

すっとヘイリーたちを見て、虎山ならきっとこう言うだろうと思ったセリフで答えた。

「そういうことは、試合に勝ってから言えば？」

なんだコイツ…という顔をされたけれど、虎山とふたりで、顔を見合わせてくすっと笑う。

勝てる気がする……。ヘイリーたちの実力がどのくらいなのか全く知らないけれど、何故か心はそんな余裕を持っていた。

虎山は不敵な笑みを見せ、ふたりでテントを離れ、候補生用の見学席へと歩いた。

「…あいつらとの試合は準備運動だ」

「虎山…」

「決勝でデュランダルに当たる…体力はそこまで温存しておけ」

虎山は最初から、決勝に残ることを前提にしていた。

向けられる顔が、強い覇気をみなぎらせている。

「奴と戦えるのは、この一戦だけだ」

聖剣と戦える…どこかで、本能のように闘志が燃え上がった。

「…うん」

塔の鐘が鳴り、第一試合が始まった。デュランダルとレプレの組だ。

観衆の興奮がうねるように響く。馨玉も閃く剣の光に魅入った。

◆◆◆

一試合目はあっさりと勝負がついた。負けてすがすがしい顔をして戻ってきたレプレに、すれ違いざま軽く手を上げて健闘を讃《たた》え、虎山と一緒にヘイリーたちと向かい合う。

試合会場は四角いラインが引かれている。模擬戦のスタート地点は、互いに二十メートル離れるルールだ。

「構え！」

審判の先生の声がして、開始を告げる電子音が響いた。即座に虎山が抜刀し、熱風が吹きあがって青く渦巻く光を纏わせた剣が現れた。

わあああ、と観衆のどよめく声がして、遠くに見えるヘイリーの顔が驚いている。

「いくぞ…」

「うん」

虎山は言うと同時にダンと地面を蹴り、いきなり長距離の跳躍に出た。軽々と二十メートルの幅を超えながら、手にした剣は水のように澄んだ色で煌めく。

馨玉は後ろで留まったまま、虎山の雄姿を見つめていた。

広いフィールドの両脇で、白い制服を着た生徒たちが見守っている。剣が重なり合って光が弾き合うたびに歓声が上がった。

虎山の剣さばきは迫力があって俊敏だ。打ち合うとザッと背後に飛び退り、相手との間合いを取る。ヘイリーの剣も、まるでコンピュータで制御しているかのように隙なく速かったが、虎山がわざと決着を引き延ばしているのは明らかだ。

——本当に、準備運動のつもりなんだな。

心地よく振り回されている剣として、馨玉には虎山の意図が手に取るようにわかった。

虎山は芝生の滑り具合とか、太陽の位置とかを確認しながら、〝剣〟が群衆の視線に緊張しないかどうかを確かめている。

——虎山、俺は大丈夫だよ…。

虎山の手が剣と共に空を切る。それに心地よく身を任せる馨玉は、相手の剣の波動を感じることができた。

レプレと練習したときとは違う。目で見るわけではなく、相手の剣の波動を感じて刃先の動きを読むことができた。

——俺はそれを虎山に伝えればいいだけ。

虎山は剣と一体化して戦う。エイベルの、細かなレーダーのような波動を感知し、そのスピードとパワーの差をはっきり読み切ると、虎山は満足したように大きく振りかぶって跳躍し、ヘイリーが剣を振り上げるより早く、完全に相手の胸元に入り込んで白い薔薇の根元を散らした。

「…！」

はらりと白い花弁が舞う。

言葉もなく呆然とした相手の顔が見え、次の瞬間に観客席からわあっという大歓声が起きた。

——虎山…。

振り返った虎山は、ごく自然に剣を下ろし、審判の声を待たずにさっさと戻ってくる。目が合うと、にやりと強い笑みを見せた。

まだ静まらない観客席のざわめきの中で、帰ってきた虎山に、馨玉は剣を消しながら微笑んだ。

「…勝ったね」

「当たり前だ。いいストレッチだったろ」

審判が勝敗を告げ、両組とも貴賓席に敬礼してから退場する。候補生用のテントに戻ると、レプレが大興奮で迎えてくれた。

「すごい！　馨玉、すごいよ！　いつの間にそんなにパワーアップしたの？」

「お前なあ…勝ったのは俺なんだぞ」

虎山が眉間に皺を寄せている。けれど、レプレはおかまいなしだ。いつの間にか、広宣とギデオンもそばに来ている。

「すごいアークだったね、馨玉」

「広宣…」

「なんだよ。みんなして馨玉ばっか褒めてさあ」

広宣が褒めると、ギデオンが軽く拗ねた。広宣はギデオンの頭を撫でながら笑っている。

「勿論、君が一番ですよ」

「…ココロがこもってない」

へそを曲げるギデオンに、広宣が眼鏡を指先で押し上げながら溜息をつき、赤い頭をわしゃわしゃと撫でた。

「まったく…」

教育を誤った、と言いながら広宣はどことなく楽しそうにギデオンをかまう。まるでトラかライオンを相手にしているみたいだ。けれど広宣の〝よしよし〟はギデオンのお気に入りらしく、本当にネコ科の動物のように満足気な顔をして機嫌を直した。

「俺たち、一回戦免除だから、試合は午後からなんだぜ」

得だよな、とギデオンが笑う。同時に、次の試合開始を告げる声がして、皆テントの中から広場を見た。

三組目はコフェントゥーラとザガライアのペアと、クリフォードたちの対戦だ。

コフェントゥーラの短い金髪が陽射しを弾き、虎山と並ぶくらい背の高いザガライアの手に黒々と光る剣が現れる。隣で晴日が感心したような声で言う。

「コウちゃんのは、黒曜石《こくようせき》みたいにつやっと光るんだよね」

見ていると、剣先は流体金属のように粘りのある軌跡を描いて艶やかに光を放った。

「…ほんとだ…格好いい……」

ザガライアはとても寡黙《かもく》な人で、もともと修道僧を目指していたというくらいなので、しゃべったところはまず見たことがない。けれど、天真爛漫《てんしんらんまん》で明るいコフェントゥーラとは、とても共鳴力が高いらしく、噂ではコピーの中でダントツの力量と言われていた。

逆に、危ないのは対戦相手のクリフォードとカミーユのペアだ。虎山がもしカミーユと組めていたら、クリフォードは候補生から外されていたかもしれないのだと教えてもらった。つまり、ぎりぎりで入った補欠選手のようなものだ。

――――でも、カミーユの光も強い。共鳴力も確かだ。

孔雀《くじゃく》のような鮮やかで深い緑の光が、剣先から火花を上げている。互いに飛び上がり、空中で剣が鍔ぜり合って黒と緑の光が同心円の渦を描く。

「……すごいね」

「うん」

斬り合う剣からは火花が零れる。黒い戦闘服は、一見すると普通の布だが、表地と裏地の間にナノレベルの薄さで特殊シートが挟み込まれていた。飛び上がってひらめく裾は敵の攻撃から脚を守り、同じように腕や首もガードされている。この制服は、超軽量・薄手の鎧と同じなのだ。

クリフォードも善戦していたが、やはりザガライアには勝てないように見えた。剣を取り落とし、拾おうとしているところを剣で押さえられ、芝生に片膝を突いた状態で肩に挿さった赤い薔薇が散らされる。

「あー、残念」

どちらが負けてもそう思うのだが、思わず皆で詰めていた息を吐く。

クリフォードは悔しそうな顔をしていたが、場内は試合内容に歓声が上がり、どちらもきちんと敬礼をしてから戻ってくる。

勝ったよ～とにこやかに戻ってくるコフェントゥーラが、馨玉たちの二回戦の相手だ。

午後からの第一試合になる。

――勝ちたい…。

デュランダルと戦いたい。湧き上がる気持ちに拳を握りしめていると、ぽんと肩に手が乗った。

「気張るなよ。まずは飯だ」

アナウンスは午前の部の終了を告げていた。昼食を挟んで、二戦めは午後一時半から、決勝は三時半からの予定だ。

「うん…」

席を立ち始める観客に目をやり、馨玉たちも昼食を取りにゲストハウスに戻った。

◆◆◆

トーナメントは午後も大熱戦が繰り広げられた。一戦めを不戦勝で繰り上がったギデオンたちは、午後の二戦めでデュランダルと対決し、深紅の光を炎のようにひらめかせ、デュランダルの美しい紫の輝きと何度も打ち合った。

今年の模擬戦は見応えがある、と貴賓席でも絶賛されているらしく、耳聡《みみざと》い運営担当の生徒たちが聞きつけては伝達しにきてくれる。

馨玉が出た試合も盛り上がった。長身で鍛えられた体軀のザガライアと狂戦士を思わせる逞しい骨格の虎山は、互いに見栄えのする打ち合いで、馨玉もコフェントゥーラの、予想以上に重くずしんと響く波動に感嘆した。

けれど、それより感動したのは、クラスの応援団だ。

二度目の戦いで余裕が出てきたのか、午後の試合は観客席を視界に入れることができるくらいになっていた。

クラスの皆は、言葉通り応援団を結成してくれている。もちろん、試合中に騒ぐことはできないから、掛け声があるわけではないのだが、ちらりと見ると、皆膝に青い紙で作った花のようなものを載せていた。

――もしかして、昨日〝剣は何色に光るの〟って聞いてたのは…。

これだったのか？　と思っていると、虎山が最後に力強く踏み込んでザガライアの薔薇を弾き飛ばした。

上がる歓声と共に、五百野…というコールが聞こえる。

クラスの生徒たちが、立ち上がって名前を叫んでくれて、胸がいっぱいになった。

試合に勝つことも嬉しいけれど、こんな風にクラスや仲間と夢中になって盛り上がれるのがすごく幸せだ。

転校前、チーム全員からの声援を受けていた野球部のことが甦る。

――やっぱり、羨ましかった……。

憧れていたわけではない、と思っていたのに、本当はこんな一体感を味わってみたかったのだと願っていた自分に気づいた。

「馨玉？」

様子を心配してくれる虎山に、笑って首を振る。

「なんでもないんだ。ちょっと、感動して…」

虎山がふ、と笑った。

「まだ早いぞ、決勝が残ってる…」

「うん」

——決勝戦は、少し時間が押すかな…。

力が拮抗《きっこう》して、打ち合いが長く続く試合が多かった。場は盛り上がるが、三戦、四戦めと、少しずつ予定時間をオーバーしている。

次が決勝、という頃、時刻は四時を回っていた。空は快晴だが、陽射しは金色の光を帯びてきている。準決勝のあとでインターバルが取られ、観覧席の生徒たちが休憩を取っている間に、馨玉たちは出場の準備をしておく。

再びアナウンスが入り、全生徒が席に戻って試合開始を待つ中、テントに銀の盆を持った一年生が来た。

「決勝戦の支度《したく》をお願いします」

いい緊張が走って、虎山のほうを見る。

——いよいよだ…。

虎山も、黙って強い覇気を纏わせていた。

銀の盆には深紅の薔薇が置かれていて、馨玉はそれを虎山の肩に挿す。

「…頑張ろうね」

誓うつもりで言うと、虎山が微笑んだ。

「ああ…」

候補生用のテントの白い屋根が、夕陽で金色に輝き始めている。支度を整えると、隣に有國とデュランダルが来た。

有國は隊長だけが纏う、金縁の刺繍が入った他の候補生よりも長いストラを身に着けていた。

有國の端整な顔にも強い気迫が浮かんでいる。

「君たちと、遠慮なしに戦いたかった…決勝に残ってくれたのはとても嬉しい」

「隊長…」

「当たり前だ、俺の剣だぞ。お前の家宝とレベルは一緒だ」

——虎山…。

軽く笑って言う虎山に、デュランダルが悠然とした笑みを浮かべた。

「そうでなくては困る」

深い青の瞳が馨玉を捉える。

「全力で打ち合いたい。……期待している」

「……はい」

ザッと有國が裾を翻し、芝生に出た。すでにデュランダルの姿は消えていて、白い革手袋をした有國の手には、紫の宝石が埋め込まれた剣がある。

息を呑んでいると、肩に手が置かれた。

「俺たちも行くぞ」

「…うん」

――悔いなく戦いたい。

すでに会場は有國の姿を見て歓声を上げている。馨玉も虎山に遅れないように駆け出し、声援と歓声を受けた。

高い空はまだ青く、けれど地平線に向かう太陽は黄金色の光を投げかける。芝生は夕陽に照り返り、決勝戦会場は荘厳な色合いになった。

「構え！」

審判の声が響く。虎山がスタンスを取り、馨玉は虎山が触れるより早く同期して剣となった。


瞬時に手に移動したかのような抜刀に、両脇の観客席からはどよめきが起こる。

馨玉は虎山との共鳴だけを意識した。

――勝つんだ…。

実戦ではない、これはただの模擬戦だ。けれど、自分にとってはもう二度とないかもしれない、デュランダルとの真剣勝負だった。

「行くぞ！」

――うん！

開始の電子音と共に、虎山が飛び上がった。軽く十五メートルくらい上がって間合いを詰めたが、有國もほぼ同時に跳躍し、最初の一撃を交わすと、剣同士が青と紫にスパークする。

わあっという声が上がる。同時に剣がぶつかる高い金属音が響いて、互いの立ち位置が入れ替わった。後ろにいた馨玉は、くらっとよろけて足を踏みしめ直す。

――…強い……。

すごい衝撃だった。相手の剣にぶつかっただけで、これだけの力がかかったのは初めてだ。

重さだけではない、鋭さだけでもない、ぐわんと腹に来るような衝撃に、驚きながらも感動する。

――これが…聖剣の威力なんだ…。

有國が斬り込んでくる虎山を躱し、はたき落とすようにサイドを取る。馨玉は慌てて虎山の動きに集中した。

感動している場合ではない。一瞬でも相手に気を取られたら負けてしまう。

有國も、模擬刀の練習で組んでくれたときとは全く速さが違う。有國は中世の騎士のように気高く、海賊のように大胆に、どこまでも縦横無尽に斬り込んできた。

黒い戦闘服が宙を舞う。振り上げられた剣が紫色の軌跡を描きながら虎山に向かう。馨玉はともすると圧倒されそうなデュランダルの気配を感じながら、自分の力を縮こめてしまわないように意識した。

――虎山を信じろ…。

虎山は強い遣い手だ。自分はまだ未熟だけれど、決してデュランダルと有國に劣るわけではないのだ。

――不様な試合はしたくない。

デュランダルが期待をしてくれた。その期待以上の戦いを返したい。

虎山の剣として勝ちたい。

すうっと深く呼吸し、虎山の力を受け取る。増幅し、その剣先から力を放つ。

――できるはずだ。

何度も力の波が来る。まるで脈のように繰り返すその力に、自分の力を重ね合わせていき、馨玉は来る、という瞬間に目を開いた。

滞空したふたりが剣を打ち合わせ、そのまま撓《たわ》めて押し込むような姿勢で両者とも地面に下りる。

同時に、馨玉とデュランダルが放った力で、火柱のようなフレアが剣から上がった。

空へ翔《か》けてゆく龍のように、青と紫の光が渦を巻いて噴き上がる。

打ち合う金属音が響く以外、場は水を打ったように静かだった。誰も、声を上げることはない。

虎山も有國も刃を押し出したまま飛び退り、相手の懐《ふところ》めがけて再度踏み込む。斬り合うたび、柄の宝石から稲妻のように光が走って、夕焼けに染まった芝生の上で、天を切り裂く輝きとなった。

「……く…っ…」

渾身《こんしん》の力を込める。馨玉は、立っているのもやっとだ。デュランダルの剣が放つ力はしなる鞭《むち》のように鋭く、重い鉄のように重圧感がある。

――押し返すので精一杯だ……でも……。

気持ちいい…と思った。肩で息をするくらい大変なのに、デュランダルと戦えているのが気持ちいい。

神経を研ぎ澄まして自分の波動を広げる心地よさ。湧き上がる力と、虎山が自在に使う剣としての高揚感。今まで、どんな剣道の試合でも味わったことのない興奮だった。

虎山が高く跳躍して剣を閃かせる。すれ違いざまに互いの刃が閃光を放ち、着地と同時に振り返り、相手に向かって踏み込む。地上と宙を飛び交いながら、馨玉の頭の中に、音楽室で聞いた序曲が鳴り響いた。

――……。

あの日も夕暮れだった。黄金の黄昏《たそがれ》の中で、たくさんの音がうねりを上げてひとつの曲として響き渡る。

――ああ、俺たちみたいだね。

虎山の呼吸を感じた。脈打つ強さを共有して、まるで一緒に空を翔けているように息を合わせる。そしてふたりで、同じ瞬間を見たような気がした。

――今だ…。

隼《はやぶさ》のように空を切って降下し、互いに相手の胸元を目指した。

自らの薔薇を守り、フェンシングのように半身で剣を突き出す。互いの剣先が、全く同時に相手の薔薇の花びらに届いた。

白い花びらと深紅の花びらが、それぞれの胸元からはらりと舞い落ちる。夕陽を受けて、花弁の濃いシルエットが芝生に伸びた。

「……」

「……」

一瞬の沈黙のあと、割れるような大歓声が上がり、はっと我に返った審判が片手を上げた。

「止め！」

互いに、相手の肩にぴたりと当てていた剣先を下ろすと、煌めく宝石が彗星《すいせい》のように静かな光を残して鎮まっていく。判定を出される前に、デュランダルもヒトの形に戻り、馨玉も剣を消した。

けれど、まだ呼吸が整わない。

「大丈夫か？」

「うん…」

主審を含めた何人かの指導教官たちが集まって話し合い、結果を告げる。

「決勝は引き分けとする！」

マイクを通した声に、生徒たちはわあっと歓声を上げた。

いつの間にか会場を埋めるざわめきに拍手が加わり、最後はスタンディングオベーションになる。

鳴り響く拍手に思わず客席を見回していると、デュランダルが手を差し出してきた。

「手応えのあるいい試合だった」

――デュランダル…。

握り返すと、誇り高い聖剣の顔が、美しく微笑む。

「今後を期待している」

「……はい」

有國も、手袋を取って虎山と握手していた。

「いいペアになったようだな」

「……おかげさまでな」

金色に輝く夕陽の中で、馨玉は虎山と共に戦えた喜びを噛み締めた。

◆◆◆

雲が黄金色に染まって、オレンジ色の光が低く大聖堂を照らし、ガラス張りの先端が眩しく輝く。学長の訓辞で模擬戦は閉会し、紺色の空になった頃、生徒全員が椅子を持ってそれぞれ教室に向かって戻っていった。

皆楽しそうだ。今日は全員一斉に下校するから、食堂は大混雑だろう。だから候補生はゲストハウスに割り振られたのだなと、馨玉は思った。

模擬戦観戦を運営するのは、クラス委員たちだ。教職員と一緒にテントを解体している横を通りながら、候補生たちも興奮と笑顔の混じった空気になる。

腹が減った、という虎山の横にデュランダルが来て、含みのある笑みを浮かべた。

「候補生の食事は一般生のあとだから、一時間後だ」

いつも候補生の優遇を嫌がる虎山に、満足だろう？　と皮肉に笑い、聞こえた他の候補生がブーイングをする中、さらにデュランダルが付け加えた。

「ただし、優勝者には特権がある。権利はお前に譲る。好きなメニューを選ぶといい」

人数の多い一般生をさばいたあと、どんなご馳走《ちそう》でも作ってくれるらしい。ギデオンやコフェントゥーラたちが、肉！　とかメカジキ！　とか勝手なことを言って騒いだが、虎山はそれを聞きながらポリポリと頭を掻いてぼやいた。

「自分で焼くから、肉を寄越してくれって感じだ。俺は一時間も待てない」

「おお！　焼こうぜ！」

ギデオンが大乗り気になる。レプレとコフェントゥーラが、スピーカーのように両側から叫んだ。

「バーベキューだ！」

「…みんな」

やろうぜ、と馨玉の前を歩いていた他の候補生も振り向いて騒ぐ。皆、お腹《なか》が空いているのと楽しそうなのとで、あっという間に集まってきた。

「オレ、網借りてくるよ」

「裏庭でやればいいんでしょ」

「キャンプファイヤーにしようよ！」

「バカ、肉が黒焦《こ》げになるだろ」

ワイワイと騒ぐ候補生たちを黙って見ていたデュランダルに、虎山がにやりと笑った。

「優勝者のリクエストを聞いてくれるんだよな」

ってことはバーベキューでもいいんだろ？　と虎山が有國のほうも見る。デュランダルは怒りもせず、整った表情のままだ。

「好きにしたらいい。今日は何をしても、教官は目を瞑るだろう」

火の始末には気をつけるように…と言い残して去ろうとするデュランダルに、レプレが声をかけた。

「みんなでやりましょうよ」

「……レプレ」

レプレはにこっと小首をかしげてデュランダルを見る。

「七期生の特別メニューでしょ？　じゃあ、みんなで食べなきゃ」

デュランダルも、他のコピーの剣たち同様、食事も取れるのは知っている。けれど、どうしてもデュランダルがいるときは皆緊張してかしこまるし、デュランダルもそれをわかっているので、顔合わせのときのような特別なことがない限り、候補生たちと同席することはなかった。

でも、レプレと気持ちは同じだ。馨玉も付け加えた。


「今日は、皆で一緒に戦ったじゃないですか。だから、やっぱり全員でお祝いしたいです」

――デュランダルもいて、全員で第七期なんだから。

「……」

デュランダルは黙っている。全く表情が読めないけれど、嫌がってはいない気がした。なおも言い募ろうとしたら、有國が口を開いた。

「貴方が帰られるのなら、私も出ません」

「…グラン」

品のある笑みの有國に、他の候補生たちが口々に加勢する。

「隊長がいない打ち上げなんてないですよ」

「そうですよ」

「同感です。こんなに盛り上がった模擬戦のあとで、優勝ペアが欠席では消化不良を起こしそうだ」

そうでしょう？　と言うように広宣がデュランダルを見ると、金色の髪がふわりと動いて軽い溜息が零れた。

「…わかった。出よう」

どことなく笑みを含んだ表情に、全員で何故か飛び上がって喜んでしまった。

デュランダルもいる、全員でのバーベキューだ。

コフェントゥーラは大喜びで、本当に焼き網を借りに食堂へ走っていってしまった。他のメンバーも、にわかに野外での食事準備に盛り上がっている。

「コークスって売店で売ってるっけ？」

「枯れ枝でいいんじゃないの？」

「俺、拾ってくるわ」

「じゃあ僕、紙コップとか調達してくる！」

食材をもらいに行く組、食器調達係、飲み物運搬チーム、火をおこす係…と、あっという間に役割が決まり、それぞれが元気に走り出していった。あっけにとられて見ていた有國が苦笑する。

「……いつも、このくらいチームワークがよければいいんだが」

「まったくだ……」

――デュランダル…笑ってる。

暮らし方にも品がある人だ。きっと、こんな野蛮な食事なんて好んではいないのだろう。けれど、有國のために出席することにしたのだと思う。

言葉で聞いたわけではない。けれど、前の遣い手が少し有國に似ていた、と答えたとき、微かに信頼以上の感情を見たような気がするのだ。

なんとなくふたりを眺めている間に、馨玉はうっかり出遅れてしまった。食料調達に駆けていったペアのあとを追おうかと思いつつ、虎山と一緒に行動したくて迷った。食料を運ぶ手伝いをさせたら、虎山の手に負担がかかりはしないかと心配なのだ。

思わず虎山の右腕を見てしまった。

「虎山…腕は大丈夫？」

軽かったとはいえ、数週間前に怪我をした状態で剣を握り続けていたのだ。自分のせいで負った怪我なので、模擬戦の間は言うに言えなかったが、終わった今では気になって仕方がない。

「なんともない」

「そうかな。最後のほうで、けっこう痛そうな気がしたんだけど…」

　思わず眉を顰めると、虎山が笑いながら腕をまくり上げて見せてくれた。

「お前は心配性なんだよ。それよりお前、脚大丈夫か？　圧《お》されたとき、踏ん張り切れてなかっただろ」

　ひねったんじゃないか、と逆に心配されてしまう。

「見せてみろよ」

「い、いいよ…こんなとこで」

「なんだよ。俺は見せただろ」

　見せろ、見せないで押し問答になっていると、隣で〝場所選定〟をやると言っていたギデオンが笑った。

「何いちゃいちゃしてんだよ」

「……ち、違っ」

　否定しようとして、顔面全体が熱くなった。広宣が〝やめなさい〟とたしなめているのに、ギデオンはへらっとしている。

「だってさ、犬も食わないぜ。いいじゃん、仲いいんだから付き合っちゃえよ」

　ドキッと心臓が鳴り、とっさにそれが顔に出てしまった。

「バカ」

　虎山が顔をしかめてやり返す。その顔を見て、一緒に言い訳しながら、馨玉は声が震えた。

「そうだよ…なに言ってんの……ギデオン。ヘンなこと言わないでよ」

　皆に怪しまれてはいけない。誰よりも虎山に。

　自分がどんな顔をしているか、よくわからなかった。平静になろうと言い聞かせているのに、だんだん心臓が震えてくる。

「訓練に差し支えると困るから、心配しただけで…」

　苦笑で誤魔化そうとしながら、虎山のしかめた顔が心の中で消えなかった。

　――当たり前だ。

　同性の恋愛は戒律で禁じられている。そうでなくても、男の自分が、虎山に好かれるわけがない。

　当然のことだとわかっているのに、うまく笑えない。

「俺も枯れ枝探してくる。虎山、食料運搬のほうが、人手足りてないと思うよ」

「馨玉…」

「あっちのチーム、頼むね」

「おい！」

追うような声を背中に聞きながら、精一杯普通を装って走った。

――――虎山…。

紺色の空には月が白く輝いていた。にぎやかだった広場は夜間照明でところどころ芝生が照らされている。もう、人はほとんど残っていない。

ゲストハウスの林の向こうで、楽しそうに石を積んでいるメンバーを横目に見ながら、馨玉は大聖堂の横のほうへ逃げた。

◆◆◆

「馨玉！」

馨玉が逃げるように走っていく。泣きそうな顔が胸に刺さって、虎山はとっさにかける声を失った。

――――馨玉……。

俺も燃料係のほうに行くわ、と、とりあえず言い繕ってあとを追いかけた。だが出遅れたせいで、馨玉の姿は夜の暗さに紛れてしまい、見失ってしまった。

「あれ？ 虎山、どうしたの？」

ウロウロしていると、晴日とコークスの入った紙袋を抱えたレプレに出会う。

「馨玉を見なかったか？」

レプレはおかっぱ頭をふるふると横に振った。

「ううん……何かあったの？」

ギデオンの奴が馨玉をからかって…と説明しようとして、虎山は黙った。

――――そうじゃないよな…。

「俺が……馨玉を泣かせて……」

「虎山…」

馨玉の、無理な笑いで取り繕った顔は思い出すだけで胸が痛い。

あれは、自分の態度に傷ついたんだとわかる。

レプレがコークスの袋をどさっと地面に落とすと、ポカッと胸を拳で叩いてきた。

「虎山のバカ！　いっとくけど、これは馨玉の代わりにぶったんだからね！」

レプレは真剣に怒っている。

「馨玉は、虎山が最近優しいんだって、すごく喜んでたのに」

――馨玉が？

「馨玉は虎山のことスキなのに…何したの？」

「うさ、やめなよ」

「虎山は、馨玉のことスキじゃないの？」

膝枕してあげてたでしょ、違うの？　と責められて、虎山は苦く笑った。

レプレの言葉に胸がキュンとする。馨玉は、自分との接触を喜んでくれていた…。

「…悪かった。その質問には答えたいけど、まず、本人に言うのが先だよな」

「虎山」

「…捜してくるわ。じゃ、またな」

メシはとっといてくれ、と言い残して走った。

候補生たちが石を積み上げてはしゃいでいる。それを横目に駆け抜けながら、心臓はドクドク騒いでいた。

《すごく喜んでたのに…》

はにかむような馨玉の表情が甦って、胸の中を埋めていく。

「もっと早く告白しておけばよかったってことだよな」

もしかして、馨玉も好きでいてくれているのではないかという気はしていた。なのに、自分がもたもたと踏み込まないでいたから馨玉を泣かせたのだ。

――馨玉、どこだよ。

人が多くて明るい寮には戻っていない気がした。馨玉ならどこへ行くだろうと考えると、暗くて誰にも見られない場所ではないかと思って、大聖堂のほうを当たってみる。ほぼ勘で走って、遠くに馨玉を見つけた。

「馨玉！」

振り返った馨玉がビクッと肩を跳ね上げて逃げていく。虎山は慌ててそれを追った。

「待てよ！　馨玉！」

伝えなければ…。誤解を解きたい一心で、虎山は思わず叫んでいた。

「俺は好きなんだよ！」

「！」

その言葉はインパクトがあったのか、レンガの壁に添った暗がりでつんのめった馨玉を、虎山は走り込んで抱きかかえた。その勢いで、馨玉を地面に押し倒す。

「…こ…」

「俺は、お前が好きなんだ」

驚いた馨玉の顔が、月明かりに照らされる。

——もう、格好悪りいな俺……。

せっかくの告白なのに、叫んで伝えるなんて雰囲気台なしだ。

馨玉は目を見開いている。焦った自分に苦笑しながら、虎山はもう一度馨玉に伝えた。

「……好きなんだ」

「虎山……」

告白を夢想したとき、きっと馨玉は怒るだろうと思っていたのに、予想と違って、馨玉は頼りない顔をしていた。

泣きそうな目元がなんだか可愛くて、思わず頬に手で触れた。

——あー駄目だ。辛抱できねえわ…。

形のよい赤い唇が薄く開いている。見つめてくる瞳に耐えられず、虎山はそのまま馨玉の唇を塞《ふさ》いだ。

「……ッ！…」

やわらかく艶《なま》めかしい感触が、理性を奪っていく。ビクリと動く左手を芝生に押し付けたまま、もう一度味わいたかった馨玉の唇を貪《むさぼ》った。

「…ん…っ……」

たまらなかった。もっと激しくすべてを奪いたくて、唇を重ねるほど衝動は強さを増す。けれどどうにか欲望を抑え込み、唇を離すと、馨玉が濡れた瞳

で息を荒らげていた。

「悪い……」

承諾《しょうだく》なしで襲ってしまった。嫌だったかなと心配したが、馨玉は小さく首を横に振った。

「…さすがに、デュランダルの前で大っぴらに言うのはまずいだろうと思っただけで、別に、否定したわけじゃないんだ」

「…う、うん」

馨玉は真面目に頷いている。このままではきっと、ちゃんと返事がもらえないような気がして、虎山は苦笑しながらもう一度軽く接吻《くちづ》けた。

「〝付き合っちゃおう〟ぜ」

駄目か？　と念を押してようやく、馨玉は顔を真っ赤にしながら頷いてくれた。

「う…うん……」

馨玉の左手が、ためらいがちに腕に触れてきて、その控えめな承諾を頼りに、ゆっくりともう一度キスをする。

地面に押し付けるようにして抱きしめると、馨玉の腕が背中を抱き返してきた。

そっと、呟くように耳元で告白が聞こえる。

「……よかった……片想いじゃなくて…」

「馨玉…」

脳みそが沸騰《ふっとう》しそうだ。身体を離してみたけれど、頬を染めて微笑んでいる馨玉が可愛くて、結局また覆いかぶさってしまった。

遠くで、肉が到着！　と騒いでいる声が聞こえる。楽しそうだけれど、そんなことどうでもよくなるくらい、このままふたりだけで抱き合っていたかった。

——馨玉……。

馨玉の鼓動が胸に伝わる。くすぐったくなるようなやわらかい髪の感触と、ふわりと馨玉の匂いがして、いつまでも首元に顔をうずめる。

すごく幸せで、何も考えられない。

けれど、腹の虫が勝手に鳴った。

——…あー、もう…。

「…っとに、しょうもねえ腹だな」

眉間に皺が寄る。雰囲気読めよ、と自分の腹をなじると、馨玉は苦笑していた。

「…しょうがないよ」

馨玉の普段あまり見せない甘い微笑みに、思わず頬が熱くなる。

「お腹空いてたんだもんね」

その馨玉のフォローに虎山も照れを隠して笑い、ようやく身体を離した。

「…行くか。あいつらに全部食われちまう」

「うん」

助け起こしてやり、背中についた芝を払いながら、でも惜しくて、もうちょっとだけハグしてみる。

「こ、虎山…」

「戻ったら、もうできないだろ」

「……うん」

答える馨玉の声は甘くて、腰に回してくれた手が心地よい。

にぎわう声を遠くに聞きながら、ふたりでしばらく抱きしめ合った。

◆◆◆

にわかバーベキューはとても楽しかった。皆になんて思われるだろうと心配しながら虎山と戻ってみると、場は肉を焼いたり飲み物を回していたりとにぎやかで、誰がいて誰がいなかったかなど、気づいてもいないような状態だった。

キャンプファイヤーもやりたいと騒ぎ出したメンバーが、バーベキューとは別に焚《た》き火を作って、すっかり暗くなった林の横に、赤々と燃える炎が上がっている。

「馨玉！　虎山！　肉とっといたよ！」

「ありがとうレプレ」

「おう！　食うぜ！」

紙皿を渡され、虎山は腹が減ったと肉にかぶりつく。

だいぶ遅れてきたのに、レプレには何も聞かれなかった。

虎山の周りに次々と人が集まり、皆口々に今日の健闘を讃えている。

――そうだよね。

虎山は、練習にはあまり出ないのに、隊のメンバーから好かれている。否定的な雰囲気の候補生もいないわけではないのだが、やはり皆今日の試合のことを話したかったのだと思う。

時々、虎山がちらりとこちらを振り向いたけれど、馨玉は少し離れた焚き火のそばで、にこっと笑って手を振るだけに留めた。

なんとなく、今、人前にふたりで並ぶのは照れ臭い。気持ちを切り替えて普通の顔をしようと思うけれど、いつまでも胸がぎゅっと甘く絞られて、馨玉は思わず目を瞑った。

――俺と虎山は、両想い……。

息が止まりそうだった。いや、本当に止まっていたかもしれない。

好きだ、と言われた言葉が甘く耳に響く。抱きしめられた腕も、塞がれた唇も、まるで夢の中のことのようで、ほんの数百メートルしか離れていない場所で起こったことだとは、とても思えない。

――虎山……。

気持ちがふわふわして胸がぎゅんとして、今はもう昨日までの自分がどんな気持ちでいたかも、よく思い出せない。

好きな人に、好きでいてもらえた…。そのことが頭を占めて、いつまでもリピートしている。

「馨玉！　肉焼けたぜ」

肉をトングで挟み、ギデオンがあちこちに配って歩いていた。

「え、あ、ああ…うん」

「ちゃんと食えよ！」

バンバン、と背中を叩かれ、皿に肉が追加され、去り際に顔を寄せられる。

「別に、仲がいいのはいいことなんだから、気にすんなよ」

「ギデオン…」

彼は彼なりに、さっきのことを心配していたみたいだ。お前、真《ま》に受け過ぎ…とか色々と励ましてくれる。

なんだか、すごく嬉しい。

「ありがとう」

顔が少しにやけたかもしれない。ギデオンも驚いたような顔をして、ちょっと赤くなって頷いていた。

――顔に出やすいって、虎山も言ってたもんな。今、いろんな人と話したら、皆に何かあったと気づかれてしまうんじゃないかと思う。自分でも、顔が緩んでいるのがわかる。馨玉は焚き火の前に腰かけ、炎を見ながら皿の肉を食べるふりをした。

けれど本当は胸がいっぱいで、何も口に入らない。

遣い手とそれぞれの剣、総勢で二十人を超えるから、バーベキューも焚き火の周りもにぎやかだ。

焼く係の、元気な声が聞こえる。

「焼ピーマン欲しい人！」

「ほーい！」

「玉ねぎは～？」

それより肉！　と叫ぶ声に、皆が笑う。

馨玉はフォークで肉をつつきながら、炎を挟んで向かい側に座っている有國とデュランダルを見た。砂利の上に適当に胡坐をかいて座っているのだが、たとえプラスチックのフォークと紙コップでも、あのふたりが使っていると品よく見えるのに感心する。

ふたりが並んでいるのは当然のことだけれど、なんとなくこういう場所だと気が楽になるのか、デュランダルの周囲にも、人が集まっていた。

――こうして見ると、不思議だな…。

ここにいる〝剣〟たちは、皆デュランダルのコピーのはずなのに、ひとりひとり全く違っていて、誰もデュランダルには似ていない。

レプレのように優しい子もいれば、エイベルのようにクールなタイプもいる。それでも、全員デュランダルの要素をどこかで受け継いでいるのだ。

――人の性格を、単純に決めつけられないのはわかるけれど…。

どんな人にも多面性はある。デュランダルの中にも色々な感情があるのだろう。けれど、それだけではない気がしていた。

彼らは、機械のようなコピーではないのだと思う。

〝剣に成る〟という生成の情報はデュランダルから受け継いだかもしれないけれど、魂はひとりひとりが持って生まれてきているのではないかと思えてならない。

「……」

魂が、どこから来るのか我々は知らない。普通に生まれたってそうだ。遺伝子は半分ずつに減数されて、精子と卵子が受精し初めてヒト一人分になる。

染色体の数が半分になると、生き物ではなくなるだろうか？　受精するまでは魂のないただの遺伝情報で、受精卵になった途端、魂が発生するとしたら不思議だ。

〝魂〟は遺伝情報のどこにあるのだろう？

逆にもし、精子と卵子が遺伝情報のように父親と母親、それぞれの魂を持っているのなら、受精したときは二人分の魂になってしまう…。

――……。

結局、広宣の言うように、生き物がどこで魂を持つのかは、医学的には全くわかっていないのだ。

塩基配列で書かれた情報を持ったものだけが、魂を持つわけではない。そうなると、確かに剣が魂を得て生まれても、何もおかしい話ではなくなる。

祖父からは、八百万《やおよろず》の神々の話を聞いて育った。そのせいかもしれないけれど、デュランダルの欠片から生まれたコピーの剣たちを、少しも変だと思えない。

「馨玉、ちゃんと食ってるか？」

「あ、うん」

はっと我に返って顔を上げると、虎山がコーラを片手に、骨付き肉を食べながら近づいてきて、紙皿に肉や野菜を足してくれる。

「全然減ってないじゃねえか」

「うん…」

皆の中にいるときの虎山は、いつも通りだ。さっきの抱擁などなかったかのように豪快に食べている。けれどさりげなく見つめてくれる目が優しくて、心拍数が加速する。

「ちょっとずつ食べてるよ……おいしいね、この肉」

どかっと虎山が隣に座る。並んで炎を見つめているだけで、じんわりと幸福感が満ちてきた。

——虎山……。

食いしん坊たちは、何度も食堂に食材の追加調達に行っているらしく、コフェントゥーラが大きなステンレスのボウルいっぱいに果物を持ってくる。

「デザート持ってきたよ～！」

「うおお！」

歓声が上がり、コフェントゥーラは焚き火の周りを一周して果物を配って回った。次々に手が伸びて、最後になった頃は、ボウルの中はほとんど空になっていた。

「はい！　なんか少なくなっちゃったから、虎山のとこはふたりでひと房ね」

「うん。ありがとう」

レッドグレープをもらい、虎山の皿に載せた。

「あげるよ」

「いいよ。俺は肉があればいい」

「駄目だよ、ちゃんとバランスよく食べないと」

虎山は肉ばかり食べている。このくらい食べないと、スタミナが持たないのだろうけれど、栄養が偏《かたよ》ると思う。

それに、本当に胸いっぱいで、自分はとても食べられそうにないのだ。

押し付け合っていると、レプレが来た。

「ねえ馨玉、アイスクリームもらいに行こうよ」

「あ、うん」

アイス欲しい人！　と募ると、けっこう手が上がる。ちょっと多めにもらってこようということになって、レプレとふたりで立ち上がった。虎山は手を振っている。

「行ってくるね」

「おお…」

にぎわいをあとに、ふたりで寮へと向かうと、レプレが急に嬉しそうにぴょんと跳ねた。

「よかった…」

「?」

「馨玉、なんか幸せそうだし」

「……え……いや……」

説明できない、でも顔の緩みも止められない。けれど、レプレは何も聞かなかった。

にこっと笑ってスキップのように走る。

「アイス、たんまりもらってこよう!」

「うん」

月が皓々《こうこう》と芝生を照らしていて、馨玉はデュランダルの屋敷に行った夜を思い出した。


お腹いっぱいになるまで食べ、キャンプファイヤーなんだからと歌い出す生徒が現れ、だいぶ騒いで、候補生のスペシャルディナーは十一時を回ってようやく終わった。

さすがに、これ以上は一般生に示しがつかないと教官たちが来て強制終了となり、皆で食べ散らかしたあとや焚き火の片づけをして、それぞれが寮に帰っていく。デュランダルと有國も、いつの間にか姿を消していた。

大きなごみ袋をサンタクロースのように背負い、虎山、晴日、広宣、ギデオンとレプレ、馨玉で最終の確認をし、ごみを食堂裏のダストエリアに置きに行く。

「あー、楽しかったねえ」

「うん」

「美味《うま》かったなあ」

またやりたいね、と言いながら足元を見ると、そこには月明かりの影がくっきり落ちていた。

「あ、馨玉、これ燃えないゴミだから、そっちと交換して」

「?」

「生ごみは、食堂にまとめて返す約束になってるんだ」

「あ、そうなんだ」

生ごみは、専用の金網が張ってある廃棄場《はいきじょう》に集約するらしい。寮が近づくと、生ゴミとビン・缶の組に分かれた。

「じゃあね、おやすみ！」

「うん、また明日」

手を振って別れると、虎山と一緒に寮の外にあるダストエリアに行き、缶とビンを分けて捨てる。寮に戻ると、一般生たちはとっくに各自の部屋に戻っていて、食堂も閉まって灯りが落ちている。静かな廊下は、人が通るときだけ点灯するが、しばらく動かないでいると、自動で消灯した。

もう少し一緒にいられる口実を探したが、うまい言葉は思いつかなかった。階段をゆっくり上がりながら、虎山に少し遅れ気味でついていく。三階の馨玉の部屋に送ってくれるらしい。

ちらちらと盗み見してみるけれど、虎山の気持ちは読めなかった。

――俺の部屋、見てみる…とか？　あ、でも前にもう知ってるようなこと言ってたか……。

お腹いっぱいで、もう水だって要らないと言っていた。そもそも、部屋の冷蔵庫には何も置いていていない。何か他の理由を…と俯きながら一生懸命考えたけれど、思いつかないまま、扉の前に着いてしまった。

――ああ、着いちゃった……。

ドアを開けても、虎山は廊下に佇《たたず》んでいる。

――虎山は、疲れてるかもしれないしな。

決勝まで、一番たくさん試合をしたのだ。きっともうクタクタだろう。

明日も授業はあるし、もう眠いかもしれない。

もっと一緒にいたいのは自分だけなのだから、無理を言ってうっとうしいと思われるのは嫌だ。

さりげない顔になるように意識して、馨玉はにこっと笑った。

「おやすみなさい。今日は、ありがとう」

「ああ…」

太い笑みを浮かべた虎山に、名残惜しい気持ちでドアを閉めかけると、拳一個分の隙間を手で止められ、扉が戻ったと思ったら、すっと虎山の顔が近づいた。

頬に、ふわっと唇が触れる。虎山の瞳がやわらかく笑っている。

「！」

「おやすみ」

「…こ」

ぱたん、と扉が閉まって、馨玉はリアクションできないまま呆然と白い扉を見つめた。

――……虎山。

そっと頬に触れてみる。一瞬過ぎて、感触が思い出せない。けれど、最後の優しい微笑に、胸がいつまでもトクトクと鳴った。

制服を脱いでもシャワーを浴びても、虎山の笑顔ばかりを思い出す。

本当に今日、両想いになれたのだ。

――虎山も…好きって思ってくれてる。

何度思い返しても、幸せで泣きそうなくらい嬉しい。

――おやすみ。虎山。

馨玉はそっと電気を消した。

◆◆◆

模擬戦が終わると平常授業に戻ったが、六月から七月にかけて、学校行事で忙しかった。

候補生が部隊の正式結成に向けて組み合わせを決められるように、一般生徒もこれからどの専門に進むかの適正を審査される。

学力診断、ストレス耐性などのメンタルな傾向診断、体力診断、健康診断など、本人の希望の専門とのマッチングを見るための様々な試験が毎週ある。

それらの試験は何故か候補生も一緒に受けさせられ、すべてが終わる頃には、期末テストが目前になっていた。

それらの試験結果を元に、教官と生徒が面談を行う。チェイサー候補は、もうすでに進路が決まっているからその間は暇なのかと思いきや、こちらもこちらで忙しい。

部隊結成式があるからだ。

式典は大聖堂で執り行われる。模擬戦よりも、こちらのほうが列席者の格は高い。式のリハーサルもあるし、この式のときだけは普段の上着とは違う式典礼装をするので、そのための採寸だとか、宣誓書のサインの書き方などの、細かなレクチャーを何度も受けた。

訓練も、模擬戦の記録を元にそれぞれが個別にサポートを受けるためのメニューが決められる。夏休み明けの新学年からは、部隊単位での実習も始まる。

授業が終わり、それぞれが面談や部活にばらばらと散っていく中で、馨玉は二階からすっかり夏になった中庭をぼんやりと眺めていた。

「かーぎょくっ！」

「レプレ…」

振り向くと、廊下側のドアから、晴日とレプレが手を振っている。

「礼装コート、できてきたって！　取りに行こうよ」

ゲストハウスに全員分が納品されたと言われて、馨玉もそちらに行きかけたが、中庭から太い声がした。

「おーい馨玉、いるか？　コートが来たらしいぜ」

――虎山…。

中庭に虎山の声が反響している。慌てて窓から見下ろすと、虎山が緑の芝生の上に立っていた。

「あらら……じゃあ、僕たち先に行ってるね」

レプレがウインクして手を振った。

「あ、うん…じゃあ、向こうで」

少し気恥ずかしいけれど、レプレたちが遠慮してくれたので、窓から虎山に返事をする。

「待ってて、今そっちに行くよ…」

「飛び降りりゃいいだろ」

「え…」

階段なんてまだるっこしいものを、虎山は使う気がないらしい。二階だよ…と戸惑うけれど、手を広げられると、なんだかドキドキしてしまって思わず甘く返事をしてしまった。

「うん…」

虎山の黒い制服の裾が、爽《さわ》やかな風に靡いている。

普段は見上げるばかりだけれど、上から眺める虎山は堂々とした姿で、見ているだけで胸が疼いた。

窓に足をかけ、そのままひらりと降りる。もともとそんなに高さはないいし、虎山が意識してくれているせいか、共鳴を起こした身体は広げられた腕の中にふわりと着地した。

「あ…あ、ありがと」

本当はそんなことをしなくても大丈夫なのに、ゆっくり地面に下ろされる間、虎山の手の感触にひたすらドキドキし続けた。

――――どうしよう…。

人が見たらおかしく思うのではないかと緊張するのに、手の感触に心が溶ける。

さわさわと、レンガの壁を覆うアイビーが風に鳴った。虎山は逞しい笑みを浮かべて、何事もなかったかのように歩き出した。

「丈詰めとかし直すなら、今日の五時までに教務棟に持っていくんだと…」

「…そ、そうか」

「お前、制服のときも肩が合わなかったし、ちゃんと試着しといたほうがいいだろうと思ってさ」

「うん…」

少し遅れ気味に歩きながら、なんでもない話ができるのが楽しいと思った。

ぽん、と急に頭に手を乗せられる。

「背、伸びたんじゃないか？」

「え、そうかな」

何かと理由をつけて虎山が触れるたびに胸が高鳴る。

けれど、あの告白からあと、特にふたりの距離は変わらなかった。

風が、少し熱い頬を冷ますように吹いてくれる。

――――俺…。

本当は、こうしてさりげなく触れ合うたびに、キスしたことを思い出す。〝付き合う〟という言葉を意識してしまって、自分でもおかしくなくらいだ。

――――付き合うって、女子と付き合うような…そういうのと一緒なんだろうか……。

手を繋いだりキスをしたり…生々しい想像をする自分に、時々驚いてしまう。

――俺は…。

その接触を望んでいるのか避けたがっているのか、よくわからない。

けれど、こうして微妙な距離にいるとき、あの抱きしめられた心地よい感触を思い出して、無性に虎山のそばに行きたくなった。

でも、虎山の様子は変わらない。だからどうしてももっと近づきたいとは言い出せない。

中庭に面した外回廊を行き、大聖堂に繋がる屋内に入ろうとしたとき、先生のひとりが虎山を見つけた。

「虎山！」

教師はタブレットを団扇《うちわ》のように振りながら、遠くから大きな声を上げる。

「見つけたぞ！　お前、面談だって言っただろうが」

うへえ、と虎山はげんなりした顔をした。

「候補生はやんなくていいんだろ」

浅黒い肌に、茶褐色のウエーブ髪の先生が、ペシッと虎山のおでこを指で弾く。この先生は、虎山に負けず劣らず体格がよいのだ。しかも、他の先生と違ってあまり神父らしくなく、くだけて話す分虎山にも容赦《ようしゃ》がなくて、虎山もこの先生にはあまり頭が上がらない。

「お前は別だよ。全然授業日数が足りてない」

補修日程を組まなきゃいけないんだよ、と叱り、教師は虎山をぐいぐいと面談室に連れていく。虎山が試着が…と逃げてみたが、教師はふんと鼻で笑った。

「そんなもん興味ないくせに、屁理屈言うんじゃない」

式典礼装のような特別仕様を好きじゃないのはお見通しらしく、虎山はついに降参して手を振った。

「悪りい、先行っててくれ。あとから行く」

首根っこを摑まれた虎山に、馨玉も笑って頷いた。

「うん。待ってるよ」

怒られながら連行される虎山を見送り、馨玉はひとりでゲストハウスに向かった。

大聖堂を通って、ゲストハウスに続く古めかしい石段を上がり、リビングに行くと、テーブルに白い箱が山積みになっていた。もうレプレたちの姿はない。

――部活があるって言ってたしな…。

部屋にはヘイリーたちがいた。大きな箱には右上に名前の札が貼ってあり、それぞれ自分の箱を探し、パラフィン紙に包まれているコートを取り出している。

馨玉も軽く会釈《えしゃく》だけして自分のコートを探す。袖を通してみると、ほぼ採寸通りだった。

――虎山のはどれかな…。

あとから来るとは言っていたが、時間がかかるだろう。もしこのまま虎山がコートを取りに来られなかったら、箱を届けに行こう、と思っていると、蓋を開けたままの馨玉の箱がずいっと端に押しやられた。

「邪魔…」

――エイベル。

つん、と顔を背ける相手に謝るのも癪《しゃく》で、馨玉は黙ってコートを箱に戻し、蓋をしてソファのほうへ持っていった。

そこに置いて、改めて虎山のコートを探そうとすると、ヘイリーが話しかけてくる。

「皺になるんじゃない？　上のクローゼットにかけておけば？」

「……」

普段は教室でも言葉を交わすことがないのに、妙に親し気な態度に違和感を覚える。

エイベルがガラスのような眼でヘイリーを見ていた。

けれど、ヘイリーはエイベルの視線など感じていないように馨玉に向けて笑みを浮かべている。

「他の連中も、保管は上でしている。場所知らないだろ？　案内しようか」

どちらにも関わりたくはない。かといって、好意的な発言を無視するのも、同じ隊員として気まずくなる。馨玉は当たり障りなく辞退した。

「ありがとう。自分で探してみるよ」

「…そう。じゃあ、一番左奥の部屋だよ」

「ありがとう」

言った手前、二階に行かないわけにもいかず、馨玉はコートが入った箱を手に、階段を上がった。

ゲストハウスは、候補生は出入り自由だ。そういえば、ギデオンたちも式典のときしか着ないから、ゲストハウスに置いておこうと言っていた気がする。

――ここかな…。

ヘイリーに言われた、一番左奥の部屋の前で立ち止まった。観音開きの重い木の扉を開けると、絨毯敷きの部屋にはクローゼットと楕円の鏡が置いてあった。

飴色の木材に、臙脂色の装飾が施されたクローゼットを開けると、確かに何着かの式典コートが下がっていて、馨玉も余っているハンガーを手にした。

そのとき、カチャッと音がして、振り向くと閉まった扉の前にヘイリーがいた。

「……」

何か嫌な予感がした。

ゆっくりとヘイリーが近づいてくる。関わるまいとハンガーを手にすれ違おうとすると、行き過ぎるところで腕を摑まれた。

「…なんですか」

「まあ、そういきり立つこともないだろ」

ヘイリーは相変わらず冷やりとした笑みを浮かべている。馨玉はその手を半ば強引に振り払った。

「急いでるから」

ドアノブを握ると、予想通り、ドアは開かなかった。

こんなことをしてなんになるのだろう、そう思った瞬間に、後ろから口元を塞がれた。

「！」

とっさに肘で相手の胴に攻撃したが、まるでダメージを与えられない。

「〝剣〟の弱点はね…」

視線を走らせると、うすい水色のビー玉みたいな目が見える。

「遣い手がいなければ、無力だというところだ」

「…っ！」

手が一瞬離れ、叫ぼうとするけれど、強い力で顎を摑まれてガムテープを貼られた。剣《は》がそうとした手はがっしりと摑まれて、まるで荷物のように手際よく両手をまとめられてしまう。

――何するんだ…。

どこにでもある粘着テープなのに、両手の手首から親指までをぐるぐる巻きにされると、どうやっても剝がせない。

馬乗りになられ、反撃できないまま拘束された。

――駄目だ、ウエイト差があり過ぎる。

ヘイリーはすらりとして見えるが、かなり骨太だ。筋力も見た目よりずっとあるらしく、反動をつけて膝を使ったり、腕を振り回したりしてみたが、形勢を逆転することができない。

「……君を犯したら、虎山はどんな顔をするかな」

――……！

ヘイリーが冷ややかな声で片手でガムテープが巻かれた馨玉の腕を押さえ、もう片方の手で器用に上着のボタンを外した。

――どうして、こんなことを…。

ヘイリーの意図が全くわからなかった。驚愕《きょうがく》したまま見上げていると、ヘイリーは手を止めないまま話し始めた。

「……君は知らないだろう？　僕とエイベルは、剣同士のペアなんだよ」

――え…？

「チェイサーで本当に不足しているのは剣じゃない。遣い手のほうだ」

適性のある人間はそう簡単には見つからない。剣のほうは百二十振りあるが、候補者を見つけ出すのは大変で、組織は可能性に賭け、わざわざ中等部から生徒を集めている。

「僕は三期生の剣だった。遣い手のほうはもう討ち死にしている」

初期の捜査官の育成が、手探りで困難を伴ったことは聞かされていた。一期生は僅か三人。部隊編成が可能な規模になったのは四期からで、そういう意味でも定員を満たした七期は、脚光を浴びるにふさわしい陣容なのだ。

「別に、気の合わない相手だったから、僕にはちょうどよかったけどね」

「……」

「ひとりになって戻ってきたとき、エイベルとの組み合わせを決められた」

見下ろす目が酷薄になる。

「いつか、本当に遣い手が不足したときのための、僕らは実験台だ」

剣が、剣を使って戦う……。理屈では可能な気はする。とにかく、共鳴さえできれば剣は取り出せるのだ。

「君らはいいさ、自分で候補生に志願してきたんだから。でも、僕ら剣は、この人生しか選べない」

「……」

「なら、少しでも強い相手と組みたいと思うのは、当然だろう？」

エイベルは虎山と組みたがって、実力以上の無理をしたのだという。けれど組み合わせを変えることはできず、未だにそれを根に持っているらしい。やたらと絡まれたのは、それが原因だったのだ。

「君を使えば、僕も決勝まで残れたかもしれない…」

「……」

テープで口を塞がれたまま、唸《うな》るように首を振って反論しようとした。

——俺は虎山を選んだんだ……。

けれど、言葉にならない。怒りを込めた視線にも、ヘイリーは動じなかった。

「おかしいだろう？　虎山はエイベルとも組み合わせを試せたのに、僕らは誰ひとり君との相性を試していない」

——…ヘイリー。

憎むような、恨むような昏《くら》い眼が見下ろす。服を剝ぎ取る手が冷たくて、露《あら》わになった肌が寒気を覚えた。

「君が虎山を選んだなんて詭弁《きべん》だよ。最初から君は虎山しか選ばせてもらえなかったじゃないか」

「…」

整った顔に、冷酷さが滲む。

「どうせ今更組み合わせは変えられない。だからといって、大人しく引き下がる気もないからね」

仲よしごっこなんてうそ寒い真似をする気はない、と、ヘイリーの手が馨玉の胸をなぞり、肩にかかっていたジャケットとシャツを剝いだ。

「君はわかるはずだ。抜刀とセックスは、限りなく近い官能的行為なんだよ」

「……」

「僕と君は、きっとかなり相性がいい」

撫でまわす手の感触に嫌悪感が募る。

――本気…？　…まさか……。

あり得ない、そう思うのに、ヘイリーは冷酷な笑みを浮かべたままのしかかってくる。

「虎山はどんな顔をするだろうね。大事なパートナーがキズ物にされたら」

――…！

ぐっと手のひらが胸元を圧し、思わず目を瞑ったとき、部屋の扉が地響きのような音を立てて倒れ、床に当たって耳鳴りがするほど反響した。

風圧が来て、分厚《ぶあつ》い樫《かし》でできた扉は蝶番《ちょうつがい》が引きちぎられ、パラパラと木屑《きくず》が舞い上がっている。

「……貴様……」

――虎山！

首をひねると、怒気を噴き上げた虎山の姿が見えた。けれど、ヘイリーは平然とした顔を崩さない。むしろ冷ややかにクスリと笑った。

「どうする？　馨玉が犯されかけたんですと、教官連中に訴える？」

馨玉はいい恥さらしだよね、とせせら笑う。

――コイツ……。

殴ったり蹴ったりするより悪質だ。被害を訴えにくい手段をわざと選んだのだ。

虎山は今にも殴りかかりそうになっていたが、駆け寄ってヘイリーを突き飛ばすと、馨玉の救出を優先してくれた。

口に貼られたガムテープを剝がし、手首の分も真ん中から切ってくれる。

「大丈夫か…」

「…うん」

無事を確認すると、虎山がホッとした顔をする。けれど、ヘイリーの怒りは消えていなかった。

「……それなりの覚悟はあるんだろうな」

「殴りたければどうぞ？　経緯は全部正直に報告する」

馨玉も事情聴取されるだろうね、と付け加えられた。

「説明できる？　服を脱がされて、どんなことされたか、ちゃんと言わなきゃいけないけど？」

キス以上だよね、と揶揄《やゆ》された。まだ演習でのことを嘲笑《あざわら》っているのだ。

「糞《くそ》野郎」

「…俺は言ってもいい」

「馨玉…」

お前はそんな恥ずかしいこと言えないだろう…となめてかかられているのが腹立たしかった。

けれど、虎山が苦く唸る。

「証言なんかしたって無意味だ…コイツは、自分が処罰を受けないのをわかってて、確信犯でやってるんだ」

「え？」

虎山が眉間に皺を寄せてヘイリーを睨んでいる。

「あいつは〝剣〟だからな」

――虎山も知ってるんだ。

ヘイリーは悪びれた様子もない。苦々しげに虎山が唸る。

「……色々と〝大人の事情〟ってやつがあるんだよ。ここはきれいな建前だけでできてるわけじゃない」

「…虎山」

「君だって優遇されてるくせに、自分だけ聖人面するつもり？」

ヘイリーは木屑を払って立ち上がった。

その眼は、いつの間にか強い怒りに満ちている。

「本来、眠っている剣が選ばなければ、どんなに力が強くても候補生にはなれない。誰も君を選ばなかったのに、君だけは部隊全員の剣と相性を試した」

「…」

「すべて、相手の決まっている剣とだ」

ふいに、馨玉はヘイリーの本心が見えた気がした。

――ヘイリー……憎んでいるのは、それ…？

もし、自分たちがそんな目にあったら、どんな気持ちになるだろう。

すでに選んだ相手がいるのに、教官や先輩たちの命令で、違う相手との組み合わせを試される…。もしそこで、剣がその遣い手を選んだら、組み合わせを変えられてしまうのだ。

エイベルは虎山との組み合わせを望んだと言っていた。そう言われたヘイリーは、やはり平静ではいられなかっただろうと思う。

本当は、強い剣がとか、そういう理由ではない気がした。悔しさと、納得できない感情…。そう思うと、やったことはとても認められないが、一方的に非難することもできない。

けれど虎山は怒っている。

「そういうのを逆恨みって言うんだよ。当たるなら俺に当たれ」

「…虎山、待って」

殴りかかろうとしている虎山の腕を止めた。

「…馨玉……」

納得してもらいたいと思う。

馨玉は肩からはだけていたシャツを引き上げながら、ヘイリーに向き合った。

「試してみなよ。君で抜刀できるかどうか」

「…」

「それで、駄目だったら納得できるだろう？」

「…馨玉」

虎山がかなり複雑な顔をしていた。けれど、ここで試させなかったら、ヘイリーはいつまでも馨玉との組み合わせにこだわるだろう。

やらなかった過去は、いつまでも未練として残る。

あのときこうしていれば、あのときもしも…。

――――でも、そんなのは、未来の役には立たない。

理不尽な過去はあったかもしれない。けれど、ヘイリーも間違いなくこれから一緒に戦う部隊の仲間なのだ。きちんと、心から納得して前に進んでもらいたい。

「もし、ちゃんと共鳴できたら、今からでも組み合わせは変えられるはずだ」

模擬戦で判定は出ているけれど、宣誓書にサインするまで、組み合わせは仮のものだと聞いている。

馨玉はヘイリーに笑いかけ、より複雑な顔になった虎山にも微笑んだ。

――――大丈夫だよ。

虎山以外には共鳴できないと思う。ずるいとは思うが、抵抗する気でいた。

――――虎山があれだけ手こずったんだから…。

全力で拒んだら、たぶんヘイリーでは剣は形にならない。

「…どうする？　試してみる？」

挑発するのではなく、冷静に提案してみた。ヘイリーは少し憤った気配を鎮めて、すっと近寄ってきた。

「フェイクはなしだ」

「勿論だよ」

互いに深呼吸して、馨玉は自分の構えをほどく。

本当は〝ずる〟をするつもりだったのに、ヘイリーに断言してしまうと、やはり後ろめたい真似はできないと思ってしまう。

――――ありのままの結果を出すべきだ。

それは、ヘイリーに対しての誠意でもあるけれど、自分に対しても誠実でありたかったからでもある。

誰にも後ろ指を指されず、正々堂々と虎山を選んだのだと言いたいから、小細工はしたくない。

――――波だ…。

虎山との共鳴で、すっかり波長を感知するのに慣れた。ヘイリーの生み出す波動は、確かに自分と共鳴しやすい気がした。

――――っていうか、ヘイリーは波長の調整ができるのかも…。

誰とでも、相手の波長に同調できる…それがヘイリーの持つ特性な気がした。

もしかすると、これが、彼を剣でありながら遣い手に転向させた理由だったのかもしれない。

静かに目を閉じて、水面に広がる輪のような波を感じながら、馨玉はそれが自分の遣い手でないことを確信した。

ヘイリーの高い調整力は、馨玉の波を拾って共鳴させせようとする。けれど集められた力で形になろうとしている剣は、まるでうすはりのガラス細工のように脆い。

――取り出せるほどの力じゃないんだ…。

馨玉はゆっくりと目を開けた。目の前のヘイリーも、わかっていると思う。

「…君の力では、剣にはならない」

胸の中には、薄い氷のような剣の残骸《ざんがい》が、思念のように残っている。けれどそれは、いつまでもそれ以上の強度を持たない。

「……」

ヘイリーは憎しみのような、怒りのような表情を浮かべた。けれど負けを認めることも、反論も口にはしなかった。

手を引かないヘイリーの代わりに、自ら身体を一歩後ろに退ける。庇うように虎山が身体を抱えて引き寄せてくれた。

ヘイリーは黙って馨玉たちを見つめている。

結果をちゃんとわかっているけれど、感情的に納得できていない…そんな風に見えた。

――そうだよな……。

本当は、馨玉との組み合わせはないと、彼だってわかっていたはずだ。ただ、自分の剣であるエイベルを勝手に試されたことが、どうしても消化できなかったのだと思う。

虎山が謝ってくれれば丸く収まる気もするが、それも偽善だとわかっている。虎山だって、自分の意志で試したわけではないのだろう。

「…虎山も、勝手に俺を試されたんだから、これでおあいこになるかな」

「…どうでもいいよ」

「ヘイリー」

ヘイリーは捨て鉢な顔をした。

「己の力量がわからないほど、おめでたくはない…」

すっと襟元を整え、いつものツンケンした顔に戻る。

「虎山の鼻をあかしてやりたいと思っただけだからね。半分くらいは達成した」

冷ややかな眼が虎山を見た。

「君の悔しそうな顔を見れただけで溜飲《りゅういん》が下がったよ」

「てめえ…」

「扉を壊した件については、君が報告しておいてくれ。理由はどう説明してもいいよ」

「ふざけんな」

虎山は怒ったが、たいした迫力ではなかったから、たぶん本気ではないのだと思う。派手に蹴破られた扉を踏み込えてヘイリーは悠々と出ていった。

ふたりで片方だけぽっかりと空いた入口を眺める。

やがて、馨玉は溜息をついた。

「あの扉……怒られるよね…」

「知るか…」

「虎山」

虎山は憤慨している。何故か、それを見て笑いがこみ上げてしまった。虎山はそれを見て苦い顔をした。

「…笑ってんじゃねえよ。お前、襲われかけたんだぞ。わかってんのか」

「…うん」

わかっているけど、何故か嬉しい。

「助けてくれて、ありがとう…」

扉を壊すほどのパワーで心配してくれたのだと思うと、どうしても幸せな気持ちのほうが勝ってしまう。

大きな手が頬に触れる。虎山は複雑な顔をした。

「……まあ、アイツの気持ちもさっきわかったしな」

「虎山…」

「お前を試してるヘイリーを見て、本気でぶっ殺したくなったし」

そういう気持ちを、俺もエイベルと試したとき、アイツにさせたんだろう…と虎山は苦く言う。

――……。

色々な想いを抱えた人がいる。

戦いたくて戦う者、誰かのために戦う者、己の信念と使命に誇りを持って戦う者…。けれど、自分はまだ自分だけの答えを持っていない。

生き死にを賭けることとは無縁の人生を生きてきた。

魔族による被害の拡大は防ぎたいが、自ら志願してきた人々の想いとは違うだろう。

あるのはただ、剣として魂に刻まれた使命感だけだ。

だから、やはり迷う魂を持つ虎山と組みたい。

迷いながら、一緒に戦いたい。そしてデュランダルのように誇りをもった剣でありたい。

「…馨玉？」

微笑んで、虎山の胸にとんと寄りかかった。

「俺は、虎山の剣でよかった…」

「馨玉…」

自由で、豪胆で、心優しい魂に心から惹《ひ》かれる。

引き締まった体軀に腕を回し、抱きしめた。

「…好き」

驚いたように一瞬固まった虎山が、次の瞬間にぎゅうっと抱きしめてくる。屈み込むようにして顔が近づき、くらくらするようなキスをされた。

◆◆◆

虎山に髪を掻き混ぜられながら顔を傾けさせられ、より深く唇を貪られる。

「…ん……」

腰や背中を掻き抱かれながら、馨玉はその感触に甘い吐息《といき》を漏らした。シャツがはだけたままで、虎山の割れた腹筋がじかに触れる。

熱い体温が重なって、脈はどんどん速くなった。

「…ん…っ…ふ」

「馨玉…」

虎山の低い声は艶を帯び、熱い吐息が耳元を掠《かす》めていく。

馨玉は呼吸を求めて喘《あえ》ぎ、その声に反応するように、虎山の腕が身体を縛めた。

抱き合って重なる互いの下半身が、熱を持って昂っている。恥ずかしさより、虎山の猛《たけ》りに息もできないほど興奮した。

虎山は昂った場所を馨玉に押し付け、淫《みだ》らな快感をより刺激してくる。

「ンッ……っ……こ、ざ」

頬が熱い。愉悦《ゆえつ》に涙を滲ませ、馨玉は眉根を寄せて抗《あらが》った。身体の中が燃えるようで、こんなことをされたら耐えられない。

「あっ……ぁ…や、やだ」

もがくほど、虎山は己の硬くなった部分を擦り付けてくる。虎山の低く荒い息遣いに、欲望が弾けてしまいそうで、馨玉は襲ってくる快感に必死で耐えた。

「やだ、こ……虎山……離して…ぁ」

恥ずかしいことをしている…という気持ちと、虎山の身体で刺激されて生まれた快楽に、理性が保てない。腕を摑んで懇願《こんがん》したが、虎山は目を眇めて笑った。

「無理だ…お前、自分がどんな顔してるか、わかってるか？」

「……ん…っ…そんな…の……知らな…ぁ」

答える声は、もつれて甘い吐息に変わる。

「お前の悶える顔は、ヤバいんだよ」

そそる…と掠れた声音《こわね》で言われ、虎山の下半身がより硬さを増した。

「虎山…ん、んんっ…」

――あ…出ちゃう……。

先端は滴《しずく》にまみれ、弾けそうな衝動を抑えるのが辛い。泣きそうになりながら見つめると、虎山が下肢を擦り付けるのをやめ、頬にキスを落としながら片手で馨玉の背中を抱え、もう片方の手を脚の間へ下ろす。布越しに手で揉《も》みしだかれ、馨玉は喉を反らして悶えた。

「ぁ…あ、触ら、ないで……んっ、ぁぁ」

気持ちよくておかしくなりそうだ。腰が震えて耐えられない。うわ言のように制止を訴えたが、さらに呼吸が荒くなる。

「…は…ぁ…ぁ…こざ、…ん…あぁっっつ」

じんじんと先端が熱く昂り、じわっと腰全体に快感が広がって、馨玉は止められずに精を吐いた。

心臓がバクバクと音を立て、荒い息と涙が溢《あふ》れる。

「馨玉…」

ぎゅっと抱きしめられ、その熱い身体に、馨玉も一生懸命手を伸ばして抱きしめ返した。

熱っぽい囁きが耳元でする。

「お前が、お堅い奴だっていうのはわかってるんだが」

「…?」

「俺はもう耐えられそうにない」

収まらない、と熱いままの下腹部を押し当てられる。虎山が何を言いたいのかは、さすがにわかった。


言葉にするのはいかされるより恥ずかしかったが、馨玉は顔を真っ赤にしながら言った。

「…俺たち……付き合ってるんだよね？」

「あ、ああ……」

「こういうこと…しても……いいってことなんだよね」

自分に言い訳をしているようなものだ。けれど虎山は笑って頭を撫でてくれた。

「お前、誰に許可を取ろうとしてるんだ？」

「…え……」

驚いていると、軽く唇を塞がれる。

「どっちかっていうと、俺がお前にこの先の〝お許し〟をもらいたいんだが…」

素肌の感触は、さすがに自制が効かない…と虎山が低く囁く。

頷いたら今すぐにでもシャツごと脱がされてしまいそうなほど逼迫した眼に、馨玉も承諾したかったが、風通しよく壊された扉のことは、さすがに無視できなかった。

「で、でも……ここは、ドア…壊しちゃったから…」

「…」

ふたりで廊下が丸見えなドアを見やり、虎山が、渋い顔をして頷く。

「そうだな…」

もうちょっと静かに蹴破ればよかった…と虎山は無茶なことを呟きながら、身体を離して馨玉の手を取り、立ち上がらせてくれた。

◆◆◆

運よく人が途切れたゲストハウスのリビングから退散し、大きなコートの入った箱を抱えて虎山と寮に戻った。そのまま五階まで一緒に行って、ぎこちなく虎山の部屋に入れてもらう。

「…その辺座っとけよ」

「うん…お邪魔します」

心臓が爆発しそうだ。

――これから…虎山と……する……んだ。

〝付き合って〟いるのだから、きっといつかはこうするのだろうと思っていた。けれど、わかっていてもいざとなると逃げ出したいほど緊張する。

虎山のことが好きだ。触れたくて、そばに行きたくて、キスすると淫らな気持ちになる。けれどその先までできるかと言われると、途端に思考停止になってしまう。

「……」

人並みの情報はあるが、情報だけだ。女子とも付き合ったことはないし、まして同性と…というのはもうイメージの世界でしかない。

制服の上着を脱ぐ虎山を見ていると、刻々とその先の情交が迫ってくる気がして、胃のあたりがぐっと押されるように緊張した。

「シャワー、浴びたいか？」

「…え」

喉に声がひっかかってうまく出ない。虎山が少し笑っていた。

「下着、そのままだと嫌だろ？」

カーッと頬が熱くなった。下着に出してしまうほど感じたくせに、虎山の欲情だけに戸惑っている気になっていた。

――俺も…そうしたいんだ…。

未知の経験への怖さはあるけれど、虎山に抱きしめられたとき、このまま最後までいってしまいたかった。

抱き合いたい。せり上がってくる気持ちのままに、虎山とそうしたい。

「…ち、ちょっと、ランドリー借りるね」

アメリカ式なのだと思うが、バスルームとは別で、ランドリーはミニキッチンの並びについている。

とりあえず上着を脱ぎ、ニーハイブーツも脱いでパンツを脱ぎ、下着をドラム型洗濯機に放り込んだ。シャツと靴下《くつした》だけという間抜けな格好だが、これで恥ずかしい下着だけは見られなくて済む。

さて、この姿でどうしよう、と思っていたとき、入口に影が差して、虎山が顔を覗かせた。

「あ…」

慌てて身体の向きを変え、虎山から見えないようにしようとしたのに、そのまますっと近づかれ、抱きしめられてしまう。

「こ…」

「シャツ一枚って、エロいよな……」

「ば、ばか……」

なんてことを言うんだ、と思うけれど、腰や背中を撫でる手が、いつもと違って悩ましい感触を生んでいく。

反論も途中で途切れ、首元に埋められた虎山の頭に、抗えずにいた。

「……ん……」

首すじを強く吸い上げながら、虎山の唇が耳元まで上がってくる。尻を揉みしだかれる手と唇の感触で、呼吸が熱い。

「虎、山……」

立っていられなくて、虎山の肩に腕を回すようにしがみつく。虎山の身体が熱くて、触れているだけで馨玉の血が沸《わ》き上がった。

互いに互いを抱きしめて、いつの間にかぎゅうぎゅうと腕を回していた。

「…こうしたかった」

「うん…俺も……」

虎山を抱きしめたかった。心のままに言葉を零すと、虎山が少し驚いた表情をする。

「本当か？」

低い声が心地よく耳に響く。頭をくるむように抱く手が悪戯《いたずら》のように髪を撫でた。

「…うん」

その感触に浸るように目を閉じる。

「ずっと、こんな風にしたかった」

「馨玉……」

「でも、やらしいって思われるのが、すごく心配で…」

嫌われたらどうしようと、そればかり考えていた。けれど、こうして虎山に触れてしまうと、気持ちも身体も止められない。

「馨玉」

ランドリーのタイルが素足に冷たく心地よい。

虎山は、ブーツは脱いでいたけれど、パンツは穿《は》いたままで、シャツはだらしなく途中ではだけている。

虎山の隆起した胸の筋肉にドキドキした。

「俺も、お前に嫌われるのが怖くて、手が出せなかった」

思わず目を開く。

「…本当？」

「ああ…何しろ、最初にキスしたときは引っぱたかれたからな」

「あ、あれは…だって…」

人前だったから…と言い訳しながら、虎山の笑う顔が眩しくて、頬が熱くなる。

虎山の手が熱を持って身体に触れる。シャツを肩から滑り落とされ、肌をなぞられ、その感触に、ゾクゾクと腰のあたりが震えた。

「…ぁ」

溜息のように声が漏れる。唇が重ねられ、開いた唇に忍び込むように熱い舌が口腔《こうこう》を襲った。

「ん……ふ……」

肉厚で艶めかしい感触の舌が上顎や舌の裏を愛撫《あいぶ》してくる。ぞわりと快感が走って、馨玉は思わずぎゅっと虎山の腕を握った。

反応するたびに、もっと奥を攻められ、じん、と快感が腰に落ちて喘いでしまう。

「ぁ…ん……んっ……」

舌が口内を舐《な》め回す濡れた音と、唇の間からせわしなく漏れる自分の呼吸が、ランドリールームに淫らに響く。恥ずかしかったが、虎山の身体が興奮しているのがわかって、その感触に馨玉もおかしなほど感じた。

「ん…ぁ…虎山」

求められる気配がたまらない。脚の間に割り込まれ、互いに昂った場所を重ね合い、呼吸を荒らげてキスをした。

——ああ、気持ちいい………。

剣を取り出すとき、身体はある種の快感を得る。


けれど、肌と肌を重ね合わせるこの恍惚感には、とうていかなわない。

虎山の肌に触れたい。虎山を抱きしめたい。欲求のままに馨玉も虎山のシャツの裾をまくり、腹から背中へ手を回す。低く淫らな呼吸をしていた虎山が、耳元に唇を寄せてきた。

「煽《あお》んなよ……我慢できねえだろうが」

苦く笑いながら言う虎山に、馨玉も声を上ずらせながら答える。

「うん…我慢、しなくていいよ」

「馨玉…」

「…っ…ぁ」

抱擁が解かれて、もつれるように部屋に行った。そのまま倒れ込み、ラグに押し付けられ、深いキスをされる。

「ん……ん……っ…」

舐め回す舌が、脳を痺れさせるような快感を生む。

——あ…あ…。

気持ちよくてどうにかなりそうだった。腰に落ちていく快感はそのまま虎山の手で拾われ、隠せないまま長い指で搦め捕られる。

「あ、あ……あ…んっ」

他人の手の感触は勝手に腰が揺れるほどの愉悦を生み、一度収まったはずの場所は、もう滴で淫らに濡れていた。

暴発しそうな衝動から意識を逸らそうと、馨玉は虎山のベルトに手をかけ、そこに触れようとする。けれど、唇を離した虎山に止められた。

「虎山…」

「…俺は、お前に触られたらもたない」

でも…と心臓をバクバクさせながら言うと、虎山はワイルドな笑みで少し眉根を寄せた。

「格好つけさせてくれよ。すぐイったら、立場ないだろ」

「…!」

虎山が自分でジッパーを下げ、どうみても馨玉よりはるかに大きく膨らんだ下着を露わにした。

はっきり形がわかるほど硬く浮き上がった状態に、思わず馨玉の手が止まる。

虎山が掠れた声で言う。

「大丈夫だとは思うんだけどな…普段、力を抜く訓練はしてるだろ」

「…う、うん」

――でも、大丈夫かな…。

何をどうするかはぼんやりと想像できるのだが、本当に、あんな場所にこのサイズが可能なんだろうかという不安が生まれる。

安心させるように、頭を撫でられた。

「日頃の訓練を生かしてくれ、な…」

「…うん」

少し緊張気味に目を閉じた。虎山が笑う気配がして、頭を撫でていた手で、シャツを脱がされながら横抱きにされた。

だましだまし愛撫しながら、もう一方の手が太腿の付け根を辿って、さらにその奥へ行こうとしているのがわかる。

――虎山に任せろ……。

力を抜け、と何度も自分に言い聞かせる。普段誰にも触られたことのない場所に手を入れさせるのは勇気が要ったが、それよりも、虎山ともっと深く抱き合いたかった。

――最後までしたい。虎山と、そういうことをしたい…。

指が挿《はい》る場所をなだめる。知らないうちに緊張して身体が強張るのを、何度も意識して緩めた。

「大丈夫か？」

「うん……平気だよ」

恥ずかしいだけで、指が挿ると内壁《ないへき》はざわざわと小さな快感を波のように生んでいった。抜き差しされると、脳まで痺れるような刺激が走る。

「…んっ……」

じっとしていられず、馨玉は虎山の腕を摑んだ。反応のよい場所を虎山に何度も押され、そのたびに押し寄せる快感で性器が滴をしたたらせた。

「虎山…それ…っ…」

「ここか？」

返事ができなくて、コクコクと頷いた。

ゆっくり慣らそうとしてくれている虎山と、向かい合うように体勢を変えた。

「おい…」

「いいよ…俺ばっかり……」

――きっともう、虎山は耐えられないはずだ。

虎山のものははちきれそうなほど血管が浮いて、見ているほうが切ない。

虎山も、落ち着いたふりをしていたが少し呼吸が上ずっていて、申し出るとためらいながらも断らなかった。

「…本当に大丈夫か？」

「うん…」

虎山が覚悟を決めたようにそっと馨玉の肩と腰を抱き寄せ、座位で硬くなったものをゆっくりと押し当てた。

「我慢するなよ？」

「うん、大丈夫だよ…」

虎山と向き合い、肩を摑むようにして摑まる。

息を吐きながら虎山を受け入れたが、予想以上に内臓が圧迫された。

「……ぅ……」

「大丈夫か？」

「う、ん……大丈、夫……そのまま……挿《い》れ、て」

ぐっと根元まで挿れられ、呼吸は苦しかったが、嬉しくて涙が出そうだった。

浅い呼吸のまま虎山の胸に寄りかかる。

「馨玉……」

心配そうな虎山をギュッと抱きしめた。

「虎山…気持ち…いい？」

「あ、…ああ……」

「…よかった……」

満足感で胸がいっぱいだ。

虎山と、好きな相手としかできないことをしている…。

「…馨玉……お前…」

何言ってんだ…と少し泣きそうな顔をした虎山が、逞しい腕で抱きしめてくれる。それだけで幸せで、圧迫感も苦にならない。

ふたりで互いの頭を抱き合うようにして唇を重ねた。

みっしりと奥まで入ったもので圧迫され、呼吸は浅い。それが苦しそうに見えるのか、虎山は何度も頭を撫でながら心配そうな顔をして、全く動かなかった。

けれど、自分は少しも辛くないのだ。

痛みはどこにもない。息苦しいけれど、身体の奥まで虎山がいるのだと思うと、それだけで幸せだった。

気遣う虎山の身体に寄りかかり、背中に腕を回して抱きしめる。そうしているだけで、蕩けてしまいそうなほど心地よかった。

「馨玉…」

虎山の手も、馨玉の背中を掻き抱く。腰をなぞられ、肌をざわめかせる快感に身を任せていると、受け入れるのに一生懸命だった身体は、さらにほどけて緩んだ。

――あ…なんか……気持ちいい……。

受け入れたままの場所が、脈打つようにズクズクと熱を持っていく。

「…ん……」

圧迫感が薄らいでいき、代わりに、腹の奥になんとも言えない感覚が広がった。

じっとしていられなくなるような疼きが生まれ、虎山が少し身体を動かした拍子に、馨玉は思わず声を漏らす。

「あ……」

腰全体に広がる快感は、さっきとは全く違うものだ。耐えられずに腰をうねらせると、虎山が反応する。

僅かに揺らされるだけでも、甘い刺激が走った。

「ん…ぁっ……」

「…動いて、大丈夫か？」

「う、ん…んっ…ぁ…は」

返事をするまでもなく、腰がビクビクと反応している。虎山も眉間に皺を寄せながら、目を眇め、耐えきれないように馨玉の腰を掴んで動いていた。

内壁を擦られる愉悦に、馨玉は喉を反らして喘いだ。気持ちよくて、目を開けていられない。

「あ、ああっ、あっ……」

「…馨玉……」

「は…あ、あ、あ、あっ……こ、ざん……」

抑えていた分の欲情が、一気に噴出したようだった。両手で激しく腰を引き寄せられ、中を穿つものが熱さを増し腹の奥を抉《えぐ》っていく。

「…あ…っ、んんっ…」

――灼ける……あ、あ……。

奥深くまで中を掻き混ぜられ、もう熱さと快感でわけがわからない。馨玉も吐精《とせい》し、ガクガクと腰を揺らした。

「あ、ああっ！」

虎山の低い快感の声が聞こえ、腕の中にぐっと抱き寄せられる。深く挿れられたまま熱いものを放たれて、そのまま抱きしめ合った。

――虎山……。

熱い呼吸音が、互いの耳を掠めた。

絶頂の余韻がいつまでも続いて、ふたりとも、終わってもなかなか動けなかった。

やんわりと腕を回して抱き合ったまま、馨玉は、少しずつ収まっていく虎山の鼓動を味わっていた。

やがて身体を圧迫していたものが労るように引き抜かれ、恥ずかしいくらい丁寧に後始末されても、なんとなくまだそばを離れたくなかった。

とりあえず起き上がってラグに座るが、虎山とぴったり寄り添ったままだ。けれど、さすがにそのままでは落ち着かなくて、馨玉はそばに落ちていたシャツを引き寄せて腕を通した。虎山の身体は筋骨隆々としていて裸でもさまになるが、自分のはさらしておくには男らしさが足りない。

ボタンを留めようと前を搔き合わせたとき、ふと虎山の声がした。

「…本当は、少し悩んでる」

「え…？」

どことなく真剣な声音にどきっとする。

顔を向けると、キスできそうなほど近い距離で視線が絡んだ。

「お前ほどの剣はいない。チェイサーとしてお前以外とは組みたくない…けど、剣《おまえ》を魔族に触れさせるのがな……」

「…虎山」

虎山は微かに顔をしかめている。

どうしてそんなことを言うのだろう…と虎山を見つめ、嫌がっているというよりどこか陰のある表情に、馨玉は魔族に命を奪われた虎山の両親のことを思った。

――…虎山は……。

誰かを失うことを恐れているのだろうか。

両親を失ったように、魔族に対峙したとき、自分の剣を失うことを案じているのではないか…。

「大丈夫だよ…」

馨玉は虎山のくせ毛をくしゃっと撫でて笑った。

「馨玉…」

「俺は死なない」

虎山の両親のように、虎山を置いていかない。自分が死んで、虎山を苦しめるようなことをしたくない。

――――俺が、生き残って辛かったように…。

「一緒に…絶対生きよう」

自分ひとりの命だったら、死んでもいいと思ったかもしれない。

執着するほどの人生ではなかった。けれど今は違う。もし自分が死んだら、きっと虎山はもう一度己の無力を感じて嘆くだろう。

虎山のために、虎山と生き続けるために死にたくないと思う。

「捜査官は、遣い手と剣でひと組なんだから…」

そう言うと、虎山も微笑んだ。

「そうだな…」

そのまま頬にキスされる。何か吹っ切れたような虎山に、馨玉もキスを返した。

剣でさえなければ、もし普通に想い合うだけの間柄だったら、虎山をこんなに悩ませたりしなかったかもしれない。けれど、自分が剣でなかったら、巡り逢《あ》うこともなかっただろう。

――――それに、俺たちは剣と遣い手でなかったら、ここまでは惹かれ合わなかった……。

あの強い覇気に共鳴するとき、心臓が震える。重なり合う呼吸も、剣を通して伝わってくる波動も、何もかもが他の相手ではあり得ない。

虎山でなくては駄目だ。彼とだから、戦える。

「お前に出会えて、よかったよ」

部屋の中はいつの間にか夕陽が消えたあとの薄暗さで、白い紗《しゃ》のカーテンの向こうは、うっすら夜になっている。

「…うん、俺も。……わ……」

返事をすると、後ろのベッドに倒されてしまう。

「ち…ちょっと……虎山……」

帰るなよ、とからかうように言われ、また覆いかぶさられてしまう。馨玉は押しのけようとしたが、軽い抵抗は笑われただけで、取り合ってもらえなかった。

「…前も泊まっただろ」

「あ、れは…」

うっかり寝落ちしたときのことを言われ、頬が熱くなる。ついうとうとしたら、そのまま朝だったのだ。

「あれ、俺がお姫様抱きで寝かせてやったんだぜ」

お前、知らないだろう…と、虎山は人が眠っていたときのことを面白そうに言った。

「そ…そういう記憶のないときのことを言うのは卑怯だ」

虎山はまだ楽しそうに笑っていて、どいてくれない。

「もっと恥ずかしいこと教えてやろうか。お前が眠りこけたあとな…」

「〜〜虎山…」

「膝枕で寝かせたんだ」

「！」

いつの間にか、笑う虎山のペースに乗せられている。

「……我慢すんの、大変だったんだぜ」

――――虎山…。

忍び笑うように言われ、馨玉は諦めてもう一度その背中を抱きしめた。

夜風が、カーテンを少し揺らした。

◆◆◆

結成式は真夜中に行われる。

それは闇の中で使命を果たす、異端捜査官の真髄《しんずい》を示すために選ばれた時間だった。

一般の生徒は見ることのない儀式だ。

一学期最後の夜、新月の空は星も小さく瞬《またた》くだけで、闇に浮かぶ巨大な建物はしんと静まり返っている。

候補生たちはそれぞれ沈黙を守って夜の大聖堂へと向かった。

くるぶしまである式典礼装のコートは、普段の制服とシルエットは似ているが、襟から肘にかけて、共布の黒いケープがつけられている。

誰もがこの厳かな儀式に向けて、静かな決意を胸に灯して集まっていた。

馨玉の隣には虎山がいる。

――ヴァチカンから、使者が来るって言ってたけど……。

見届け人と、その護衛が配置されると聞いていた。入ったことのない真夜中の回廊は暗く重く沈んでいて、床だけがセンサーでほの蒼く行くべき路《みち》を浮かび上がらせていた。

指定された大聖堂入口に行くと、すでに隊長の有國を先頭に、集合がほぼ完了していた。この式典は、あらかじめ何度も説明が行われていて、手順はもう頭に入っている。

有國が視線を巡らし、頷くと踵を返して大聖堂へと先導した。

祭壇はいくつも灯された蠟燭《ろうそく》に照らされ、天井には吸い込まれるような闇が広がっている。柱と柱の間にあるステンドグラスは蒼く峻厳に浮かび上がっていた。

祭壇の両脇には司祭たちがいたが、その最も上位の場所に、白い服を着た人物がいた。

自分たちの制服にも似ているけれど、高い襟や肩のモールなどが、もう少し軍服のような印象を与える。

豪華な金のストラは高い身分を示していて、その立ち位置の通り、周囲を睥睨《へいげい》するような雰囲気があった。前髪が真っすぐに揃い、後ろ髪は長い。いかにもゲルマン系という金髪碧眼で、逞しいがにこりともしない険しい顔だちだ。

――あれが『使者』か…。

使者の背後に、灰色のフード付きマントを纏った一団がいた。修闘士たちだ。

ヴァチカン教理聖省の精鋭。デュランダルと同じ聖剣を持つ、世界最強の討伐部隊だ。

フードが深く、陰になってほとんど顔は見えない。

けれど、質素なそのマントの下に聖剣を携《たずさ》えているのだと思うと、無意識に緊張した。

修闘士は、前教皇の許しがあったとはいえ、聖なる剣を複製して創設した異端捜査官を快く思わない向きがあり、水面下では反目もある…と虎山が教えてくれていた。数ある聖剣の中で、ヒトの形を取ったのがデュランダルだけだからだ。教理聖省の中では、魔族討伐部隊と異端捜査官の両部門で、勢力を争う部分もあるという。それでも、身分としては修闘士のほうが上だから、結成式は見届け人の許《もと》で行われる形になるのだ。

――〝きれいな建前だけでできてるわけじゃない〟って、そういうことか…。

人間が感染して、魔族化の被害が広がっているときに、反目している場合ではないだろうと思っていたけれど、使者と学長の立ち位置を見ると、色々、事情は単純ではないように見えた。

使者が片手を上げた。有國がそれに呼応し、全員が祭壇の前に横一列に進み出る。

両脇の参列席には、こんなにたくさんいたのかと思うほど大人がいた。正装をしているから元の所属はわからないが、普段、白衣を着て歩いているのを見たことがある人もいる。

見上げると、天井は暗く闇に溶けている。パイプオルガンの音が高い丸屋根に吸い込まれていった。

「これより、第七期候補生の請願を行う」

学長の声が大聖堂に響く。

一番左が有國とデュランダルで、副部隊長に任命された虎山と馨玉はその次だ。

「抜刀!」

すっと虎山の力を感じ、馨玉はそれに応じた。

薄暗い夜の大聖堂に十一色の光が生まれ、それぞれが弾くような金属音を上げる。

「敬礼!」

声に合わせて、全員がザッと剣を胸の前に引く。

有國の声が、強く気高く響いた。

見届け人の反対側にいる学長は黒髪に碧眼で、細身の眼鏡をかけている。柔和《にゅうわ》な顔立ちにも見えるが、どうかすると使者よりも強い覇気を感じた。

使者とは対をなすように黒い祭服を纏い、高い身分でありながらストラ以外の装飾は何ひとつつけていなかった。年もまだずいぶん若く見える。

鋭さと冷静さを持った声が大聖堂に広がった。

「異端捜査官の職務は、決して勇壮な騎士にだけ務まるものではない」

ひとりひとりを見回すように、水色の目が候補生たちを見た。

「自らの手を穢《けが》し、時には殺人者の汚名を着る……神以外、世の誰からも認められぬ闇の務め。だが、誰かがそれを行わなければ、魔族と化した者の魂を救うことはできない」

魔族には〝寿命〟がない。感染して順応できずに死んでしまえばまだ救われるが、もし魔族になった場合、歪められた生は終わることがないのだ。

馨玉は、援軍で出た大学生たちの討伐を思い返した。

現場に行くまでは、元人間だった彼らを討伐することに悩んだ。けれど、実際に異常変形した姿を見たら、彼らをそのままにしておくほうが、よほど残酷だと思った。

彼らはもう、自分がヒトだったことすら覚えていない…。

——あのままずっと生き続けるなんて、俺だったら嫌だ。

命を絶つことへのためらいはある。けれど、生きてさえいればなんでもいいというわけではない。

「だからこそ人間界に紛れた魔族を発見し、感染の拡大を食い止めることが、最大の任務であることを、自覚してもらいたい」

学長の言葉に、自然と心が引き締まった。

研究部門は、フラウロスの解析に全力を挙げている。その成果が出るまで、死なせるしかない犠牲者を減らすには、捜査官が少しでも早く感染元を見つけるしかないのだ。

学長の言葉に、見届け人の視線が険しくなった気がした。互いに相容《あいい》れない、という空気がはたから見ていてもわかる。

ヒトの形を取れない聖剣を持つ修闘士たちは、剣を持ちながら一般社会に紛れ込んで魔族を探すことができない。異端捜査官と修闘士の違うところはその部分だ。

確かにコピーの剣たちは聖剣よりずっと力が弱い。けれど捜査官は、遣い手と共に剣が世に出ていけるからこそできる任務だ。

――俺たちにしかできない……。

「すべての人々を護るために…」

学長が片手を挙げた。先導するように神父たちが口唱した。

誓文はラテン語だ。詠唱《えいしょう》が響き、隊長の言葉を繰り返すように全員が復唱する。すべて斉唱し終えると、遣い手が剣を構え直した。

遣い手は誓文を真実だと告げるために、剣はその言葉が真《まこと》であることを証明するために、大きくフレアを上げる。

馨玉は虎山を見た。虎山も、目立たないように視線を向けてきた。

ふたりの誓いが甦る。

――一緒に、生きよう。

闇を切り拓《ひら》くように、幾筋もの光が天へと伸びる。

この日、127部隊が結成された。

あとがき

お読みいただいてありがとうございます。

私的には、学園ものというのがとても楽しかったのですが、いかがでしたでしょうか。

物質を結びつけるのは電磁気力とか重力とかひとつではないので、地球上にある原子を自在に結び付けて剣の形を作る、という設定を作ったときは「うんうん、我ながらいい線いったね」と喜んでいたのですが、後から考えると「待てよ、確かそんな設定の女子がいたのでは」と思い至り…。

そうです、永井豪《ながいごう》先生の名作「キューティーハニー」に出てくる『空中元素固定装置』と理屈は同じなんですね（これで毎回ハニーちゃんのお洋服が変わるのです。その瞬間がヌードというところがまた素敵な設定で…（笑））。

さすがです。「キューティーハニー」は１９７３年制作だそうですから、まだカラーコピー機も無かった時代ですよ。すごいなあ。

でも、人間が思いつくことって、たいてい実現しますから、恐らくこれもいつか現実のものになるのでしょう。スマホやＰＣを操る我々は、昔の人からみたら確実にＳＦな生活なわけですからね。

作中で出てくる「アルヴァマー序曲」は、中学生のときにブラスバンド部でやった曲です。かっこいい曲なので、ぜひ検索してみてください。エレクトーンで演奏されているものが、とても素敵でした。

そして（あとがきだから、もう書いちゃっていいかな…笑）この話は既刊『神《かみ》の蜜蜂《みつばち》』と地続きだったりします。よかったらそちらも読んでみていただけたら嬉しいです。とはいえ、両者の間にはだいぶ説明が必要なのですが…。同人誌でその辺はちょっとずつ繋いで書いております。

それから、神学校の敷地についてはモデルがありまして、実際に防空壕のようなトンネルを抜けていく、秘密基地のような施設です。民間企業の所有ですが、一万人程度が勤務しているため、やはり敷地内にはカフェとか服の量販店とかがあるのです。専用のシャトルバスで出入りします。本当にカッコいい施設で、今回の設定に使えてにやにやしてます。


最後に、書かせてくださった担当様、ありがとうございました。また、美しいイラストを描いてくださった高峰《たかみね》顕《あきら》先生も、本当にありがとうございました。虎山《こざん》がこんなになるとはありがたやです(笑)。

ぜひご感想などをいただけますと幸いです。

深月《みつき》拝

背守の契誓
せもりのけいせい

深月ハルカ
イラスト：笹生コーイチ

本体価格855円+税

背守として小野家当主に仕え、人智を超える力を持つ清楚な美貌の由良。主が急死し、次の当主である貴志の背守に力を移すため殉死する運命だった由良は、貴志に身を穢されてしまう。貴志に恐れを抱く由良だが、共に生活するうちに、身を穢したのは背守の力を失わせ自分の命を救うためだったと知る。不器用だが貴志の優しさに触れ、惹かれ始める由良。しかし、背守の力は失われていなかった。貴志の背守にはなれないため、由良は死ぬ覚悟を決めるが…。

リンクスロマンス大好評発売中

神の孵る日
かみのかえるひ

深月ハルカ
イラスト：佐々木久美子

本体価格855円+税

研究一筋で恋愛オンチの大学准教授·鏑矢敦は、調査のため赴いた山で伝説の神様が祀られている祠を発見する。だが不注意からその祠を壊し、千年のあいだ眠るはずだった神が途中で目覚めてしまう。珀晶と名乗るその神はまだ幼く、まるで子供のようで、鏑矢は暫く一緒に暮らすことになる。最初は無邪気に懐いてくる珀晶を可愛く思うだけの鏑矢だったが、珀晶が瞬く間に美しく成長していくにつれ、いつしか惹かれてしまい…。

神の蜜蜂

かみのみつばち

深月ハルカ

イラスト：Ciel

本体価格855円+税

上級天使のラトヴは、規律を破り天界を出た下級天使・リウを捕縛するため人間界へと降り立つ。そこで出会ったのは、人間に擬態した魔族・永澤だった。天使を嫌う永澤に捕らえられ、辱めを受けたラトヴは逃げ出す機会を伺うが、共に過ごすうちに、次第に永澤のことが気になりはじめてしまう。だが、魔族と交わることは堕天を意味すると知っているラトヴは、そんな自分の気持ちを持て余してしまい…。

リンクスロマンス大好評発売中

双龍に月下の契り

そうりゅうにげっかのちぎり

深月ハルカ

イラスト：絵歩

本体価格870円+税

天空に住まう王を支え、特異な力で国を守る者たち・五葉…。次期五葉候補として下界に生まれた羽流は、自分の素性を知らず、覚醒の兆しもないまま天真爛漫に暮らしていた。そんな折、羽流のもとに国王崩御の知らせが届く。それを機に、新国王・海燕が下界に降り立つことに。羽流は秀麗かつ屈強な海燕に強い憧れを抱き、「殿下の役に立ちたい!」と切に願うようになる。しかし、ついに最後の五葉候補が覚醒してしまい…?

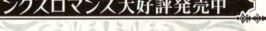

この本を読んでの
ご意見・ご感想を
お寄せ下さい。

〒151-0051
東京都渋谷区千駄ヶ谷4-9-7
(株)幻冬舎コミックス　リンクス編集部
「深月《みつき》ハルカ先生」係／「高峰《たかみね》 顕《あきら》先生」係

リンクス ロマンス

闇と光の旋律 ～異端捜査官神学校～

2016年12月31日　第1刷発行

著者……………深月《みつき》ハルカ
発行人…………石原正康
発行元…………株式会社　幻冬舎コミックス
〒151-0051　東京都渋谷区千駄ヶ谷4-9-7
TEL 03-5411-6431（編集）
発売元…………株式会社　幻冬舎
〒151-0051　東京都渋谷区千駄ヶ谷4-9-7
TEL 03-5411-6222（営業）
振替00120-8-767643
印刷・製本所…株式会社　光邦
検印廃止

ISBN978-4-344-83850-5 C0293
Printed in Japan

幻冬舎コミックスホームページ　http://www.gentosha-comics.net